Andreas Schmidt
Tödlicher Schnappschuss

Bibliografische Information der Deutschen Nationalbibliothek
Die Deutsche Nationalbibliothek verzeichnet diese Publikation in der Deutschen Nationalbibliografie; detaillierte bibliografische Daten sind im Internet abrufbar über http://dnb.ddb.de

www.niemeyer-buch.de

Umschlaggestaltung: Brigitte Mück
Umschlagfoto und Bearbeitung: CW Niemeyer Buchverlage
Druck und Bindung: AALEXX Buchproduktion GmbH, Großburgwedel
Printed in Germany
ISBN 978-3-8271-9404-6

Andreas Schmidt

Tödlicher Schnappschuss

CW Niemeyer

Über den Autor:

Andreas Schmidt ist verheiratet und Vater zweier Kinder, er lebt und arbeitet mit seiner Familie in Wuppertal. Die Leidenschaft für das Schreiben entdeckte er als Jugendlicher; so schrieb er als Schüler diverse Kurzgeschichten und arbeitete an Schülerzeitungsprojekten mit. Nachdem er zahlreiche Heftromane für große Verlage geschrieben hatte, gab er 1999 mit „In Satans Namen" sein Krimi-Debüt. 2002 gelang ihm mit „Das Schwebebahn-Komplott" der Durchbruch. Inzwischen sind sechs Wuppertal-Krimis, eine Anthologie sowie der Thriller „Mein ist die Nacht" erschienen. Seit 2008 ist er hauptberuflich als Autor und Texter für verschiedene Agenturen und Verlage sowie als Freier Redakteur tätig.

Mehr über Andreas Schmidt und seine Aktivitäten erfahren Sie unter www.andreasschmidt.org

Burg Polle, 23.55 Uhr

Die breiten Reifen des roten Porsche 911 wirbelten winzige Steine auf, als er das teure Fahrzeug am Fuß der Burgruine zum Stehen brachte. Mit einem satten Blubbern erstarb der hubraumstarke Motor im Heck des Sportwagens. Es war eine laue Nacht, und er ließ das Verdeck geöffnet. Mit einer eleganten Bewegung schälte sich Christian Vorberg aus dem Cockpit und blickte sich um. Der Porsche war das einzige Auto auf dem kleinen Parkplatz. Also war er pünktlich. Sein Geschäftspartner ließ sich Zeit.

Vorberg betätigte die Fernbedienung des Porsche; die Warnlichtanlage flackerte einmal durch die Dunkelheit und signalisierte ihm, dass der Wagen abgeschlossen war. Mit lässigen Bewegungen erklomm Vorberg die ausgetretenen Steinstufen, die zur Ruine der Burg Polle hinaufführten. Oben angekommen, verharrte der smarte Enddreißiger und lauschte in die Stille der Nacht. Der Wind frischte auf und verfing sich in den Ecken des Mauerwerkes, um dort ein unheimliches Heulen zu erzeugen. Das Laub des Efeus, das an Teilen der Steinquader emporrankte, raschelte unheilvoll. Die düstere Atmosphäre dieses Ortes begeisterte ihn seit seiner Jugend. Jetzt, im silbrigen Licht des Mondes, strahlte das Gemäuer eine ganz besondere Faszination auf ihn aus. Es war, als könnte er das, was hier in den letzten Jahrhunderten geschehen war, körperlich spüren. Schicksale, Grausamkeiten, aber auch

Feste und Feierlichkeiten, die hier im Mittelalter stattgefunden hatten. So hielt er einen Augenblick lang inne und ließ die Atmosphäre auf sich wirken. Sein Atem ging rasselnd. In den letzten Wochen hatte er ein paar Kilo zugelegt, was sicherlich am ständigen Fast Food lag, das er sich zu Gemüte führte. Vielleicht sollte er wieder ein wenig mehr Sport treiben, mal wieder mit dem Mountainbike durch die ausgedehnten Wälder des Weserberglandes fahren, so, wie er es früher immer gern getan hatte. Seine Leidenschaft war einfach zu kurz gekommen, stellte er bedauernd fest. Doch man musste Prioritäten setzen.

Christian Vorberg besann sich auf den Grund seines nächtlichen Besuches auf Burg Polle.

Weiter, rief alles in ihm. Er atmete tief ein, registrierte einen muffigen Geruch. Als im Gebüsch hinter ihm der schaurige Ruf eines Käuzchens durch die Nacht hallte, war die Gruselatmosphäre perfekt. Er war in der Gegend aufgewachsen, und so war er nicht zum ersten Mal auf Burg Polle, allerdings war dies sein erster Besuch nach Einbruch der Dunkelheit.

Man hatte ihn angerufen und um ein Treffen gebeten. Vorberg war gespannt, was ihn hier erwarten würde. Als er seinen Weg über die ausgetretenen Steinstufen fortsetzte, knirschten winzige Gesteinsbrocken unter den Sohlen seiner Schuhe. Er passierte den hohen Torbogen und fand sich innerhalb der Burgruine wieder. Doch Zeit, sich umzublicken, fand er nicht, denn im gleichen Augenblick schob sich eine Wolke vor den Mond. Es schien, als hätte jemand das Licht ausgeknipst. Er unterdrückte einen enttäuschten Seufzer. Missmutig trat er an die alte Mauer und blickte hinunter ins Tal, wo sich die Weser wie ein schwarzer Lindwurm gen Norden schlängelte. Den

Anleger der Fähre konnte man kaum ausmachen. In seinem Rücken wuchs der mächtige Bergfried in den Himmel. Tagsüber kamen Touristen her, um den wunderschönen Ausblick auf Polle und auf das Tal der Weser zu genießen, sie machten Erinnerungsfotos und genossen das Panorama, das sich hier bot. Doch jetzt konnte er mehr von der idyllischen Landschaft erahnen, als er sie sehen konnte.

„Du bist spät dran."

Erschrocken wirbelte er auf dem Absatz herum, war er doch davon ausgegangen, noch allein zu sein. Die Person, die ihn hierher zitiert hatte, war also doch schon hier. Vorberg fühlte sich, als habe man ihm aufgelauert. Die Dunkelheit verschlang die geheimnisvolle Person vollends, und Vorberg war es, als spreche er mit einer schwarzen Mauer aus meterdicken Quadern.

„Du wolltest mich sprechen?" Er wollte mit der Bemerkung Zeit gewinnen und von seiner Unsicherheit ablenken. Mit angestrengtem Blick starrte er auf die Stelle, wo er sein Gegenüber vermutete.

„Allerdings. Ich glaube, du kannst dir denken, worum es geht."

Die Stimme kam ihm bekannt vor. Er hasste diese Art von Treffen und spürte Wut in sich aufsteigen. Wut über sich selbst, der Aufforderung des Anrufers nachgekommen zu sein, Wut über seine Gier, zu jeder Tag- und Nachtzeit Geschäfte machen zu wollen. Und er wurde wütend auf sein Gegenüber.

„Was soll das?"

Die fremde Stimme ging nicht auf seine Frage ein. „Es ist eine schöne Nacht, findest du nicht?" Spott klang in der Stimme mit. „Wunderschön und romantisch."

„Können wir dann zum Anlass unseres Treffens kommen?"

„So ungeduldig?"

Die Person lachte leise.

„Ich will wissen, warum wir hier sind." Vorberg gewann seine Selbstsicherheit zurück.

„Dann möchte ich dich auch gar nicht länger auf die Folter spannen. Du bist zu einer Gefahr geworden." Wieder folgte leises Lachen. „Es ist mir auch lieb, wenn wir es schnell hinter uns bringen. Wie gesagt – du bist zu einer Gefahr geworden, Christian Vorberg."

„Wer sagt das?"

„Jeder, den man danach fragt. Aber ich bin nicht jeder, und deshalb werde ich jetzt und hier die Konsequenzen daraus ziehen."

Vorberg schaltete einen Gang zurück. Die Hoffnung, zu später Stunde noch ein lukratives Geschäft machen zu können, schwand. So aber hatte es ihm der rätselhafte Anrufer am Abend versprochen. Und da er für ein Geschäft immer ein offenes Ohr hatte, war Vorberg kurz vor Mitternacht noch einmal aufgebrochen und hatte sich zur Burg Polle begeben, um hier seinen Geschäftspartner zu treffen. Offenbar war er auf einen billigen Vorwand hereingefallen, unter dem man ihn hierher gelockt hatte.

„Wovon redest du?" Panik kam in ihm auf. Plötzlich wurde ihm bewusst, dass ihn hier oben niemand hören würde. Er war seinem Gegenüber ausgeliefert. Der Wind frischte auf, und die Wolken krochen in östliche Richtung weiter. Der Mond schimmerte durch das Gebilde und tauchte die Szenerie in ein unwirkliches, kaltes Licht.

„Fast könnte man glauben, du hättest Angst."

Wieder dieser Sarkasmus.

„Unsinn." Er schüttelte energisch den Kopf und hoffte, dass seine Schwäche nur ihm auffiel. Doch als das Licht des Mondes einen metallisch schimmernden Gegenstand in der Hand seines Gegenübers traf, zuckte er zusammen. Er blickte in die Mündung einer Waffe und hatte die Hoffnung, dass es sich hier um einen schlechten Scherz handelte, längst aufgegeben. Mit einem leisen Klicken wurde die Waffe entsichert, der Zeigefinger seines Gegenübers krümmte sich um den Abzug.

Seine Augen weiteten sich in Todesangst. Nein, das hier war kein Spaß, das war bitterer Ernst. Tödlicher Ernst. „Mach keinen Scheiß!", gellte seine Stimme durch die Nacht. Er wich einen Schritt zurück und spürte das kalte Gestein der Mauer in seinem Rücken.

„Du hast damit angefangen, *Scheiß zu machen,* um deinen Wortschatz zu gebrauchen."

Die Gestalt schälte sich nun ganz aus dem Schatten des Bergfriedes und trat zwei Schritte näher. „Du hast es zu weit getrieben und bist zu einer Gefahr geworden – es gibt keinen Ausweg, das verstehst du doch sicher?" Geheucheltes Mitgefühl.

„Nichts verstehe ich, also: Was soll der Quatsch?"

„Ich will nicht mit dir streiten."

Vorberg starrte auf die Mündung der Waffe, sah, wie sich der Zeigefinger anspannte, glaubte in Zeitlupe zu sehen, wie der Abzug durchgezogen wurde. Dann löste sich der Schuss, er sah das Mündungsfeuer aufblitzen, spürte fast zeitgleich einen brennenden Schmerz in der Brust und glaubte von innen heraus zu explodieren. Es war, als würde sein Körper in Flammen stehen. Christian Vorbergs Herzschlag setzte aus, ihm wurde schwindelig, und instinktiv riss er die Hände hoch, zu der Stelle, wo ihn die Kugel getroffen hatte. Er spürte etwas Warmes, Klebriges und wusste, dass es sich bei der Flüssigkeit um sein Blut handelte. Kraftlos taumelte er nach hinten, ruderte mit den Armen und kippte über die Mauer. Der Schmerz in seiner Schulter war, als er rücklings gegen die Steine prallte, eine Wohltat gegenüber dem Schmerz, der sich rasend schnell in seiner Brust ausbreitete. Dann fiel er ins Bodenlose, sah den Mond und den Fluss weiter unten. Vergeblich versuchte er, irgendwo Halt zu bekommen, doch er hatte längst verloren und stürzte in die Tiefe. Den Aufprall spürte er schon nicht mehr. Er würde kein Foto mehr machen. Nie wieder.

ZWEI

Burg Polle, 8.05 Uhr

Kein Auto nahm ihm den Parkplatz weg. Nur ein Sportwagen parkte trotz früher Stunde hier. Ein knallrotes Porsche Cabriolet, nicht älter als ein halbes Jahr. Oft schon hatte er davon geträumt, sich einmal im Leben einen solchen Wagen gönnen zu können. Doch als kleiner Kommissar würde der Traum vom eigenen Porsche wohl immer ein Traum bleiben. Dagegen wirkte sein alter Vectra wie ein automobiles Relikt aus einer längst vergangenen Zeit.

Norbert Ulbricht atmete tief durch, als er aus dem Wagen stieg und mit unverhohlenem Neid zu dem Porsche blickte, neben dem er seinen Vectra geparkt hatte. Die Luft im Weserbergland war nicht zu vergleichen mit dem Mief, der seine Lungen in Wuppertal täglich quälte. Doch ob es das wert war, hier eine Kur unter strenger medizinischer Aufsicht zu verbringen, wagte er zu bezweifeln. Er hatte sich in die Hände irgendwelcher Quacksalber begeben, fühlte sich ihnen ausgeliefert. Ulbricht war ein erwachsener Mann, und allein die allmorgendliche Frage „Wie geht es uns denn?" brachte ihn zur Weißglut. Das war Ärztedeutsch und hatte nichts damit zu tun, wie man einen volljährigen Mann ansprach, der im Vollbesitz seiner geistigen Kräfte war. Am liebsten hätte Ulbricht dem Weißkittel mit einem „Mir geht es gut, ich weiß natürlich nicht, wie es Ihnen geht" geantwortet. Aber er hatte es sich abgewöhnt, sich aufzuregen. Stattdessen entzog er sich den Ärzten, wo immer er nur konnte. Ulbricht kam auch allein gut zurecht. Immerhin zahlte die Kasse den ganzen Mist. Schon in den frühen Morgenstunden hatte er sich aus dem Kurhotel geschlichen und war dem allzu gesunden Frühstücksbuffet entkommen, um sich unterwegs in einer Bäckerei mit belegten Brötchen und einem Kaffee im Pappbecher zu versorgen.

Als er weitergefahren war, hatte ihn die Burgruine, die über dem kleinen Ort thronte, magisch angezogen. Hier, so hatte er beschlossen, würde er sein heutiges Frühstück genießen. Die Gesundheit, die man ihm in der Kur predigte, war ihm zuwider. Obwohl er erst seit zwei Tagen hier war, sehnte er sich zurück nach Wuppertal, der Stadt im Bergischen Land, von der die Menschen hier nicht viel mehr wussten, als dass dort in den 1950er-Jahren ein Elefant aus der weltberühmten Schwebebahn gestürzt war.

Nun, sei's drum, dachte er sich. Die vier Wochen Kur würde er überleben, und dann wartete wieder der graue Alltag auf ihn. Er würde sich früh genug wieder mit Gewaltverbrechern und Brandstiftern herumschlagen müssen. Also hatte er beschlossen, das Beste aus seiner Situation zu machen und verdrückte sich, wo es ging, um den Anwendungen, die ihm der Arzt verschrieben hatte, zu entgehen. Der ganze Gesundheits-Kram ging ihm gehörig auf die Nerven, und während sein Blick an den Resten der Burgruine emporglitt, sehnte er sich nach einer Zigarette. Doch er blieb hart. Vielleicht würde er wenigstens ein Erfolgserlebnis mit nach Hause nehmen. Niemand hätte auch nur einen verdammten Euro darauf verwettet, dass Kommissar Norbert Ulbricht als Nichtraucher zurückkehren würde.

Sein Magen meldete sich mit einem vernehmlichen Knurren. Ulbricht umrundete den Wagen, stellte den Kaffeebecher auf dem Dach ab, öffnete die Beifahrertür und angelte nach der Tüte mit den Brötchen. Seine Laune besserte sich schlagartig, als er mit Brötchen und Kaffee bewaffnet die Stufen zur Burg erklomm. Oben angekommen, stellte er fest, dass der jahrzehntelange Nikotingenuss ihn kurzatmig hatte werden lassen. Es hatte schon seinen Grund, weshalb sein Hausarzt ihm die Kur verschrieben hatte. Doktor Märtins hatte darauf bestanden, dass sich Norbert Ulbricht während der vier Wochen in Bad Pyrmont das Rauchen abgewöhnte. „Sie haben Raubbau mit Ihrer Gesundheit betrieben“, hallten seine Worte in Ulbricht nach. „Und nun ist es an der Zeit, den Lebensstil zu ändern, wenn Sie noch etwas von Ihrem wohlverdienten Ruhestand genießen wollen.“

Der Ruhestand, durchzuckte es Ulbricht. Ja, lange dauerte es nicht mehr, bis ihn die Wuppertaler Polizeipräsidentin aufs Abstellgleis schieben würde. Lust auf seinen Job hatte er schon lange nicht mehr, aber der Gedanke an die Pension, egal ob verdient oder nicht, behagte ihm auch nicht sonderlich. Mit wem hätte er denn den Lebensabend genießen sollen? Seit Jahren war er notorischer Einzelgänger und hatte längst aufgegeben, sich eine Partnerin zu suchen. So hatte er das gemacht, was ihm einfacher erschien: Norbert Ulbricht hatte sich in den Job gestürzt und war voll darin aufgegangen. Doch das Leben als Leiter des KK 11 hatte ihn verbittert gemacht. Es schien ihm, als würden die Menschen immer verrückter, immer brutaler und immer gewaltbereiter werden.

Diese Gedanken gingen ihm durch den Kopf, als er an eine etwa hüfthohe Mauer trat und hinunter ins Tal blickte. Die ehemalige Burg lag direkt an einer Weserschleife. Unten querte eine kleine Fähre den Fluss. Ulbricht betrachtete die saftig grünen Wiesen, über denen noch der Frühnebel hing. Gelbe Rapsfelder und Weiden lagen wie ein natürliches Schachbrett auf der sanft hügeligen Landschaft des Weserberglandes. Der kleine Ort lag verschlafen zu Füßen der Burgruine und erinnerte ihn unwillkürlich an das Dorf einer Modellbahnlandschaft.

Als er den Kopf in den Nacken legte und zum Himmel hinaufblickte, ahnte er, dass es ein angenehm warmer und sonniger Tag werden würde. Ulbricht hockte sich auf die Mauer und genoss den ländlichen Ausblick. Auf der Straße, die sich gleich neben dem Fluss entlangzog, rumpelte ein Kieslaster mit surrenden Reifen nach Norden. Sechs PKW hingen ihm wie lästige Insekten an der Stoßstange. Die Fahrer fluchten wahrscheinlich, weil sie den gemächlich dahinschleichenden Lastwagen auf der kurvenreichen Straße nicht überholen konnten.

Ein Grinsen huschte um Ulbrichts Mundwinkel, doch es war kein schadenfrohes Grinsen. Er genoss es zum ersten Mal, keinen Stress zu haben und atmete tief durch. Ja, dachte er sich, die Luft hier tut gut. Dann nahm er einen Schluck von seinem Kaffee und machte sich an der Tüte zu schaffen. Die Brötchen dufteten herrlich. Er entschied sich für das Mettbrötchen, nahm es heraus und biss hinein. So könnte es doch immer sein, dachte er zufrieden mit sich und seiner Welt. Mit nichts und niemandem etwas am Hut zu haben und einfach dort zu sein, wo es ihm gefiel.

Während er frühstückte, genoss er vom Bergsporn aus das Panorama. Immer wieder spülte er mit einem Schluck Kaffee nach. Irgendwann blickte er jenseits der

Mauer, auf der er saß, nach unten. Weit ging es nicht hinunter, und dichtes Buschwerk und einzelne Bäume hinderten ihn daran, die Tiefe zu schätzen. Efeu kletterte an den mächtigen Steinquadern empor.

Doch da war etwas, das ihm das Blut in den Adern gefrieren ließ: Ulbricht sah eine Person, die in verrenkter Haltung leblos im Grün hing. Sofort dachte er an den roten Porsche auf dem Parkplatz. Handelte es sich bei dem Mann um den Besitzer des Sportwagens? Er war nicht sicher und zog auch einen Wanderer ins Kalkül, der über die Mauer nach unten gestürzt war und sich im Astwerk hatte fangen können. Doch zum einen trug der Mann nicht die typische Kleidung eines Wanderers, zum anderen blickte Ulbricht in weit geöffnete, leblose Augen, die anklagend zu ihm aufblickten und auch aus der Entfernung keinen Zweifel daran ließen, dass der Mann tot war.

Die Hand, mit der Ulbricht das Brötchen hielt, öffnete sich. Das Brötchen entglitt ihm und stürzte nun ebenfalls in die Tiefe. Als er nach dem Handy angelte, das sich in der Tasche seines leichten Sommermantels befand, kippte er auch noch den Becher um, der vor ihm auf dem Mauerwerk stand. Im Fallen löste sich der Plastikdeckel des Bechers. Die braune Brühe schwappte nach unten und ergoss sich über den Toten, der nun erst recht keinen schönen Anblick mehr bot. Ulbricht vergaß, dass er hier zur Kur war.

Sein Gehirn funktionierte wieder präzise wie ein Computer, als er den Notruf wählte und den Kollegen in der Zentrale schilderte, welch grausame Entdeckung er hier oben auf der Burgruine von Polle gemacht hatte.

Osterstraße, Hameln, 8.50 Uhr

Normalerweise hätte sie Lisa, ihre Praktikantin, zur Bäckerei geschickt. Doch die hatte sich pünktlich zum Dienstbeginn krankgemeldet: Migräne. Aber Maja Klausen wusste, dass die Kleine gestern zu einer Party eingeladen gewesen war. Dumm genug, ihrer Vorgesetzten vorher davon zu berichten, war sie immerhin gewesen. Vermutlich hatte sie die Nacht durchgemacht, reichlich Alkohol getrunken und war schlicht nicht aus dem Bett gekommen, als der Wecker sie aus den Träumen gerissen hatte. Völlig verkatert hatte sie sich telefonisch krankgemeldet.

Ein Schmunzeln legte sich auf Majas volle Lippen. Die Kleine musste eben noch viel lernen und war noch nicht lange genug bei der Polizei, um ihr etwas vormachen zu können. Doch sie war ihr nicht böse, denn auch wenn Maja die Vierzig überschritten hatte, so war sie eine lebensfrohe Frau und hatte ihre eigene Sturm- und Drangzeit nicht vergessen. In der kleinen Bäckerei in der Osterstraße herrschte reger Betrieb an diesem Morgen, und es dauerte eine Weile, bis sie an der Reihe war. Die Wartezeit überbrückte sie damit, die Auslagen im Kuchenregal zu bewundern. Maja Klausen hatte eine Schwäche für Süßigkeiten, und es hatte durchaus seinen Grund, dass sie in der Regel Lisa zum Bäcker schickte: Sie selbst wurde angesichts der Leckereien immer wieder schwach und kaufte viel mehr als nur Brötchen. Eine menschliche Schwäche, die sich allzu gern auf der Hüfte zeigte und die dann mit stundenlangem Joggen im Hamelner Stadtwald wieder mühsam abtrainiert werden musste.

Entschied sie sich für einen Amerikaner mit Zuckerguss, oder nahm sie eine Puddingschnecke? Die

Vanillecreme sah verführerisch aus. Oder doch lieber ein Stück Erdbeerkuchen vom Blech? Ja, der Erdbeerkuchen sollte es sein. Ein Stück nur, und ohne Sahne, dann war es vielleicht nicht ganz so schlimm, machte sie sich selbst Mut. Schnell entschied sie sich um und wählte in Gedanken den Amerikaner. Den würde sie auf dem Weg zur Polizeiinspektion auf der Hand essen können. Die Kollegen mussten ja nicht mitbekommen, dass sie mal wieder schwach geworden war. Dann würde das Tuscheln hinter ihrem Rücken wieder losgehen. Also – ein Amerikaner, der konnte vielleicht nicht schaden. Oder doch lieber der wohlduftende Erdbeerkuchen vom Blech?

Gerade, als sich Maja für die Puddingschnecke entschieden hatte, wurde sie von der rundlichen Verkäuferin nach ihren Wünschen gefragt. Die Badesaison stand vor der Tür, und da waren Fettpölsterchen genau das, was sie nicht gebrauchen konnte. Schnell bestellte Maja zwei belegte Brötchen und eine Laugenstange für den kleinen Hunger zwischendurch. Nachdem sie mit passendem Geld bezahlt hatte, griff sie nach der Tüte und machte, dass sie aus der Bäckerei kam, bevor sie doch noch schwach wurde. Die prächtigen Renaissance-Fachwerkhäuser mit ihren bunten Treppengiebeln begeisterten sie einmal mehr, als sie in die Bäckerstraße abbog. Die ersten Touristen flanierten in bunten, wetterfesten Jacken durch den historischen Kern der Rattenfängerstadt, und minutenlang vergaß Maja Klausen den Job. Sie ließ sich einfangen vom Flair der Altstadt und genoss es, durch die Straßen zu schlendern, als sie das sanfte Vibrieren in ihrer Jackentasche spürte. Von einer Sekunde zur anderen war sie wieder im Alltag angekommen und zog das Telefon hervor. Mit einem Blick auf das Display stellte sie fest, dass der Anruf aus der Polizeiinspektion kam. Hatte einer der Kollegen noch etwas vergessen? Sollte sie noch einmal umkehren und die Bäckerei erneut betreten, um dann schwach zu werden und sich doch für ein Stück Erdbeerkuchen zu entscheiden?

Sie drückte die grüne Taste und nahm den Anruf an. Am anderen Ende der Leitung war Roland Alders. Der junge Kommissar kam ohne Umschweife auf den Punkt. „Wir haben einen Toten. An der Everstein-Ruine in Polle. Schwing die Hüften, Frau Kollegin, es gibt Arbeit."

„Schöner Start in den Tag", murmelte Maja. „Ist das Tatort-Team schon da?"

„Klar, die Spurensicherung ist zugange, allerdings ist die Bergung der Leiche nicht ganz leicht. Ich hab mal ein Team der Feuerwehr hingeschickt, die sollen unsere Jungs unterstützen."

„Hast du gut gemacht. Ich fahr sofort los."

„Soll ich nicht mit?" Alders klang enttäuscht. „Ist doch gleich bei mir um die Ecke." Er stand noch am Anfang seiner Polizeikarriere und hatte es noch nicht mit vielen Todesfällen zu tun gehabt. „Ich könnte auf dem Rückweg zu Hause die Wäsche aufhängen."

„Nee, lass mal gut sein. Halt du lieber in der Inspektion die Stellung. Ich melde mich, wenn ich mehr weiß." Bevor er Einspruch einlegen konnte, hatte Maja den roten Knopf gedrückt und ließ das Handy in der Tasche verschwinden. Eilig begab sie sich zum Parkplatz. Das Frühstück musste warten, aber vielleicht konnte sie ja unterwegs ins Brötchen beißen.

Burgruine Polle, 9.35 Uhr

Natürlich hatten sich bereits Schaulustige eingefunden, als sie den Tatort erreichte. Sie standen in kleinen Grüppchen in der Morgensonne zusammen und waren in intensive Diskussionen vertieft. Das Tatort-Team vom Einsatz- und Streifendienst hatte den Bereich bereits großflächig abgesperrt. Drei Pressefotografen strichen um die Absperrung und versuchten mit ihren Teleobjektiven einen Schnappschuss vom Schauplatz schießen zu können. Das rotweiße Band mit der *Polizei*-Aufschrift flatterte im Wind, und uniformierte Kollegen hielten allzu neugierige Besucher und die Journalisten auf Distanz. Maja fragte sich zum Teamleiter durch und wurde zu Jürgen Grundmann gebracht, einem vierschrötigen Hünen von Mitte vierzig mit dichtem dunklem Haar. Sein Anzug saß wie immer schlecht, und er war ein seltsamer Typ. Dennoch war er im Kollegenkreis als guter und zuverlässiger Polizist bekannt. Von Grundmann ließ sich Maja einweisen.

„Der Tote ist männlich, 37 Jahre alt. Christian Vorberg aus Holzminden."

„Der Christian Vorberg?" Maja runzelte die Stirn. „Der Fotograf Vorberg, meine ich?"

„Der Paparazzo aus dem Weserbergland, ja." Grundmann nickte. „Polizeilich ist er noch nie in Erscheinung getreten, keine Ahnung, wer ihm was anhaben wollte. Vorberg ist über die Mauer in die Tiefe gestürzt."

„Gestürzt, oder ist er gestürzt worden? Und wie lange ist er tot?"

„Der Arzt schätzt, dass der Tod gegen Mitternacht eingetreten ist, für genauere Angaben müssen wir das Ergebnis der Obduktion abwarten." Grundmann rang sich ein Grinsen ab. „Er ist über die Mauer gestürzt, weil er erschossen wurde. Vermutlich hat er im Augenblick des Todes das Gleichgewicht verloren und ist dabei zu Fall gekommen. Es gibt ein paar Schürfwunden, die er sich beim Sturz zugefügt haben könnte. Spuren von Gewaltanwendung konnten – vom Schuss abgesehen – nicht festgestellt werden." Grundmann baute sich neben dem Bergfried auf. „Der Täter muss sein Opfer hier erwartet haben." Er zeigte auf den Torbogen, durch den sie gerade getreten waren. Dazwischen lagen gut fünf Meter. „Und von dort aus hat auch der Tote die Ruine betreten. Weil es dunkel war, hat er seinen Mörder nicht gleich sehen können. Er trat an die Mauer, und sein Mörder muss ihm genau hier aufgelauert haben. Das muss für unser Opfer ein gewaltiger Schreck gewesen sein, als er plötzlich nicht mehr alleine hier war."

„Was wissen wir über die Tatwaffe?"

„Neun Millimeter – das kann quasi alles sein. Vielleicht finden die Ballistiker mehr heraus."

„Ich will den Toten sehen."

„Wie du magst." Grundmann wandte sich zum Gehen.

„Wer hat ihn gefunden?"

„Ein Kollege."

„Ein Kollege?" Maja war stehen geblieben. „Kenne ich ihn?"

„Wohl kaum." Wieder ein Grinsen, und Maja fragte sich, ob Grundmann heute einen Clown gefrühstückt hatte. „Er ist privat hier und kommt aus Wuppertal. Das liegt in Rheinland-Pfalz, glaube ich."

Klugscheißer, dachte sie verächtlich.

„Wuppertal liegt in Nordrhein-Westfalen. Was tut er hier?"

„Burnout-Syndrom, vermute ich. Ist zur Kur in Bad Pyrmont und konnte die Anwendungen nicht ertragen, deshalb hat er sich von der Behandlung abgeseilt. Und nun schnüffelt er hier rum und mischt sich in unsere Arbeit ein. Komischer Kauz, wenn du mich fragst."

„Ich frage dich aber nicht." Sie hasste seine überhebliche Art. Die Kollegen der Spurensicherung bewegten sich in weißen Einmalanzügen durch das Gelände und waren mit der Tatortarbeit beschäftigt. Gefundene Gegenstände wurden in Plastiktüten gesammelt und katalogisiert. Als das Team die Hauptkommissarin erblickte, nickten die Mitarbeiter ihr zu. Weiter oben verfrachteten die Bestatter gerade den Toten in einen Leichensack. Als sie die Kommissarin erkannten, unterbrachen sie ihre Tätigkeit. Die schwarz gekleideten Männer traten einen Schritt zurück, sodass Maja einen Blick auf die Leiche werfen konnte. Christian Vorberg hatte ein männlich-markantes Gesicht, einen Dreitagebart und braunes Haar, das ein wenig zu lang war. Er trug eine Jeans, festes Schuhwerk und einen weinroten Pulli.

„Was wollte er hier? Mitten in der Nacht?" Maja zog zweifelnd die rechte Augenbraue hoch.

„Das sind Kreative, Künstler, Verrückte." Grundmann wedelte mit den Händen in der Luft herum. „Ich will nicht wissen, was der wirklich hier wollte."

„Womöglich war er mit jemandem verabredet, wurde überrascht und es kam zu dem tödlichen Schuss."

„Oder er war mit seinem Mörder verabredet." Grundmann grinste überheblich.

„Darauf wäre ich nicht gekommen", konterte Maja. Sie ließ den Blick über den Hof schweifen und erblickte einen Mann Ende fünfzig, der mit einem der Streifenpolizisten sprach. Er war hochgewachsen, schlank und trug einen leichten Sommermantel. Seine Jeans waren altmodisch und die Schuhe ausgetreten. Das Hemd war nicht aus der neuesten Kollektion, und es war nicht zu übersehen, dass der Mann keinen großen Wert auf modische Bekleidung legte. Nun hatte er registriert, dass sich Maja ihm näherte. Als er ihr den Kopf zuwandte, bemerkte sie seinen wachsamen Blick. Er klopfte dem jungen Polizisten auf die Schulter, ließ die rechte Hand in der Hosentasche verschwinden und trat auf Maja zu. Sie taxierte ihn mit einem Blick. Er war trotz des fortgeschrittenen Alters ein gut aussehender Mann. Die dunklen Haare waren von silbernen Strähnen durchzogen, doch Maja fand Männer mit ergrauten Schläfen sehr interessant.

„Guten Tag", sagte er. Seine Stimme klang klar. „Ich bin Kriminalhauptkommissar Ulbricht, Norbert Ulbricht. Ich habe den Toten gefunden."

„Oh, ein Kollege." Sie spielte ihm die Überraschung vor.

Sein Händedruck war fest, aber nicht schmerzhaft, und während sie sich die Hände schüttelten, blickte er ihr tief in die Augen, fast so, als könne er auf den tiefsten Grund ihrer Seele sehen. In ihrer langjährigen Polizistenlaufbahn hatte Maja viele Menschen kennengelernt, doch Ulbricht konnte sie nicht einschätzen. Aber am Klang seiner Stimme hatte sie herausgehört, dass er es durchaus gewohnt war, seine Mitarbeiter zu kommandieren.

Er strahlte eine gewisse Autorität aus, die auch ihr eine Spur unterschwelligen Respekt einflößte. Dennoch ließ sich Maja keine Unsicherheit anmerken. Sie lächelte ihn freundlich an.

„Maja Klausen vom 1. Fachdezernat im Zentralen Kriminaldienst Hameln. Ich leite die Ermittlungen." Sie sparte es sich, ihm den Dienstausweis zu zeigen. Das Foto war uralt. Damals hatte sie noch besser ausgesehen. Sie zog den Kollegen zur Seite und ließ sich von ihm schildern, was er beobachtet hatte. Viel war das nicht, wie sie sich eingestehen musste. Dennoch schilderte Ulbricht seine Beobachtungen sehr konkret, und sie war froh, es mit einem Profi zu tun zu haben.

„Ihre Kollegen haben ihn anhand seiner Papiere identifizieren können. Seltsam, dass er keinen Schlüssel bei sich trug. Ein Autodieb scheint das nicht gewesen zu sein, denn der Wagen des Toten steht unten auf dem Parkplatz, also hatte man es nicht auf seinen Wagen abgesehen." Er grinste, und Maja überlegte, was er von Grundmann noch mitgehört haben könnte.

„Ein Handy trug der Tote auch nicht bei sich. Die Halteranfrage Ihrer Leute hat ergeben, dass es sich bei dem Porsche auf dem Parkplatz um seinen Wagen handelt. Ein Fotograf, der sich einen Porsche leisten kann, ist eher selten", schloss Ulbricht seine Ausführungen. „Wir sollten sehen, welche Aufträge er zuletzt angenommen hat."

Maja glaubte sich verhört zu haben. „Wir?", fragte sie mit gerunzelter Stirn.

„Natürlich. Immerhin habe ich den Mann gefunden."

„Sie sind ein Zeuge, und ich ermittle in dem Fall."

„Falsch - ich bin ein Kollege. In Wuppertal leite ich das KK 11, also haben Sie es nicht mit einem blutigen Anfänger zu tun, Frau Kollegin." Er schüttelte energisch den Kopf. „Und es ist meine verdammte Pflicht, Sie bei der Aufklärung des Falles tatkräftig zu unterstützen." Um seinen Worten Nachdruck zu verleihen, drückte er Maja eine Visitenkarte mit dem Wappen der Polizei NRW in die Hand. Sie warf einen flüchtigen Blick darauf und steckte die Karte in die Hosentasche.

„Ich habe Sie nicht um Amtshilfe gebeten", stellte Maja klar. „Meine Leute sind sehr engagiert, insbesondere wenn es sich um einen Fall handelt, bei dem ein Toter zu beklagen ist. Also setzen Sie sich in Ihr Auto und genießen Sie das Weserbergland von seiner schönen Seite. Sicherlich wissen Sie, dass Bodenwerder als Münchhausenstadt bekannt ist. Gehen Sie auf Entdeckungsreise, aber mischen Sie sich nicht in meine Angelegenheiten." Ohne die Antwort des verdutzten Hauptkommissars aus Wuppertal abzuwarten, machte Maja Klausen auf dem Absatz kehrt und suchte Grundmann auf. Seine Gesellschaft war ihr augenblicklich sogar lieber als die des aufdringlichen Kommissars aus dem Bergischen Land.

Stahler Ufer, Holzminden, 11.05 Uhr

Der spitze Turm einer Kirche ragte in den nahezu wolkenlosen Himmel. Es schien, als hätte er Patina angesetzt, dachte Ulbricht und fragte sich, welche Funktion wohl das klobige Gebäude unweit der Kirche hatte. Ein Schild am Straßenrand verriet ihm, dass es sich um den alten Getreidespeicher handeln musste. Nachdem er die Weser, die hier die Grenze zwischen Nordrhein-Westfalen und Niedersachsen bildete, überquert hatte, fand er einen freien Parkplatz am Johannismarkt. Von hier aus legte er den Rest des Weges zu Fuß zurück. Da er sich nicht auskannte, musste er mehrmals nach dem Weg fragen. Für die Schönheiten der Weserstadt hatte er keinen Blick. Das Jagdfieber hatte ihn längst gepackt. Er war auf der Suche nach einer heißen Spur, die ihn zum Mörder des Fotografen führte. In einem Studio hatte Christian Vorberg offenbar nicht gearbeitet, denn seine Wohnung lag in einem Fachwerkhaus, das auf den ersten Blick keine Geschäftsräume aufwies. Die Adresse hatte Ulbricht mitgehört, als Hauptkommissar Grundmann die Brieftasche des Toten geöffnet hatte, um seine Identität festzustellen. Dieser Grundmann war ein seltsamer Typ. Aber er war so dumm gewesen, die Adresse des Toten laut genug zu verkünden, dass er es hatte mithören können. Der Umstand, dass man bei Vorberg keinen Schlüssel gefunden hatte, machte ihn stutzig. Viele Menschen trugen ihre Schlüssel an einem Bund. Auto-, Postfach- und Wohnungsschlüssel waren oft eine Einheit. Und da der Wagen nicht entwendet worden war, hatte sich Ulbricht der Verdacht aufgedrängt, dass man es auf Vorbergs Bleibe abgesehen hatte. Grund genug für ihn, sich die Wohnung des Toten einmal anzusehen.

Es gab zwei Klingelschilder am Eingang, eins trug die Aufschrift *Ch. Vorberg*, das andere *Hans Hutmacher*. Er wunderte sich über den Namen und dachte unwillkürlich an einen Werbespot, den er aus dem Fernsehen kannte.

„In jedem siebten Ei, ist ein Hans Hutmacher mit dabei", murmelte er grinsend. Da die Wahrscheinlichkeit, dass ihm Christian Vorberg die Türe öffnen würde, äußerst gering war, legte Ulbricht den Daumen auf den Klingelknopf von Hans Hutmacher. Es dauerte einen Moment lang, dann ertönte ein Summer, und der Kommissar stemmte sich gegen die Tür. Er fand sich in einem schummrigen Treppenhaus wieder, das halbhoch mit Holz vertäfelt war. Eine schmale Holztreppe führte nach oben; die Teppichfliesen auf den Stufen waren abgewetzt und hätten längst erneuert werden müssen. Rechts an der Wand verbeulte Briefkästen aus Blech, dann eine Tür mit Milchglasscheiben, hinter denen Licht brannte. Die Tür wurde geöffnet und eine alte Frau, bekleidet mit einer geblümten Schürze, trat in den Flur und musterte ihn misstrauisch. Die ergrauten Haare hatte sie hinter dem Kopf zu einem Knoten zusammengebunden. Eilig trocknete sie sich die faltigen Hände an einem karierten Geschirrtuch ab. Ulbricht vermutete, dass Hans Hutmacher nicht mehr lebte, und die Witwe hatte das Namensschild ihres Mannes an der Klingel belassen, um finstere Gestalten nicht darauf aufmerksam zu machen, dass hier eine alte, alleinstehende Frau lebte.

„Was wollen Sie?", krächzte sie. Ulbricht schätzte sie auf knapp neunzig Jahre.

„Sind Sie Frau Hutmacher?"

„Martha Hutmacher, ja. Wer will das wissen und was geht Sie das an?"

Er lächelte verbindlich. Bei ihr hatte er keine Chance. *Also die offizielle Vorstellung,* durchzuckte es ihn. Er zog seinen Dienstausweis heraus und hielt ihn der Alten so hin, dass sein Daumen auf dem NRW-Wappen lag. „Ulbricht ist mein Name, Kriminalpolizei." Mit Zufriedenheit stellte Ulbricht fest, dass sich das Misstrauen der Alten in Entsetzen verwandelte. Sie schlug die Hände vor das Gesicht.

„Mein Gott", stieß die resolute Seniorin hervor. „Ist etwas passiert?"

„Ich fürchte ja." Ulbricht hasste es, Todesnachrichten zu überbringen. Doch es gehörte zu seinem Beruf, und er wusste nicht, in welchem Verhältnis Frau Hutmacher zu Christian Vorberg gestanden hatte. Vielleicht waren sie nur Nachbarn, womöglich hatte sie aber auch mehr miteinander verbunden. Ulbricht beschloss, sensibel zu sein, auch, wenn das nicht seine Stärke war. Er deutete auf die Wohnungstür.

„Darf ich einen Augenblick hereinkommen?"

Nicken, der Blick der Alten huschte unstet zwischen ihm und dem gekachelten Fußboden hin und her. „Kommen Sie." Martha Hutmacher ging vor, und Ulbricht folgte ihr in ihre Wohnung. Es roch nach Mittagessen. Sie murmelte eine Entschuldigung und verschwand in der Küche, um den Herd abzuschalten. Auf verbranntes Essen habe sie keine Lust, bemerkte sie, während Ulbricht sich umblickte. An den Wänden vergilbte Tapeten mit Blumenmuster, das Mobiliar mehrere Jahrzehnte alt, aber sehr gut erhalten und sauber. Auf der Kommode im Flur eine blütenreine Spitzendecke, darauf eine Vase mit künstlichen Blumen. Von Staub keine Spur. Martha Hutmacher erschien im Flur, zog die Küchentür zu und führte ihren Gast in das Wohnzimmer. Auch hier beherrschten alte Möbel das Bild. Auf dem Sofa grausam gemusterte Überwürfe; an der Wand hinter dem Sofa das Ölgemälde eines Alpenpanoramas in einem wuchtigen Holzrahmen. Ulbricht sank auf das Sofa und spürte den angenehm harten Federkern, der anscheinend noch nie ein hüpfendes Kind ertragen hatte. Auf dem Tisch eine Brille, ein aufgeschlagenes Kreuzworträtselheft und eine Fernsehzeitung. Frau Hutmacher ließ sich auf dem Sessel nieder, legte die Hände auf die Armlehnen und blickte ihren Gast fragend an. „Ist etwas mit Herrn Vorberg?"

„Kannten Sie ihn gut?"

„Wir lebten einige Jahre gemeinsam in diesem Haus. Dies ist das Haus meiner Eltern, müssen Sie wissen." Kurz huschte der Ansatz eines wehmütigen Lächelns über das faltige Gesicht der alten Dame. „Sie lebten in der Wohnung oben. Ich habe sie vermietet, um meinen Lebensunterhalt bestreiten zu können, das ist ja mit der staatlichen Rente kaum noch möglich. Und außerdem hasse ich es, alleine in einem so großen Haus zu wohnen. Also vermiete ich die Wohnung. Und Herr Vorberg wohnte seit zwei Jahren hier."

„Sie reden in der Vergangenheit", stellte Ulbricht fest.

„Sie haben damit angefangen." Martha Hutmachers Verstand war wacher, als Ulbricht gedacht hatte, das musste er ihr lassen. Ihr Kopf ruckte hoch, dann nickte sie nachdenklich. Vielleicht täuschte sich Ulbricht, aber er glaubte, dass die Augen der alten Frau feucht schimmerten. „Ich bin keine zwanzig mehr", murmelte sie und seufzte. „In meinem Leben habe ich schon so manchen Kriminalroman gelesen und viele Krimis im Fernsehen geschaut. Halten Sie mich also nicht für dumm - Sie sind hier, um mich über den Tod meines Mieters zu unterrichten, habe ich recht?" Ihre Hände wischten über den Stoff der Armlehnen. Sie zupfte nach imaginären Flusen, während sie Ulbricht mit versteinerter Miene anblickte.

„Leider haben Sie recht, ja." Nun war es raus, und Ulbricht musste sich eingestehen, dass er es sich schwerer vorgestellt hatte. „Christian Vorberg wurde ermordet. Auf der Burg Polle, um genau zu sein."

Wieder ein nachdenkliches Nicken, ihr Blick glitt ins Leere, doch sie schwieg. Das einzige Geräusch im Raum war das Ticken der alten Wanduhr mit dem hochglanzlackierten Nussbaumgehäuse. Die goldenen Pendel schwangen gleichmäßig nach links und rechts.

„Ich habe es gewusst - irgendwie", brach Frau Hutmacher das Schweigen.

„Warum?“ Ulbricht richtete sich im Sofa auf und blickte die alte Dame aufmerksam an. Er legte die Fingerspitzen beider Hände aneinander, das tat er immer, wenn er angestrengt nachdachte und keine Zigarette rauchen durfte oder wollte.

Jetzt hätte er gern geraucht, doch erstens befand er sich in einer fremden Wohnung, und zweitens war er gerade dabei, sich das verdammte Rauchen abzugewöhnen.

„Er war ein seltsamer junger Mann, lebte nur für die Fotografie.“

„Was ist daran seltsam?“

„Nun, das Fotografieren war weitaus mehr als nur sein Hobby. Er war ein Kauz, lebte hier sehr zurückgezogen. Ich glaube, er hatte auch nicht viele Freunde.“ Dann lachte sie humorlos auf. „Nur die Frauen. Die kamen zu ihm.“

„Hatte er wechselnde Partnerinnen?“

„Das kann man wohl sagen.“ Die alte Dame nickte. „Manchmal ging es im Haus zu wie im Taubenschlag. Ich habe ihn mir mehrmals zur Brust genommen und ihm gesagt, dass ich das nicht möchte. Was sollen denn die Leute denken? Das kommt doch alles auf mich zurück. Und ich will nicht, dass man mir nachsagt, ich würde ein Freudenhaus betreiben.“ Sie schüttelte das ergraute Haupt. „Er hätte sich doch einmal für eine der Damen entscheiden können – so jung war er doch auch nicht mehr.“

„Können Sie sich an die Damen erinnern, ich meine, gibt es Namen und Adressen, die Sie mir nennen könnten?“

Die resolute Dame dachte angestrengt nach, dann schüttelte sie den Kopf. „Nein, ich kannte keine der Frauen. Sie wechselten so schnell, ich hatte nicht einmal die Möglichkeit, mich mal mit einer der Frauen zu unterhalten."

Also gut, hoffnungslos, dachte Ulbricht.

Andere Strategie.

„Wissen Sie, was er fotografierte? Ich meine, auf welche Motive war er spezialisiert?"

„Er hat einfach alles fotografiert. Wahrscheinlich hat er das Haus niemals ohne seinen Fotoapparat verlassen, hatte wohl immer Angst, dass er dann das Motiv seines Lebens verpassen könnte." Nun lächelte Martha Hutmacher wieder.

„Hat er davon leben können?"

„Absolut, ja. Er hat mir die Miete immer schon ein paar Tage vor dem Ersten gebracht."

„Gebracht?"

„Ja, er hat sie mir meistens in bar gegeben. Mir war das egal, solange die Scheine echt waren." Sie kicherte. „Und das waren sie. Ich gehöre zur alten Generation, Herr Kommissar. Und zu meinen Zeiten war Bargeld das Zahlungsmittel schlechthin. Diese Dinge, wie man heute bezahlt, im Internet und so, das war mir immer suspekt. Da sind zu viele Verbrecher unterwegs, aber das müssen Sie ja besser wissen." Wieder ein Kichern, dann schüttelte sie den Kopf. „Er hatte offenbar ein gutes Auskommen. Herr Vorberg verkaufte seine Fotos an Zeitungen und Verlage, er war schon recht angesehen in der Branche, glaube ich."

„Hat er auch hier im Haus gearbeitet?"

„Das weiß ich nicht, aber ich glaube nein. Wenn er Porträts von Menschen oder große Dinge aufgenommen hat, dann hat er sich von einem Bekannten das Studio geliehen."

„Wissen Sie, wie ich diesen Bekannten erreichen kann?"

Die alte Dame dachte angestrengt nach und schüttelte immer wieder den Kopf. „Es fällt mir noch ein", versprach sie. „Kommen Sie einfach noch einmal vorbei – ich muss erst meine Gedanken ordnen. Was wird denn jetzt mit der Wohnung?"

„Sie werden sich wohl bald einen neuen Mieter suchen müssen."

„Schrecklich. Aber erst muss doch die Spurensicherung da rein, oder?"

Ulbricht lächelte. Martha Hutmacher schien sich bestens auszukennen. „Das ist wahr. Aber die Kollegen vom Fachdezernat sind sicherlich schnell, und dann können Sie über die Räumlichkeiten verfügen."

„Und nun?" Sie wirkte ratlos. „Wie kann ich Ihnen denn helfen?"

„Als seine Vermieterin haben Sie sicherlich einen Schlüssel zur Wohnung?" Ulbricht hatte genug gehört. Er wollte endlich mit der Recherche beginnen und wissen, worauf es der Mörder abgesehen hatte. Ulbricht war sicher, dass sich das Geheimnis in der Wohnung von Christian Vorberg befand.

„Natürlich." Sie zögerte. „Aber ich weiß nicht, ob ich das darf. Sie benötigen für so was doch einen Durchsuchungsbefehl?"

„Beschluss." Nun musste Ulbricht grinsen. *Die alte Frau sieht wirklich zu viele schlechte Krimis,* dachte er. „Es heißt Durchsuchungsbeschluss. Aber ich kann Sie beruhigen: Erstens ist das inzwischen nur noch eine Formalie, die ich durch den Staatsanwalt und den Richter nachreichen lassen kann. Abgesehen davon, handelt es sich um die Wohnung eines Mordopfers, in der ich ermitteln muss. Sie ersparen sich also die Kosten für den Schlüsseldienst, wenn Sie mir dort Einlass gewähren, Frau Hutmacher." Er erhob sich.

„Na gut, wie Sie meinen." Auch Martha Hutmacher stand auf und ging in gebückter Haltung zu der kleinen Kommode im Flur. „Sie werden schon wissen, was Sie tun." Aus einer Schublade nahm sie einen Schlüssel, den sie Ulbricht überreichte. „Hier", sagte sie. „Zu treuen Händen. Den hätte ich gern wieder, wenn Sie fertig sind."

„Selbstverständlich", nickte Ulbricht. Nun stand er kurz vor der ersten heißen Spur, und längst hatte er vergessen, dass er sich im Weserbergland aufhielt, um von der nie endenden Verbrecherjagd ausspannen zu wollen. Eigentlich ...

DREI

Wie er erwartet hatte, gab es an der Tür keine Einbruchspuren. Dieser Umstand und die Tatsache, dass man bei dem Toten keinen Schlüssel gefunden hatte, stärkten Ulbrichts Verdacht, dass Vorbergs Mörder etwas Bestimmtes in der Wohnung suchte oder gesucht hatte. Eilig fummelte Norbert Ulbricht den Schlüssel ins Schloss und öffnete die Tür. In Vorbergs Wohnung roch es muffig; wahrscheinlich hatte er schon länger nicht mehr gelüftet. Die Wohnung war ähnlich geschnitten wie die der Hausherrin, nur gab es zwei große, zusätzliche Räume. Bevor er mit der Besichtigung begann, zog er ein Paar hauchdünne Einmalhandschuhe über, die er immer bei sich trug – sogar in der Kur, wie er ein wenig von sich selbst überrascht feststellte. Was ihn weniger überraschte, war der Umstand, dass hier offensichtlich etwas gesucht worden war. Die Eindringlinge hatten nichts an seinem Platz gelassen – Schubladen waren aus den Schränken gezogen, und deren Inhalt hatten die ungebetenen Besucher auf dem Fußboden verteilt. Ulbricht bahnte sich vorsichtig den Weg durch die Wohnung. Neben der Tür gab es eine Pinnwand aus Kork. An einem Haken hing ein Schlüssel. Bei näherem Hinsehen erkannte Ulbricht, dass es sich wohl um den Zweitschlüssel des knallroten Porsche handelte. Er nahm den Schlüssel vom Board und wog ihn nachdenklich in der Hand. Allein der Schlüssel des Sportwagens wirkte wertiger als der Schlüssel seines alten Vectra. Ulbricht blickte zu der Korkwand und entdeckte ein kleines Foto. Hastig steckte er den Schlüssel in die Manteltasche und nahm das Bild in die Hand. Darauf erkannte er einen sichtlich gut gelaunten Christian Vorberg an der Seite einer bildhübschen Frau. Wahrscheinlich eines seiner Models, dachte Ulbricht und ließ auch das Foto in seine Tasche gleiten. Dann setzte er seine Wohnungsbesichtigung fort. In einem der Zimmer fand Ulbricht eine Art Arbeitszimmer vor, das von zwei großen Computermonitoren beherrscht wurde, die auf einer drei Meter langen Arbeitsplatte am Fenster standen. Natürlich hatte Vorberg die Vorzüge der digitalen Fotografie längst zu schätzen gelernt und bearbeitete seine Werke am Rechner, um die besten Ergebnisse zu erzielen. Das Seltsame war nur, dass es gar keine Computer gab. Ulbricht blickte auf die Anschlusskabel der Monitore, die nirgendwo angeschlossen waren. So langsam ahnte er, worauf es die Täter abgesehen hatten. Man hatte seine Rechner verschwinden lassen, um eventuell brisantes Material zu vernichten, das sich auf einer der Festplatten befand. Den Monitoren nach zu urteilen waren es mindestens zwei Rechner gewesen, und womöglich hatte Vorberg noch einen Laptop besessen.

Ulbricht setzte die Besichtigung der Wohnung fort. An den Wänden gab es große Fotografien in halterlosen Glasrahmen. Ulbricht betrachtete die Werke. Naturaufnahmen, einige Still-Leben, auch künstlerisch wertvolle Porträts erkannte er neben Detailaufnahmen einer elegant geschwungenen Oldtimerkarosserie. Tatsächlich schien sich Vorberg für jedes brauchbare Motiv interessiert zu haben.

Die Jalousien waren zugezogen, und das Licht der Sonne drang in breiten Streifen ins Zimmer. Staubpartikel tanzten im Sonnenlicht. Unter dem Fenster standen ein paar aufgeklappte Alukoffer. Darin sah Ulbricht Objektive verschiedenster Brennweiten. In einer Ecke des Raumes stand eine professionelle Studioblitzanlage, die sicherlich sündhaft teuer gewesen war. Ulbricht wandte sich ab und betrat den angrenzenden Raum. Das Schlafzimmer. Ein großer Kleiderschrank, der bis zur Decke reichte und ein französisches Bett. Vorberg hatte es nicht gerichtet, als er aufgestanden war; die Bettdecke und das Kopfkissen waren zerwühlt. An den Eisenstreben des Kopfendes hing ein Paar Handschellen mit Plüschüberzug. „Sieh an", grinste Ulbricht. „Unser Toter scheint ein verspielter Zeitgenosse gewesen zu sein." Er ging neben dem Bett in die Hocke und öffnete den Nachtschrank. Darin fand er eine Packung Kondome. Verantwortungsvoll schien Vorberg wenigstens gewesen zu sein. Vor dem Kleiderschrank gab es einen Berg aus unterschiedlichsten Textilien, die Ulbricht vorsichtig umschichtete. Er fand nichts von Bedeutung. Herrenbekleidung, Größe 50, vom Jogginganzug bis hin zum feinen Zwirn war alles vertreten. Vorberg war in der Lage gewesen, sich jedem Anlass entsprechend kleiden zu können. Wahrscheinlich brachte das der Beruf mit sich. Wenn er professionell gearbeitet hatte, dann hatte er Pferderennen in Hannover genauso abgelichtet wie vornehme Empfänge der oberen Zehntausend. Auch das Bad gab nicht viel her; im Becher fand Ulbricht nur eine einzige Zahnbürste, kein Make-up und kein Damenparfüm. Demnach hatte keine seiner Freundinnen hier über einen längeren Zeitraum gelebt. Die Küche war der Traum so mancher Hausfrau: hochmodern und maßgeschneidert. Auch die Einbaugeräte waren durchweg Markengeräte. Dennoch, so hatte Ulbricht den Eindruck, wurde die Küche nicht oft benutzt. Im Kühlschrank fand er Wurst, Käse und Butter, ein paar

Flaschen Bier und eine Flasche sündhaft teuren Sekt. Somit war Vorberg wohl für alle Fälle vorbereitet gewesen, dachte Ulbricht sarkastisch, als er sich von der Küche ins Wohnzimmer begab. Hier bestimmte eine große Ledercouch das Bild, davor ein niedriger Tisch. An der Wand ein übergroßer Flachbildschirm, in jeder Ecke des Raumes Lautsprechersäulen, die Filmgenuss im Kinoton der neuesten Generation versprachen. Nichts Billiges, dachte Ulbricht und ertappte sich dabei, die Wohnung mit seiner Junggesellenbude in Wuppertal zu vergleichen. Vielleicht sollte er wenigstens mal wieder tapezieren, wenn er schon mit den teuren Möbeln und Elektrogeräten nicht mithalten konnte.

Er lehnte sich an die Fensterbank und dachte nach. Ein Fotograf, der gut verdiente. Ein nagelneuer Porsche, eine professionelle Fotoausrüstung und moderne Unterhaltungselektronik kündeten nicht gerade von einem unbegabten Provinzfotografen, der mehr schlecht als recht über die Runden kam. Womit hatte Vorberg seinen Lebensstandard wirklich verdient?

Ulbricht verspürte ein menschliches Bedürfnis, das er auf den übermäßigen Kaffeegenuss schob und ihn ins separate WC trieb. In dem kleinen, gut vier Quadratmeter großen Raum hatten die Einbrecher keine Spuren hinterlassen. Das Klo lag unter einem kleinen Milchglasfenster. Ulbricht klappte die Brille hoch und genoss die frische Luft, die durch den kleinen Spalt des auf Kipp stehenden Fensters in den kleinen Raum drang. Während er sich hingebungsvoll erleichterte, fiel sein Blick auf den altmodischen Spülkasten hinter dem Klo. Etwas daran störte ihn, doch er kam nicht recht darauf, was mit dem weißen Kunststoffkasten nicht stimmte. Dann, als er den Reißverschluss der

Hose wieder verschloss, wusste er, was ihn störte: Der Deckel des Spülkastens war nicht ganz in seine Aufnahmen eingerastet. Er stand an der rechten Seite einen Spalt breit offen. Manchmal, erinnerte sich Ulbricht, klemmte das Ventil in seinem Spülkasten in Wuppertal auch. Dann öffnete er immer den alten Kasten und drückte das Ventil nieder, damit das Wasserrauschen aufhörte. Er konnte sich nicht vorstellen, dass es Vorberg ähnlich erging. Der Mann verdiente offenbar eine Stange Geld und hatte es wohl kaum nötig, sich mit hängenden Ventilen in veralteten Spülkästen herumzuärgern. Ulbricht klappte den Klodeckel wieder herunter und wartete geduldig, bis das Rauschen der Spülung nachließ. Nichts klemmte, das Ventil arbeitete also ordentlich. Warum dann der offene Kasten?

Jemand hatte daran herumhantiert, und das war sicherlich kein Klempner gewesen, denn der hätte nach Abschluss seiner Arbeit den Kasten wieder richtig verschlossen. Ulbricht beugte sich vor und machte sich an dem Deckel zu schaffen. Er zog ihn zwischen Daumen und Zeigefingern beider Hände aus der Arretierung und blickte in den Spülkasten. Das Ventil, der Hebelmechanismus und natürlich Wasser, bereit für den nächsten Spülvorgang.

Nichts Außergewöhnliches.

Trotzdem war sich Ulbricht sicher, dass er auf dem richtigen Weg war. Er stand sekundenlang mit dem Deckel in der Hand dort und überlegte. Dann fiel sein Blick auf die Styroporverkleidung im Innern des Deckels, die dafür verantwortlich war, die Geräuschbelästigung des Wasserrauschens zu dämmen. In der Schicht erkannte er einen quadratischen Schnitt, in chirurgischer Präzision ausgeführt. Unwillkürlich erinnerte er sich an ausgehöhlte Bücher, die man in englischen Bibliotheken als Verstecke für geheime Unterlagen nutzte. Ein uralter Trick aus der Zeit der guten alten Schwarzweiß-Fernsehkrimis, der den Weg in die Moderne geschafft hatte. Anstatt der Buchseiten hatte man hier das Innenleben des Spülkastens entfernt, um im Innern des Deckels einen geheimen Gegenstand zu verstecken. Nur, darüber war sich Ulbricht im Klaren, konnte es sich aufgrund der gegebenen Abmessungen nur um einen recht kleinen Gegenstand handeln.

Er zog das kleine Styroporrechteck heraus und legte es auf den Wannenrand. Unter der Schicht entdeckte er eine Klarsichtfolie, die sich bei näherem Hinsehen als Gefrierbeutel herausstellte. Sorgfältig faltete er den kleinen Beutel auseinander und entdeckte einen Chip, den er mit spitzen Fingern hervorzog. Es war einer dieser winzigen Dinger, die man unter anderem auch als Speicherkarten in Fotoapparaten verwendete.

Offenbar war er dem Geheimnis auf der Spur. Das, was Vorbergs Mörder nicht in der Wohnung gefunden hatte, war ihm beim Pinkeln aufgefallen. Mit einem breiten Grinsen schob sich Ulbricht die Speicherkarte in die Hosentasche, dann faltete er den Gefrierbeutel wieder zusammen und schob ihn in den Hohlraum des Deckels, bevor er die Styroporschicht wieder in das Rechteck drückte. Anschließend verschloss er den Spülkasten. Er ging dabei sorgfältiger als sein Vorgänger zu Werke und betrachtete sein Werk schließlich zufrieden. Niemand würde darauf kommen, dass der altertümliche Spülkasten ein Geheimnis barg, oder besser, geborgen hatte. Ulbricht war sicher, das gefunden zu haben, wofür Vorberg hatte sterben müssen. Sicherlich waren die Kollegen aus Hameln nicht dumm. Wenn man keinen Schlüssel beim Toten gefunden hatte, lag der Verdacht nahe, dass man in seiner Wohnung etwas ganz Bestimmtes suchte. Etwas, das Ulbricht nun in seinen Besitz gebracht hatte. Zufrieden wandte er sich ab. Ihn hielt hier nichts mehr. Diesem arroganten Grundmann würde er schon noch zeigen, wie gründliche Polizeiarbeit aussah.

Zufrieden trat er wieder hinaus in den Hausflur. Er zog die Handschuhe aus und stopfte sie in die Manteltasche, dann schloss er sorgfältig ab und klingelte wieder an Martha Hutmachers Wohnungstüre. Kaum, dass das Schrillen der altmodischen Türglocke verebbt war, flog die Tür auf.

„Ah“, machte Martha Hutmacher. „Das passt gut. Ihre Kollegin ist auch gerade eingetroffen. Darf ich Ihnen vielleicht einen Kaffee anbieten?“

Sekundenlang überlegte Ulbricht, wovon die alte Dame wohl sprach, dann ahnte er, dass es sich um keine andere Kollegin als um Maja Klausen handeln konnte. Er winkte dankend ab. „Das ist nett, aber ich bin ein wenig in Eile!“ Dann drückte er der alten Dame den Wohnungsschlüssel in die Hand und verließ das Haus so schnell es ging. Auf Ärger hatte er nun wirklich keine Lust.

VIER

Maja Klausen machte gute Miene zum bösen Spiel. Sie wollte der netten alten Dame nicht erklären, dass Kommissar Ulbricht hier in Niedersachsen keine Befugnisse hatte und nicht mit den Ermittlungen im Tötungsdelikt Christian Vorberg betraut war. Am liebsten hätte sie diesen Ulbricht sofort zur Rechenschaft gezogen und ihn gefragt, was er sich einbildete, hier herumzuschnüffeln. Und das war ihm auch nur geglückt, weil sich die Kollegen von der Spurensicherung so viel Zeit gelassen hatten. Unter anderen Umständen wären sie lange vor Ulbricht hier gewesen und hätten so Schlimmeres verhindern können. Maja hoffte, dass Ulbricht keine Spuren vernichtet hatte. Und wenn doch, dann war es jetzt auch zu spät. So übte sich Maja in Schadensbegrenzung, ließ sich von Martha Hutmacher zu einer Tasse Kaffee überreden und fragte sie beinahe all das, was die alte Dame bereits Ulbricht erzählt hatte. Martha Hutmacher stellte keine Fragen und half ihr, so gut es ging. Als die alte Frau kurz in der Küche verschwunden war, um sich um ihr Essen zu kümmern, telefonierte Maja mit den Kollegen.

„Wir sind in ein paar Minuten bei dir, halte aus", lachte Grundmann und war ihr zum ersten Mal seit langer Zeit sympathisch.

„Du hast gut reden", zischte Maja leise. „Dieser Ulbricht war vor mir hier und hat in Vorbergs Wohnung herumgeschnüffelt. Ich will nicht wissen, wie viele Spuren er bereits verwischt hat. Er ist Zeuge, und ich habe keine Lust, mir alles von ihm verderben zu lassen."

„Ich bring ihn um, wenn der sich weiterhin in unsere Arbeit einmischt", polterte Grundmann am anderen Ende der Leitung.

„Bleib mal locker. Er ist in erster Linie ein Kollege", erwiderte Maja und versuchte sich selbst zu beruhigen. „Und er wird wissen, was er tut. Wahrscheinlich hat er in seiner Laufbahn schon mehr Tatorte besichtigt als du, also entspann dich, Jürgen."

„Der soll mir mal über den Weg laufen!"

Genau das hatte sie nicht hören wollen, aber es war typisch für Grundmann. Majas Wangen hatten eine tiefrote Färbung angenommen. In der Küche klimperte Frau Hutmacher mit den Töpfen, dann näherten sich Schritte. „Ich muss Schluss machen", flüsterte Maja ins Telefon und drückte die rote Taste. Sie schenkte Martha Hutmacher ein freundliches Lächeln. „Die Kollegen von der Spurensicherung sind bereits auf dem Weg", eröffnete sie ihr.

„Na", nickte die alte Dame, „dann kann ja nichts mehr schiefgehen."

Hintere Straße, Holzminden, 12.20 Uhr

Er hatte sich verlaufen. Holzminden war nicht Wuppertal. Kaum, dass er mit wehenden Fahnen das Haus von Martha Hutmacher verlassen hatte, um durch die Straßen und Gassen der kleinen Stadt zu eilen, wusste er nicht mehr, wie er zurück an das Weserufer gelangte. Irgendwann erblickte er ein Fachwerkhaus in der Hinteren Straße, von dem ein äußerst verführerischer Duft ausging. *Ristorante la Romantica* las Ulbricht und betrat das Restaurant nach einem flüchtigen Blick auf die Speisekarte.

Der Innenraum war urig: Dunkle Balken stützten die Decke, während die Wände weiß gestrichen waren. Fast wie bergisches Fachwerk, dachte er und ließ sich an einem Tisch in Thekennähe nieder. Nachdem er beim Kellner ein frisches Veltins geordert hatte, widmete er sich seinem Fund. Er zog die Speicherkarte aus der Hosentasche und drehte sie nachdenklich zwischen den Fingern. Von diesen Dingern hatte er nicht wirklich viel Ahnung, deshalb wusste er nicht, ob es sich dabei um eine SD- oder um eine Smart-Karte handelte. Vielleicht konnten ihm die Kollegen in Hameln weiterhelfen. Vorberg war ein bekannter Fotograf gewesen. Da war es durchaus denkbar, dass er auch Fotos geschossen hatte, die einem Zeitgenossen nicht in den Kram gepasst hatten. Ulbricht war sicher, dass er sich mit der Speicherkarte im Besitz der Fotos befand, die für Vorbergs Tod verantwortlich waren.

Man würde das Material sichten und so eine Spur zum Mörder des Fotografen zurückverfolgen können. Ein recht einfacher Fall, und doch ein Erfolgserlebnis. Denn er hatte das gefunden, was Vorbergs Feinde nicht entdeckt hatten, obwohl sie, nachdem sie ihn ermordet hatten, seine Wohnung auf den Kopf gestellt und die Computer des Fotografen mitgenommen hatten. Manchmal waren die einfachsten Verstecke eben doch die genialsten. So bemerkte er gar nicht, dass der Kellner ihm das Bier brachte und eine Speisekarte auf den Tisch legte. Als sich der südländische Ober räusperte, blickte Ulbricht auf, überflog das Speisenangebot und entschied sich eilig für eine Pizza mit Parmaschinken und handgeriebenem Parmesankäse und Rucola. Allein die Vorfreude auf das Essen ließ ihn beinahe vergessen, weshalb er hier saß. Als der Kellner in Richtung Küche verschwand, spürte er ein Vibrieren in seiner Jackentasche. Das Telefon hatte er auf lautlos geschaltet; wenn er schon in seiner Kur erreichbar war, so wollte er wenigstens nicht vom nervigen Klingeln seines Handys gestört werden. Umständlich zog er das Telefon aus der Tasche und warf einen Blick auf das Display. Die Nummer kannte er nicht, also meldete er sich mit einem distanzierten „Hallo?"

„Kommissar Ulbricht?"

Eine Frauenstimme, und Ulbricht überlegte fieberhaft, woher er die Stimme kannte. Lange überlegen musste er nicht: Die Stimme gehörte der Kommissarin. Er erinnerte sich, dass er ihr vorhin auf der Burg Polle seine Karte in die Hand gedrückt hatte. Darauf befand sich natürlich auch seine Handynummer. Manchmal hasste er diese verdammten Mobiltelefone. Es war nicht gut, immer und fast überall erreichbar zu sein. Früher war es schließlich auch ohne diese Kommunikationsknochen gegangen.

„Wer ist denn da?" Ulbricht hasste Ratespiele.

„Maja Klausen hier, Hauptkommissarin Klausen. Was bilden Sie sich ein, auf eigene Faust zu ermitteln? Sie sind unbefugt in die Wohnung eines Mordopfers eingedrungen. Ich werde ein Disziplinarverfahren gegen Sie anstrengen!"

„Nun beruhigen Sie sich doch erst mal", bat Ulbricht. „Es gilt festzuhalten, dass ich in die Wohnung nicht eingedrungen bin – ich habe mir durch die Vermieterin Zutritt verschafft, das allein ist ein entscheidender Unterschied. Aber noch etwas: Ich dachte, wir arbeiten gemeinsam an dem Fall?"

„Wir?" Maja Klausen lachte humorlos auf. „Es gibt kein Wir, es gibt meinen Fall, und es gibt Sie als Zeugen in der Sache – nicht mehr und nicht weniger, ist das klar?"

Ulbricht war es nicht gewohnt, derart Paroli geboten zu bekommen und war entsprechend verwundert. Normalerweise war er es, der in markanter Weise austeilte. Dennoch imponierte ihm das Verhalten der Kollegin. Diese Kommissarin Klausen stand offenbar mit beiden Beinen fest im Leben.

„Ich erwarte Sie noch heute in der Polizeiinspektion Hameln-Pyrmont/Holzminden. Sie müssen das Protokoll Ihrer Zeugenaussage unterschreiben."

„Kein Problem, ich hatte heute sowieso nichts vor. Aber wenn ich Sie - als kleine Wiedergutmachung sozusagen - zum Essen einladen dürfte? Ich sitze nicht weit von Ihnen in einem netten Restaurant. Kommen Sie einfach her, und wir reden in Ruhe. Eine Bedingung habe ich aber: Bringen Sie unbedingt einen Computer mit."

„Einen Computer?" Sie schnappte nach Luft.

„Ja, einen Laptop. Ich will Ihnen etwas zeigen."

Sekundenlang herrschte Ruhe am anderen Ende der Leitung.

„Ist das ein Problem mit dem Rechner?", fragte er zaghaft, und als er nichts hörte: „Sind Sie noch dran?"

„Natürlich, oder denken Sie, ich bin zu dumm zum Telefonieren?"

„Auf gar keinen Fall." Ulbricht schmunzelte und nannte Maja Klausen den Namen des Restaurants, bevor er die Verbindung unterbrach. Er war gespannt, ob sie kommen würde.

Hintere Straße, Holzminden, 12.40 Uhr

Was bildete sich dieser Kerl eigentlich ein? Maja war auf hundertachtzig, als sie mit ihrem privaten Notebook unter dem Arm die Straße hinaufstampfte. Offenbar wollte ihr Ulbricht Ärger machen. Den konnte er haben, dachte sie wütend, als die Fachwerkfassade des *La Romantica* vor ihr auftauchte. Sie war selten in Holzminden, und das italienische Restaurant kannte sie noch nicht. Aber sie war hier nicht zu einem gemütlichen Candlelight-Dinner verabredet, sondern um diesem Kollegen einmal gründlich den Kopf zu waschen. Völlig unbeeindruckt hatte er sich gezeigt, als sie ihm mit dem Disziplinarverfahren gedroht hatte, das sie anstrengen wollte, wenn er sich nicht aus den Ermittlungen heraushielt.

Sekundenlang hatte sie überlegt, ob sein Verhalten bei Martha Hutmacher sogar als Amtsanmaßung ausgelegt werden könnte. Doch er war ja nun mal Hauptkommissar, da biss die Maus keinen Faden ab. Es wurmte Maja ganz gewaltig, dass dieser Norbert Ulbricht hier in ihrem Revier wilderte. Wie würde sie denn dastehen, wenn er den Fall tatsächlich auflöste, bevor sie zum Zuge kam? Die Grenze zu Nordrhein-Westfalen verlief in Holzminden genau in der Weser, insofern war es nicht ganz unabdingbar, dass er sich in die Geschichte einbrachte, obwohl er rechtlich betrachtet keinerlei Befugnisse dazu hatte. Dennoch hatte sie keine Lust darauf, sich von ihm die Butter vom Brot nehmen zu lassen. Entsprechend entschlossen betrat sie das Restaurant und fand sich einigermaßen perplex vor einem gut zwanzig Jahre jüngeren italienischen Schönling wieder, der sie charmant nach ihren Wünschen fragte.

Sie blickte sich suchend um und erkannte den Hauptkommissar an einem der freien Tische im Raum.

„Sie sind verabredet?", fragte der Kellner, der ihrem Blick gefolgt war.

„Sozusagen, ja. Ich komme zurecht, danke."

Der Kellner, sie erkannte den Namen Salvatore an seinem Schild auf der Hemdstasche, nickte. Er hatte längst gemerkt, dass auch Maja zur Jeans und festem Schuhwerk einen leichten Sommerparka trug. Offenbar gehörten die beiden zusammen, deshalb führte er Maja zielstrebig zum Tisch von Norbert Ulbricht und rückte ihr einen Stuhl zurecht.

Er fragte sie nach ihren Wünschen und blickte nicht einmal verwundert drein, als sie einen trockenen Rotwein orderte.

„Was bilden Sie sich ein…?"

„Wovon reden Sie?" Ulbricht legte fragend den Kopf schräg.

„Sie dringen unbefugt in die Wohnung eines Mordopfers ein und verschaffen sich einen Überblick. Ich will nicht wissen, wie viele Spuren Sie vernichtet haben. Mal ganz abgesehen davon, dass Sie den Kollegen der Spurensicherung unzählige neue Spuren mit Ihrer Kleidung hinterlassen haben, die nun mühevoll ausgewertet werden müssen und uns auf eine falsche Fährte locken."

„Das glaube ich nicht. Ich habe Handschuhe benutzt, die ich immer bei mir trage. Und die alte Dame war so freundlich, mir den Schlüssel zur Wohnung von Christian Vorberg auszuhändigen."

„Sie haben ihn unter Vortäuschung falscher Tatsachen an sich gebracht", giftete Maja.

„Was war daran falsch?"

„Das, was Sie getan haben, ist Amtsanmaßung."

„Bin ich etwa kein Kommissar? Ich habe der Dame den Dienstausweis gezeigt, und das hat ihr genügt. Sie sollten hingegen froh sein, dass ich Ihnen die unangenehme Aufgabe abgenommen habe, Frau Hutmacher die Nachricht vom Tod Christian Vorbergs zu überbringen."

„Sie erwarten Dankbarkeit?" Majas Brust hob und senkte sich. Sie musste dringend wieder mit dem Sport beginnen; ihre Herzfrequenz steigerte sich in unmenschliche Höhen. Was bildete sich dieser Norbert Ulbricht eigentlich ein?

„Keine Dankbarkeit. Ich möchte mit Ihnen kooperieren", entgegnete Ulbricht und nippte an seinem Bier. „Ob Ihnen das nun gefällt oder nicht: Wir sitzen im gleichen Boot, Frau Kollegin."

Maja sparte sich eine Antwort. So schwiegen sie sich einige Minuten an, und sie nutzte die Zeit, ihren Puls zu beruhigen und um die Gedanken zu ordnen.

„Wie ist der Stand der Ermittlungen?" Ulbricht lehnte sich zurück und verschränkte die Hände hinter dem Kopf.

„Ich wüsste nicht, was Sie das angeht", erwiderte Maja ein wenig zu laut. Als sie bemerkte, dass der Kellner am Tresen den Kopf hob und in ihre Richtung blickte, war sie froh, dass sie jetzt die einzigen Gäste im Lokal waren. Sie zwang sich zur Ruhe. „Herr Ulbricht - Sie sind zur Kur hier, Sie sollten sich entspannen, um in Wuppertal wieder fit zu sein und um dort die Verbrecher zu jagen. Und das Fachkommissariat 1 der Polizeiinspektion Hameln-Pyrmont und Holzminden ist personell gut aufgestellt. Auf Ihre Hilfe sind wir wirklich nicht angewiesen." Maja zwang sich zur Diplomatie. Sie wagte nicht daran zu denken, was Kriminaloberrat Dauber ihr vorhielt, wenn sich jetzt schon Kollegen, die sich in ihrer Freizeit hier aufhielten, in ihre Ermittlungen einmischten. Als sie zum Weinglas griff, zitterte ihre Hand. Die Sache drohte ihr über den Kopf zu wachsen, und auch die Wohnungsdurchsuchung des Toten hatte kaum verwertbare Ergebnisse gebracht.

„Ich bin hier und ich werde Ihnen helfen", murmelte Ulbricht nun und beugte sich über den Tisch. Er lächelte. „Also, sperren Sie sich nicht gegen meine Hilfe."

Maja stellte das Glas ab und zupfte an der strahlend weißen Decke herum. „Ich werde eine Menge Ärger kriegen, so viel steht fest."

„Unsinn. Solange wir am Ende den Mörder von Christian Vorberg finden, zählt das Ergebnis. Also – Waffenstillstand?"

Maja rang mit sich. Lieber wäre es ihr gewesen, wenn sie sich bei Kriminaloberrat Dauber hätte rückversichern können. Sie wagte zu bezweifeln, ob er einer Amtshilfe aus dem Nachbarland zustimmen würde. Doch sie konnte und wollte sich nicht mit Kompetenzgerangel aufhalten.

„Waffenstillstand", sagte sie und brachte sogar ein schwaches Lächeln zustande.

„Was hat denn die Durchsuchung von Vorbergs Wohnung ergeben?", kam Ulbricht zur Tagesordnung zurück, als wäre es das Normalste der Welt.

„Nicht viel, fürchte ich. Die Spurensicherung läuft. Ob etwas fehlt, können wir nicht feststellen, allerdings ist es seltsam, dass sich in Vorbergs Wohnung nicht ein einziger PC befindet."

„Das ist nicht seltsam." Ulbricht schüttelte den Kopf und nahm einen Schluck von seinem Veltins. „Im Gegenteil – es ist ein Hinweis darauf, dass sich auf Vorbergs Computer etwas befunden haben muss, das dem Täter oder den Tätern schwer im Magen liegt."

„Sie meinen, er hatte Dateien archiviert, mit denen er anderen Schaden zufügen kann?"

„Konnte. Nun ist er tot, und sein PC ist verschwunden. Das ist doch eine klare Sprache."

„Wo sollen wir anfangen?" Maja wirkte hilflos.

„Klinkenputzen."

„Die Kollegen sind schon unterwegs, um die Nachbarschaft zu befragen."

„Gibt es ein Adressbuch, ein Filofax oder so was?"

„Nichts dergleichen." Maja schüttelte den Kopf und fühlte sich plötzlich noch hilfloser, als sie das zu Beginn des seltsamen Gespräches schon empfunden hatte.

„Das Handy des Toten?"

„Spurlos verschwunden. Die Ortung nach dem Gerät läuft noch. Wahrscheinlich, weil sich darauf das digitale Adressbuch von Vorberg befunden hat."

„Scheiß digitale Welt", brummte Ulbricht kopfschüttelnd.

Er drückte sich ein wenig rustikal aus, aber er traf die Sache auf den Punkt, fand Maja.

Sekundenlang schwiegen sie sich an. Majas Gedanken fuhren Karussell, und sie hoffte, dass die Spurensicherung noch irgendetwas in Vorbergs Wohnung fand, das sie als Schlüssel zum Täter nutzen konnte.

„Wir durchsuchen nicht nur die Wohnung. Auch in Gullys und Mülltonnen werfen wir einen Blick. Ich habe einen Spezialisten aus Hildesheim angefordert. Er macht vom Tatort auf Burg Polle 360°-Aufnahmen mit einer Sphäron-Kamera. Mit den Bildern können wir den Tatort später am Rechner virtuell begehen und auswerten."

„Respekt", murmelte Ulbricht. „Ich hatte noch nie so ein Ding im Einsatz. Und die Leiche?"

„Schon auf dem Weg in die Rechtsmedizin nach Hannover."

„Ihre Truppe ist wirklich nicht die langsamste", stellte Ulbricht fest, doch Maja konnte sich nicht recht am Lob des Ersten Kriminalhauptkommissars erfreuen.

„Da haben Sie sich ganz schön was geleistet, mit der Wohnungsdurchsuchung", stellte sie fest, nachdem sie sich ein wenig beruhigt hatte. Maja deutete auf ihr Notebook. „Und warum sollte ich das Ding mitbringen?"

„Eins nach dem anderen", murmelte Ulbricht. „Ich bin zur Kur hier, da ist Hektik das Letzte, was ich gebrauchen kann."

„Sie haben Nerven."

„Wovon reden Sie?" Ulbricht zuckte die Schultern.

„Das wissen Sie ganz genau, verdammt", zischte Maja. „Mein Vorgesetzter wird mich zur Verantwortung ziehen, wenn ich heute Abend mit leeren Händen ins Meeting gehe."

„Halt, jetzt gebrauchen Sie mein Wort!" Ulbricht hob beide Hände. Als er sah, wie sie ihn völlig verständnislos anblickte, lächelte er, um die Situation zu entschärfen. „Ich fluche zugegebenermaßen gern", gestand er ihr. „Und dazu gehört auch das Wort *verdammt*. In meiner Heimat habe ich deshalb schon seit geraumer Zeit den Spitznamen *Kommissar Verdammt*."

„Ein ziemlich blöder Name, finden Sie nicht?" Maja spürte so etwas wie Mitleid. Dieser große Mann der Kriminalpolizei, ehrfurcht- und respekteinflößend, litt unter einem derart albernen Spitznamen?

„Allerdings", murmelte er und drehte das halbleere Bierglas zwischen beiden Daumen. Dann knibbelte er den aufgeweichten Untersetzer ab und formte kleine Papierkugeln daraus. „Aber was soll ich tun? Bis zu meiner Pensionierung ist es nicht mehr lange, und ich habe den Namen durch zwei Radioreporter bekommen, Stefan Seiler und Heike Göbel. Sie sind auf Zack, gar keine Frage, aber sie nerven."

„Das kenne ich." Der Rotwein kam, sie prosteten sich zu, und Maja leckte sich genießerisch über die Lippen. „Wir haben auch so einen Heini hier in unserer Gegend. Hubert Wesemann, freier Journalist bei *radioTOTAL.*"

„Sind die nicht alle furchtbar?"

„Allerdings. Aber sie haben einen gemeinsamen Vorteil: Für sie gelten keine Dienstvorschriften, und sie ermitteln überall dort, wo wir nicht schnüffeln dürfen." Maja nickte. Zum ersten Mal empfand sie so etwas wie eine gewisse Sympathie für Norbert Ulbricht, oder *Kommissar Verdammt,* wie er zu Hause genannt wurde. Am liebsten hätte sie sich eine Zigarette angezündet, aber das Rauchverbot im Restaurant hinderte sie daran. Sie beschloss, Norbert Ulbricht in einer ruhigen Minute zu googlen.

„Ja", murmelte Ulbricht. „Eine Zigarette - das wär's jetzt, hm?" Er hatte mit einem süffisanten Grinsen beobachtet, wie sie die Zigarettenschachtel aus der Tasche gezogen und auf den Tisch gelegt hatte. Nachdem sie mit der Schachtel zwischen Daumen und Zeigefinger herumgespielt hatte, ließ sie die Packung wieder verschwinden.

„Allerdings. Ich rauche eh zu viel."

Wieder ein Schluck Wein.

„Genuss oder Sucht?"

Sie spürte, dass sie ihm nichts vormachen konnte. „Beides", murmelte Maja kleinlaut. „Zu Hause vor dem Computer genauso wie nach einem guten Essen."

„Bei den Gemeinsamkeiten, die uns verbinden, bleiben Sie also zum Essen", grinste Ulbricht und wirkte plötzlich ein Jahrzehnt jünger.

„Habe ich eine Wahl?"

„Nein." Er antwortete schnell, fast zu schnell, und als Salvatore an den Tisch trat, um sie nach ihren Wünschen zu fragen, orderte sie wie selbstverständlich eine Portion Tagliatelle mit Steinpilzen. Irgendwie fühlte sie sich trotzdem ausgeliefert. War sie plötzlich nicht mehr in der Lage, den Fall allein zu lösen? Wozu hatte sie Roland Alders, den Jungsporn und Jürgen Grundmann, das alte Ekel im Team? Musste sie sich jetzt auch noch um einen schrulligen Hauptkommissar aus Wuppertal kümmern?

„Sie sitzen zusammen im Restaurant." Mit wenigen Sätzen beschrieb er die Lage von *La Romantica* in Holzminden. Zu seiner Verwunderung zeigte sich der Gesprächspartner am anderen Ende der Leitung in keiner Weise bewegt.

„Ist doch schön. Lass sie flirten, wir kümmern uns zwischenzeitlich um das Wesentliche."

„Du bist wahnsinnig."

„Nein, nur überzeugt von dem, was wir tun." Ein selbstsicheres Lachen. „Und wenn die Beamten mit sich selbst beschäftigt sind, ist das umso besser für uns. Wir haben freie Bahn und können die blutigen Spuren verwischen."

„Sie werden uns auf die Spur kommen."

„Das wage ich zu bezweifeln – ich hätte kein Motiv für eine derartige Tat."

„Das Motiv werden sie dir schon auf dem Silbertablett präsentieren."

„Und du tust es wegen der Kohle."

Humorloses Lachen am anderen Ende der Leitung. „Spar dir deinen Sarkasmus."

„Es ist die Wahrheit. Und jetzt sieh zu, dass die Computer verschwinden."

„Das ist schon so gut wie erledigt." Ohne die Antwort seines Gesprächspartners abzuwarten, wurde die Verbindung unterbrochen. Dumme Sprüche waren das, was er jetzt am wenigsten gebrauchen konnte.

Weserkai Holzminden, 13.20 Uhr

„Schön haben Sie es hier." Ulbricht hatte die Hände in den Taschen seines leichten Sommermantels versenkt und ließ den Blick über den Fluss gleiten. Am Ufer führte eine alte Dame ihren Pudel Gassi. Der kleine Hund pinkelte an jeden Busch, den er passierte und strapazierte die Geduld seiner Herrin. Sie zerrte immer wieder an der Leine und redete auf ihren Hund ein. Ein verliebtes Teenagerpaar hockte eng aneinandergeschmiegt auf der Lehne einer Bank und knutschte. Radfahrer zogen ihre Bahn und klingelten, wenn Ulbricht und Maja Klausen ihnen zu nah kamen. Ulbricht blickte sich um. Eine gut zwei Meter hohe Mauer sollte die Stadt wahrscheinlich vor Hochwasser schützen; sie flankierte den Weserkai. Nach dem Essen hatte er sie endlich aus der Reserve gelockt: Maja Klausen war ungeduldig, aber er spürte, dass er ihr ansatzweise sympathisch war. Nun erhoffte er sich von ihr, im Fall Christian Vorberg mit ihr zusammenarbeiten zu können. Das Kurleben hatte ihn in den letzten Tagen gelangweilt, und nun war Norbert Ulbricht froh, eine Aufgabe zu haben, von der er etwas verstand. Bewusst hatte er das Thema beim Essen in der Pizzeria gemieden. Es hatte ihn nicht viel Mühe gekostet, sie noch zu einem kleinen Spaziergang zu überreden, zumal er noch seinen Joker ausspielen wollte.

„Was ist das da für ein Turm?" Er deutete auf die Kirche im Hintergrund. Der spitze Turm ragte in einen nahezu wolkenlosen Himmel über Holzminden.

„Das ist die Lutherkirche." Maja Klausen hatte sich während des Mittagessens ein wenig beruhigt. Nun deutete sie mit dem Daumen nach links. „Und das da ist der alte Getreidespeicher."

Ulbricht erinnerte sich daran, das klobige Gebäude bei seiner Anfahrt bereits gesehen zu haben.

„Der Weserkai diente früher als Verladeort für die Schiffe auf der Weser", erklärte die Kommissarin, und Ulbricht betrachtete sie unauffällig und mit einem feinen Lächeln auf den Lippen.

„Den Getreidespeicher hat man in den 30er-Jahren des letzten Jahrhunderts errichtet. Nun wird er nicht mehr als Lager verwendet. Und die Gleise der alten Industriebahn sollen auch bald verschwinden."

„Sie sind eine ausgezeichnete Fremdenführerin."

Seite an Seite waren sie ein paar Schritte am Weserufer entlanggelaufen. Nun blieb Maja Klausen stehen und betrachtete ihn mit zu Schlitzen verengten Augen. Da war wieder diese gefährliche Härte in ihrem Blick, und Ulbricht wusste, dass sie an den Mordfall dachte. Jetzt ging es um alles. Um alles oder nichts.

„Warum sollte ich den Laptop mitbringen?", fragte sie unvermittelt und hielt das kleine Gerät in die Höhe.

„Können Sie damit Speicherkarten lesen?"

„Natürlich."

„Dann kommen Sie." Ulbricht wandte sich zur Seite und ließ sich auf eine der Bänke sinken. Er verschränkte die Arme hinter dem Kopf und streckte die Beine aus. Wer nicht wusste, dass er ein Kriminalhauptkommissar war, könnte denken, Ulbricht war ein harmloser Tourist. Und er wusste, dass er das in den Augen seiner niedersächsischen Kollegin auch war. Doch er hatte einen Joker in der Tasche.

„Was soll das jetzt?" Sie war ihm zur Bank gefolgt und stand mit verschränkten Armen vor ihm. Ihre grünen Augen blitzten wütend. „Also gut, passen Sie auf: Ich arbeite an einem Tötungsdelikt, die Ermittlungen laufen auf Hochtouren, und ich habe keine Lust, mir den Fall vom LKA abnehmen zu lassen, weil ich ihn nicht lösen kann. Die Kollegen aus Hannover sind in solchen Dingen schnell vor Ort. Und ich kann mich hier nicht mit einem erholungsbedürftigen Kommissar aus Nordrhein-Westfalen herumärgern, der in einem Mordfall zum Zeugen wurde und einfach nicht abschalten kann." Sie wanderte wütend auf und ab, redete sich in Rage.

Maja Klausen unterbrach ihre ruhelose Wanderung und stemmte die Hände in die Hüften. „Wenn Sie mir etwas zu sagen haben, dann tun Sie das. Hier und jetzt. Ansonsten erhalten Sie eine schriftliche Ladung von den Kollegen, und Sie bekommen die Gelegenheit, Ihre Beobachtungen auf der Burg Polle in der Inspektion zu erläutern." Sie warf einen Blick auf ihre Armbanduhr. „Also los - sagen Sie, was Sie zu sagen haben, oder lassen Sie es. Der tote Fotograf ist mein Fall, und ich möchte nicht, dass Sie sich noch einmal in meine Arbeit einmischen. Andernfalls werde ich Ihren Vorgesetzten in Wuppertal anrufen und mich über Sie beschweren, ist das klar?"

Sie war laut geworden, und zwei Jogger blickten sich verwundert zu dem seltsamen Paar um.

Ulbricht ließ die Standpauke geduldig über sich ergehen und setzte nun seinen treuesten Hundeblick auf. Dann langte er in seine Tasche und zog den Mikrochip hervor.

„Was ist das?" Maja Klausen hatte sichtlich Mühe, möglichst gleichgültig zu klingen.

„Der Grund, weshalb Sie den Laptop mitbringen sollten."

„Und?"

„Die Karte stammt aus Christian Vorbergs Wohnung."

„Sie ... Sie ...", fauchte sie wütend. „Das ist Unterschlagung von Beweismitteln!"

„Ist es nicht, denn ich hatte nicht vor, den Chip zu unterschlagen."

„Sie setzen mich unter Druck."

„Ich möchte mit Ihnen kooperieren." Ulbricht stand auf und trat an das Weserufer. Ein Ausflugsdampfer zog gemächlich vorüber. Die Passagiere an Deck winkten ihnen zu.

„Auf der Karte befinden sich wahrscheinlich brisante Daten. Jedenfalls hatte Vorberg sie im Spülkasten seiner Toilette versteckt. Vielleicht ist das der Schlüssel zu seinem Mörder."

„Geben Sie ihn mir!" Maja Klausen trat an ihn heran und streckte verlangend die Hand nach der Speicherkarte aus.

„Arbeiten wir zusammen an dem Fall?" Ulbricht streckte nun ebenfalls den Arm aus, allerdings über den Fluss. Der Chip in seiner Hand schwebte über dem Wasser. Er musste nur den Griff lockern, und die Karte würde für immer verloren sein.

„Sie erpressen mich."

„Ich möchte Ihnen helfen."

„Ich brauche Ihre Hilfe nicht, kapieren Sie das nicht, Sie alter Sturkopf?"

„Nein, Sie brauchen mich sehr wohl. Also, was ist nun?"

„Was ist, wenn ich nein sage? Werfen Sie den Chip dann in die Weser?"

„Bei uns sagt man, er würde über die Wupper gehen."

Maja Klausen rang sichtlich um ihre Fassung. Am liebsten, das spürte Ulbricht, hätte sie ihn zum Teufel gejagt. Sie dachte angestrengt nach, kaute auf der

Unterlippe und schien die Fürs und Widers abzuwägen, bevor sie nickte.

„Also gut", sagte sie leise. „Sie sind dabei. Aber Sie bleiben Privatmann und halten sich im Hintergrund. Wenn Sie eine gute Idee haben, will ich sie zuerst wissen. Alleingänge sind ein absolutes Tabu und ziehen ein Disziplinarverfahren nach sich, das ich gegen Sie anstrengen werde, sofern Sie nicht nach meiner Pfeife tanzen." Sie seufzte, rang sich ein Lächeln ab und streckte die Hand nach der Speicherkarte aus. „So", sagte sie. „Und nun her mit dem Ding!"

„Ich hasse es, wenn ich meine Mitmenschen zu ihrem Glück zwingen muss", grinste Ulbricht. Er ließ die Hand mit dem Chip sinken und ging zur Bank zurück. Diesmal setzte sich Maja Klausen neben ihn. Sie legte den Laptop auf ihren Schoß und klappte das Gerät auf. Es dauerte einen Moment, bis das System betriebsbereit war, dann ließ sie sich von Ulbricht den Chip aushändigen und steckte ihn in den Kartenleser.

„Und nun bin ich gespannt, was uns erwartet", murmelte Ulbricht und legte eine Hand über die Lehne der Bank. Fast sah es so aus, als würde er einen Arm um Maja Klausens Schultern legen. Sie blickte sich ein wenig verwundert um, sagte aber nichts zu dieser vertraut wirkenden Geste, sondern klickte sich durch das Menü des tragbaren Rechners. Eine Falte hatte sich auf ihrer Nasenwurzel gebildet.

„Zig verschiedene Ordner mit Fotodateien", murmelte sie. „Es wird ewig dauern, bis wir das Material gesichtet und analysiert haben."

„Wir sollten uns die Zeit nehmen", erwiderte Ulbricht und streckte wieder die Beine aus. Er blinzelte in die Mittagssonne und atmete tief durch. Nie zuvor hatte er gedacht, dass er einen Mordfall so entspannt angehen würde. „Übrigens", sagte er dann gedehnt. „Ich heiße Norbert. Wir sollten ruhig Du zueinander sagen, jetzt, wo wir doch gemeinsam an einem Fall arbeiten."

Polizeiinspektion Hameln, 15.05 Uhr

Ihnen rauchten die Köpfe. Sie hatten sich die Fotos der Speicherkarte auf einem großen Monitor in Maja Klausens Büro angesehen, ohne einen entsprechenden Hinweis auf Vorbergs Mörder gefunden zu haben. Ulbricht hatte es sich in einem der Besucherstühle vor Maja Klausens Schreibtisch bequem gemacht und musste sich heimlich eingestehen, dass die Hamelner Inspektion dem altbackenen Wuppertaler Polizeipräsidium doch um einiges überlegen war. Die Wege innerhalb der Behörde waren kürzer, aber auch das Gebäude als solches war moderner als seine gute alte Amtsstube in Wuppertal. Hier ließ es sich bestimmt gut arbeiten, dachte er, während er sich unauffällig umblickte.

„Vergiss es", riss ihn Majas Stimme aus den Gedanken. „Das ist mein Büro."

Ulbricht, der die Füße wie selbstverständlich auf ihren Schreibtisch gelegt hatte, zuckte zusammen und nahm die Füße herunter.

„Keine Angst", sagte er eilig. „Ich werde nach Ende der Kur nach Wuppertal in mein eigenes Büro zurückkehren - deinen Schreibtisch werde ich dir nicht streitig machen!"

Sie hatten literweise Kaffee getrunken und sich nach einer Zigarette gesehnt, der Sucht dennoch widerstanden.

„Davon rede ich nicht." Maja winkte ab. „Diese Fotos - sie geben nichts her. Kein versteckter Hinweis, kein brisantes Material, das auch nur ansatzweise einen Mord rechtfertigen würde - nichts." Sie blies sich entnervt eine widerspenstige Haarsträhne aus der Stirn und lehnte sich in ihrem Sessel zurück.

„Die Menschen auf den Bildern sehen gut aus", erwiderte Ulbricht und erntete einen schiefen Blick von Maja.

„Sie sind gut angezogen, meine ich", setzte er nach.

„Vorberg war Pressefotograf. Es gehörte zu seinem Job, die Reichen und die Schönen im Weserbergland abzulichten. Wahrscheinlich hat kein Empfang und keine Party der High Society ohne ihn stattgefunden. Und auf solchen Anlässen sind die Menschen nun mal angemessen gekleidet."

„So was ist mir zuwider", brummte Ulbricht.

Maja wollte etwas erwidern, verstummte jedoch, als die Bürotür aufflog und Jürgen Grundmann ins Büro stürmte.

Als er Ulbricht erblickte, bildete sich eine Falte zwischen seinen buschigen Augenbrauen. Grundmann machte keinen Hehl aus seiner Abneigung gegen den Kommissar aus Wuppertal.

Grundmann wirkte müde und schlecht gelaunt. Die weinrote Krawatte hing schief; er hatte den oberen Hemdsknopf geöffnet. Kaffeeflecken zierten den Kragen seines Hemdes.

Er wedelte mit einer Mappe vor ihrem Gesicht herum und wirkte aufgebracht.

„Hier", rief er und warf ihr die Mappe auf den Schreibtisch. „Der vorläufige Bericht der Kollegen von der Spurensicherung."

„Was - so schnell?"

Ulbricht zog anerkennend die Mundwinkel nach unten und beschloss, seinen Leuten künftig mehr Dampf zu machen. In Wuppertal mahlten die Mühlen mitunter langsamer.

„Wenn hier ein Mord geschieht, setze ich alle Hebel in Bewegung", erwiderte Maja.

„Du bist wohl nicht in der Gewerkschaft", brummte Ulbricht. „Ich gehe pünktlich nach Hause, nachdem ich die Arbeit an meine Leute delegiert habe." Er erhob sich schwerfällig und griff nach seinem Mantel, den er über die Lehne eines Besucherstuhls geworfen hatte.

Weder Grundmann, noch Maja schienen etwas mit seinem Humor anfangen zu können. Sie blickten ihn mit regungslosen Mienen an.

„Wir telefonieren", versprach Ulbricht und trat hinter Majas Schreibtisch.

„Das ist doch der Sticher", bemerkte Grundmann, als sein Blick auf Majas Bildschirm haften blieb. Sie hatte eines der Fotos bildschirmfüllend auf den Monitor geladen. Es zeigte Sticher mit einer ausnehmend hübschen Frau, die Ulbricht auf Anfang, vielleicht Mitte dreißig schätzte. Neben ihr stand ein Mann in einem schwarzen Maßanzug, um die vierzig. Der typische Geschäftsmann, immer auf korrekte Kleidung und auf einen betont teilnahmslosen Gesichtsausdruck bedacht.

„Sticher?" Maja verstand nicht, worauf der Kollege hinauswollte.

„Ja, der Steuerberater. Ein ziemlich einflussreicher Mann in der Gegend, und den kennst du nicht?"

„Ich kann ja nicht jeden kennen", erwiderte Maja gekränkt. Offensichtlich hasste sie es, wenn Grundmann sie belehrte.

Ulbricht beobachtete das Gespräch amüsiert.

„Und wer ist die Dame an seiner Seite?“ Grundmann beugte sich über seine Kollegin und dachte angestrengt nach. „Ich kenne sie irgendwoher …“

„Das ist wieder mal typisch.“ Maja trommelte auf der Schreibunterlage herum. „Dass du hübsche Frauen kennst. Ich glaube, ich muss mal wieder Gisela anrufen und ihr sagen, dass …“

„Vergiss es“, lachte Grundmann. „So gut kenne ich die Frau nun auch wieder nicht.“

„Das lasse ich jetzt mal dahingestellt.“

„Wir sollten diesen Sticher einfach fragen“, schlug Ulbricht vor, während er in den zerknitterten Mantel schlüpfte. Als er in entgeisterte Mienen blickte, fuhr er fort: „Irgendwo müssen wir doch mit der Arbeit anfangen.“

„Wir?“, bellte Grundmann.

„Diese Frage höre ich nicht zum ersten Mal heute“, brummte Ulbricht.

„Ich lasse mir von Ihnen nicht vorschreiben, wie ich meine Arbeit mache“, erwiderte Grundmann. „Machen Sie lieber Ihre Zeugenaussage, und wir kümmern uns darum, Vorbergs Mörder zu überführen.“

Maja sprang nun ebenfalls auf. „Wohin willst du denn so eilig?“

„Ich habe noch ein Date mit dem Onkel Doktor.“ Er musterte Grundmann mit finsterer Miene. „Wie dein werter Kollege schon ganz richtig feststellt, bin ich hier nur zu Gast. Ich befinde mich hier zur Kur und soll mich erholen.“ An der Bürotür angekommen, legte er zwei Finger an die nicht vorhandene Hutkrempe. „Und genau das werde ich jetzt tun.“ Dann war er draußen.

„Er kommt alleine raus." Der Anrufer sank im Fahrersitz seines Autos so weit wie möglich nach unten. Er hatte geduldig auf den seltsamen Mann gewartet, der scheinbar im Fachdezernat seine Zeugenaussage gemacht hatte.

Natürlich hatte er sich schon gewundert, warum das so lange dauerte. Fast drei Stunden hatte er hier an der Zentralstraße ausgeharrt, den Wagen auf der gegenüberliegenden Straßenseite geparkt und geduldig auf den Mann gewartet, der Vorberg auf Burg Polle gefunden hatte. Der Kerl schnüffelte hier herum. Er hatte sich scheinbar Zugriff zu Vorbergs Wohnung verschafft - natürlich war er zu spät gekommen, denn bevor der Unbekannte dort eingetroffen war, hatte er sich schon lange aus dem Staub gemacht. Dass der Typ sich eine gute Stunde später mit dieser Kommissarin getroffen hatte, war ihm seltsam vorgekommen. Der Mann kam, seinem Autokennzeichen nach zu urteilen, aus Wuppertal. Warum mischte er sich hier in die Arbeit der Polizei ein?

„Bleib dran, ich will wissen, was der Typ hier für ein Spiel spielt."

„Schon erledigt. Sobald ich mehr weiß, meld ich mich wieder." Er drückte den roten Knopf und warf das Telefon in die Konsole, da der Unbekannte um die Ecke in die Lohstraße verschwunden war, wo sein Auto parkte. Offenbar ahnte er nicht, dass er einen Schatten hatte, denn der Wuppertaler stieg in den alten Vectra, ohne sich ein letztes Mal umzublicken. Zielstrebig rollte der Vectra auf den Ortsausgang zu.

Er hing sich an seine Stoßstange und wunderte sich, dass der Unbekannte nichts davon bemerkte, dass er verfolgt wurde.

Auf dem Weg nach Bad Pyrmont, 15.50 Uhr

Ulbricht konnte die Fahrt entlang des Weserufers nicht wirklich genießen. Der Motor des Vectra machte seit einigen Kilometern seltsame Geräusche. Ein metallisches Rasseln, fast so, als würde er den Motor ohne Öl fahren, was natürlich nicht der Fall war. Immer wieder kurbelte Ulbricht das Seitenfenster herunter und hielt die Nase in den Wind, um das Geräusch lokalisieren zu können. Er beschloss, den Wagen morgen in die Werkstatt zu bringen. Der Opel hatte mehr als 200.000 Kilometer auf dem Tacho, und es war eine Frage der Zeit, wann er sich für immer verabschiedete. Eine teure Reparatur passte ihm jetzt nicht in den Kram, und wahrscheinlich würde sich Ulbricht nach einem günstigen Ersatz umsehen müssen. Doch das war nicht seine einzige Sorge: Der weinrote Toyota, der ihm seit seiner Abfahrt in Hameln folgte, war ihm nicht entgangen. Ulbricht hatte ihn über den Innenspiegel beobachtet und einmal um ein Haar einen Auffahrunfall verursacht. Nachdem er die Landstraße in südlicher Richtung erreicht hatte und der Verkehr dünner wurde, hatte er sich Zeit gelassen. Immerhin war Ulbricht als Tourist hier, also fuhr er in gemächlichem Tempo auf Bad Pyrmont zu und versuchte sich an der Landschaft des Weserberglandes zu erfreuen. Sanfte, saftig grüne Hügel, in die sich kleinere Ortschaften schmiegten und idyllische Wälder säumten seinen Weg. Wald- und Teichlandschaften, Höhlen, schroffe Klippen und alte Bauerndörfer, das war ein Landstrich wie geschaffen für Heimatgefühle. Sinngemäß hatte er es so in einem Fremdenführer gelesen. Das Bild der Landschaft wechselte, doch der Japaner im Rückspiegel blieb ihm erhalten. Längst schon hatte es zahlreiche Möglichkeiten gegeben, ihn zu überholen, doch der Kleinwagen folgte ihm, mal in kleinerem, mal in größerem Abstand. In den Kurven zwischen Weserufer und dem Ortseingang von Bad Pyrmont verlor er den Kleinwagen mehrmals aus dem Blick, doch als er das Ortseingangsschild von Pyrmont erreichte, war der Toyota wieder da. Ulbricht steuerte die Ortsmitte an. Beim Kurpark am Hylligen Born herrschte reges Treiben, und die Blütenpracht ließ ihn fast vergessen, dass er verfolgt wurde. Mondäne Bauten rahmten den Kurpark, bunt gekleidete Touristen fotografierten, was das Zeug hielt. In den schattigen Alleen flanierten die Kurgäste und bewunderten, zu welchen Leistungen Landschaftsgärtner imstande waren.

Immer wieder schielte Ulbricht in den Rückspiegel. Zwei Fahrzeuge befanden sich zwischen ihnen, und erst, als Ulbricht den Vectra vor dem Schillerhof parkte, rollte der Toyota vorbei. Ulbricht stieg hastig aus, um einen Blick in den Wagen werfen zu können, doch die Sonne stand ungünstig und spiegelte sich in den Seitenscheiben des rostroten Toyota. Ulbricht blickte dem Wagen nach, bis er um die nächste Straßenecke verschwunden war, dann begab er sich zu Fuß in das Kurhotel, das direkt am Kurpark lag. Die junge Frau am Empfangstresen nickte ihm grüßend zu, er erwiderte den Gruß und enterte den Fahrstuhl. Auf dem mit dickem Teppich gepolsterten Gang begegnete ihm niemand, und so erreichte Ulbricht sein Zimmer ungehindert. Er schloss hinter sich ab und sank seufzend auf das frisch bezogene Bett. Dann sprang er wieder auf und öffnete die Balkontür. Gedämpft drang die Geräuschkulisse aus dem Kurpark an seine Ohren. Er atmete ein paar Mal tief durch und genoss die frische Luft, die ins Zimmer strömte. Nachdem er einige Minuten im Rahmen der Balkontür gelehnt hatte, fragte er sich, wann er die letzte Zigarette geraucht hatte und stellte fest, dass dies seit vielen Jahren sein erster Tag als Nichtraucher war. Sollte er tatsächlich als Nichtraucher aus der Kur zurückkehren?

Er wusste es nicht, löste sich vom Blick auf den Park, streifte den leichten Sommermantel ab und warf ihn auf das Bett. Dann sank er wieder auf die Bettkante und kramte in den Taschen des Mantels herum. Das erste, was er zu packen bekam, war ein Schlüssel.

„Verdammt, das Ding hatte ich total vergessen", seufzte er, während er den Porscheschlüssel von Christian Vorberg in der Hand hielt. Er hatte ihn gedankenlos in seine Tasche gleiten lassen, als er nach dem Foto des Toten gegriffen hatte. Ulbricht beschloss, den Schlüssel morgen an Maja Klausen auszuhändigen. Auf unnötigen Ärger hatte er wahrlich keine Lust. Dann glitt seine Hand wieder in die Tasche. Er betrachtete das Foto von Christian Vorberg. Die Frau an seiner Seite kannte er nun: Es war dieselbe Frau wie auf dem Foto mit diesem Sticher. Während sie auf dem Bild, auf dem sie mit Vorberg zu sehen war, Freizeitbekleidung trug, so hatte Ulbricht sie auf dem anderen Foto in eleganter Abendgarderobe in Erinnerung. Beides stand ihr ausgezeichnet, und Ulbricht musste sich eingestehen, dass er dem Charme dieser Frau sicherlich auch unterlegen gewesen wäre. Sie war ausnehmend hübsch, hatte rehbraune Augen und lange dunkle Haare, die sich um ein beinahe exotisches Gesicht rahmten. Das Make-up hatte sie so dezent gewählt, dass man meinen konnte, sie präsentiere der Kamera ihre natürliche Schönheit.

Ulbricht überlegte, in welchem Zusammenhang die schöne Unbekannte mit Christian Vorberg stehen könnte. Wenn der Fotograf sie im Rahmen eines Auftrags für die Presse abgelichtet hatte, dann kannte sie Sticher wahrscheinlich näher. Ulbricht beschloss, mehr über die Frau zu erfahren. Und so wie es aussah, war der Steuerberater aus Hameln der Schlüssel dazu.

Hameln, Pyrmonter Straße, 17.35 Uhr

Maja war froh, als sie in die kleine Seitenstraße bog, in der ihr Haus lag. Sie wohnte noch nicht allzu lange hier, hatte sich aber längst in dem Haus mit Blick auf die Weser eingelebt. Die Nachbarn waren in Ordnung, und die Kommissarin liebte es, nach einem langen Arbeitstag hierher zurückzukehren. Ein blau gestrichener Holzzaun umgab das Grundstück; sie hatte Glück und fand eine Parklücke direkt vor dem Haus. Als sie ausstieg und die laue Abendluft tief in ihre Lungen sog, überlegte sie, ob sie sich heute zum Joggen aufraffen sollte. Schaden konnte es sicherlich nicht. Doch zunächst einmal wollte sie ein wenig entspannen. Der Wetterbericht hatte nichts von Regen angesagt, und wenn es so warm blieb wie es war, dann konnte sie auch später noch eine Runde um den Block joggen.

Als sie die Wohnungstür im zweiten Stockwerk aufschloss, klingelte drinnen das Telefon. Doch Maja hatte keine Eile. Wenn es wichtig war, würde es der Anrufer zu einem späteren Zeitpunkt noch einmal versuchen. Sie streifte die luftige Jacke ab und beförderte sie mit einem eleganten Schwung an den Garderobenhaken, dann zog sie die Schuhe aus und kickte sie achtlos in die Ecke. Barfuß betrat sie das lichtdurchflutete Wohnzimmer. Maja ging in die Küche, trat an den Kühlschrank und zog eine eiskalte Apfelschorle heraus. Sie trank gierig, spürte den Schmerz in der Stirn und setzte die Flasche ab. Zurück im Wohnzimmer trat sie an das große Fenster und blickte hinaus. Der Fluss glitzerte im Licht der Abendsonne. Langsam fiel die Spannung von ihr ab, und sie versuchte ihre Gedanken zu ordnen.

Der Fall des ermordeten Christian Vorberg ließ sie nicht los.

Ein Fotograf wie Vorberg hatte sicherlich nicht nur Freunde, überlegte sie. Jemand wie er hielt drauf, sobald er ein geeignetes Motiv vor die Linse bekam. Dass er dabei wohl nur selten Rücksicht auf die Personen nahm, die er fotografierte, verstand sich in seinem Job fast von allein. Vielleicht hatte Vorberg ein Foto geschossen, das ihm jemand verübelt hatte. Doch war ein verwerfliches Foto schon Grund für einen Mord?

Wie sah es in Vorbergs Privatleben aus? Er war alleinstehend, hatte wohl wechselnde Freundinnen gehabt. Sicherlich gab es auch Freunde, mit denen er sich getroffen hatte. Arbeitskollegen, Bekannte, Auftraggeber. Und Familie? Maja hatte Alders damit beauftragt, das Leben des Christian Vorberg zu durchleuchten. Als sie die Polizeiinspektion verlassen hatte, war er noch unterwegs gewesen. Sie hatte ihm Lisa Stendal, die junge Praktikantin, mitgegeben. Sie hatte sich am Morgen krankgemeldet und war dann im Laufe des Tages doch noch zum Dienst erschienen. Maja vermutete, dass sie das schlechte Gewissen nicht länger zu

Hause gehalten hatte. Wahrscheinlich waren Lisa und Alders noch in Holzminden unterwegs. Morgen würden sie sicherlich mehr wissen.

Schließlich kreisten ihre Gedanken um Norbert Ulbricht. Er war ein seltsamer Typ. Wirkte unnahbar, hatte aber etwas Gutmütiges und fast Sanftes im Blick. Gut, von Mode schien er nicht viel zu verstehen, darauf ließen sein altmodischer Mantel, die abgelatschten Schuhe und das bügelfreie Hemd schließen. Wahrscheinlich gab es keine Frau an seiner Seite. Angeblich war Ulbricht hier, um sich bei einer Kur vom Polizeialltag zu erholen. Seinen Dienstausweis hatte sie sich nicht zeigen lassen.

Er hatte Vorberg auf der Burg Polle gefunden. Ulbricht hatte der Wohnung des Toten einen Besuch abgestattet, bevor sie es getan hatte. Dass er dabei Spuren gelegt hatte, war selbstverständlich. Maja überlegte, ob Ulbricht in einem ganz anderen Zusammenhang zu Vorberg stehen könnte. Was, wenn er etwas mit dem Mord zu tun hatte? Er schien ihr immer einen Schritt voraus zu sein. Was, wenn er letzten Endes gar kein Kollege, sondern ein eiskalter Mörder war, der sich immer wieder unter dem Vorwand, ein Polizist zu sein, in die Ermittlungen einmischte und möglicherweise sogar falsche Fährten legte?

Sie durfte nichts außer Acht lassen und beschloss, sich morgen Ulbrichts Dienstausweis zeigen zu lassen. Vielleicht sollte sie auch einfach die Kollegen im Wuppertaler Polizeipräsidium anrufen und dort nachfragen, ob ein Norbert Ulbricht bekannt war.

Das Klingeln des Telefons riss sie aus ihren Überlegungen. Maja erhob sich und nahm das schnurlose Gerät aus der Basis, die auf der Kommode im Flur stand. Die Nummer im Display war ihr unbekannt, und so meldete sie sich mit einem distanzierten „Hallo?"

„Ich bin's, mir sind ein paar Dinge eingefallen, die mir keine Ruhe lassen."

„Und wer ist ich?"

„Ulbricht hier, ich bin's, Norbert." Sekundenlang wirkte er verunsichert.

„Hm. Wie kommst du an meine private Telefonnummer?"

„Die Frage erübrigt sich in unserem Beruf", erwiderte er amüsiert.

„Was ist denn passiert?" Sie wanderte mit dem Telefon am Ohr durch die helle Wohnung.

„Ich werde verfolgt."

„Wie kommst du darauf?" Tief in ihr schlug eine Alarmglocke an.

„Nicht am Telefon, Maja, das erzähl ich dir alles gleich in Ruhe. Als ich kurz unten war, um mich mal bei der Therapie blicken zu lassen, hat jemand mein Zimmer auf den Kopf gestellt."

„Bitte – was?"

„Man ist hier in mein Zimmer im Kurhotel Schillerhof eingedrungen und hat meine Sachen durchwühlt. Wenn das ein dahergelaufener Hoteldieb war, dann fress' ich 'nen Besen."

„Ich schick dir ein paar Kollegen vorbei und komme selbst, kann aber um diese Zeit ein wenig dauern. Rühr nichts an, hörst du?"

„Für wie blöd hältst du mich?" Mit einem wütenden Schnaufen hatte er die Verbindung unterbrochen.

Maja blickte nachdenklich auf das Telefon in ihrer Hand. Offenbar hatte sie sich in Norbert Ulbricht getäuscht. Fast schämte sie sich ein wenig für ihren Verdacht. Hastig wählte sie die Nummer der Polizeiinspektion, und sie fand sich schnell damit ab, dass sie auch heute wieder nicht zum Joggen kommen würde.

Hotel Schillerhof, Bad Pyrmont, 18.20 Uhr

Im Kurhotel war man bemüht, den Polizeieinsatz so diskret wie möglich zu halten. Ein Hoteldieb war kein gutes Aushängeschild für einen Kurbetrieb, und entsprechend aufgebracht war die Hotelleiterin, eine junge Frau Anfang dreißig. Streifenpolizisten hatten Ulbrichts Zimmer zunächst untersucht und dann gesichert; somit war Ulbricht ausgesperrt. In dem Hausanzug mit dem aufgestickten Logo des Kurhotels kam er sich nun albern vor. Eigentlich hatte er sich den Verlauf des Abends ein wenig anders vorgestellt, aber immerhin: Die Spurensicherung war bereits unterwegs.

Angela Kirschstein marschierte auf dem Korridor vor Ulbrichts Zimmertür auf und ab. „Hören Sie“, wandte sie sich an den Gast. „Der Zwischenfall ist uns äußerst unangenehm“, sagte die Managerin. Sie lächelte ihn mit hochrotem Kopf an. „Immerhin ist nichts abhandengekommen.“ Sie fuhr sich nervös durch das schulterlange blonde Haar. Eine dezente Parfümwolke umgab sie.

Ulbricht betrachtete sie aufmerksam. Angela Kirschstein war hübsch, zwei Köpfe kleiner als er, sie war schlank und trug ein figurbetontes hellblaues Kostüm. Unwillkürlich dachte er daran, dass sie sicherlich ein geeignetes Model für Christian Vorberg gewesen wäre.

„Ich habe kein Interesse daran, den Ruf Ihres Hauses zu schädigen“, lächelte Ulbricht. „Aber es beunruhigt mich, dass man sich so unbemerkt Zugang zu meinem Zimmer verschaffen kann, während ich mich in Behandlung befinde."

„Das ist uns äußerst unangenehm", beteuerte die junge Managerin erneut und senkte den Blick. „Ich kann nur wiederholen, dass uns der Zwischenfall leidtut, das gilt auch für die nun entstandenen Unannehmlichkeiten. Ich werde Ihnen ein anderes Zimmer herrichten lassen."

„Lassen Sie mal gut sein." Ulbricht winkte ab. Er wusste, was man bei ihm gesucht hatte und er wusste auch, dass er von dem Insassen des kleinen Toyota besucht worden sein musste. Nicht umsonst hatte man ihn von Hameln bis hierher verfolgt. Der Chip des Fotografen befand sich jedoch in der Polizeiinspektion – längst schon war bei ihm nichts mehr zu holen. Erleichtert hatte er festgestellt, dass man weder das Foto des Toten noch seinen Wagenschlüssel entwendet hatte. Das bedeutete, dass man danach entweder nicht gesucht hatte oder dass beide Gegenstände wertlos für die Einbrecher gewesen waren. Da auch kein Bargeld fehlte und Ulbrichts Besitztümer vollständig waren, blieb nur die Möglichkeit, dass man bei ihm die Speicherkarte vermutete. Eigentlich dumm, denn immerhin hatte er ein paar Stunden auf der Polizeiinspektion verbracht. Die Einbrecher hätten sich denken können, dass er den Chip dort abgegeben hatte. Was war so wertvoll an ein paar Bildern, dass man keine Möglichkeit auslassen wollte, an die Karte zu kommen? Ulbricht konnte sich nicht vorstellen, dass nun auch mit einem Einbruch in die Polizeiinspektion zu rechnen war. Das würden die Täter wohl kaum wagen.

„Sagen Sie", wandte er sich an Angela Kirschstein, „wer hat eigentlich von Ihrem Personal Zutritt zu meinem Zimmer?"

Er sah, wie es im Gesicht der Hotelmanagerin zuckte. „Wie meinen Sie das?“

„Nun, so wie ich es gesagt habe: Wie schwer, oder besser ausgedrückt, wie leicht ist es, sich Zutritt zu den Gästezimmern zu verschaffen?“

„Das Personal nutzt eine Art Generalschlüssel.“

„Wo befindet sich der Schlüssel, wenn nicht geputzt wird?“ Ulbricht war aufgefallen, dass es wieder keine Einbruchspuren gab. Wie bei Vorbergs Wohnungstür mussten sich die Täter einen Zweitschlüssel besorgt haben, um sich Zutritt zu verschaffen.

„Er wird im Büro aufbewahrt. Und einen Zweitschlüssel gibt es an der Rezeption. Das würde aber bedeuten, dass sich jemand den Schlüssel von dort besorgt haben muss. Dies war aber nicht der Fall, ich habe schon mit meinen Leuten gesprochen.“ Die Leiterin des Hauses blickte zu Ulbricht auf.

Nun wirkte sie empört. „Hören Sie mal - Sie reden wie ein Polizist!“

Norbert Ulbricht schenkte sich eine Antwort, da in diesem Augenblick die Aufzugtüren auseinanderglitten und vier Personen in den Korridor traten. Drei von ihnen trugen Alukoffer - die Spurensicherung. Die vierte Person war Maja Klausen.

„Ich brauche eine Liste Ihres Personals“, nahm er nun den Faden wieder auf. „Ich möchte eine Aufstellung aller Leute, die Zugang zum Schlüssel haben.“

Angela Kirschstein blickte die Polizisten hilfesuchend an.

Maja, die Ulbrichts letzten Worte mithören konnte, lächelte verständnisvoll. „Das geht in Ordnung“, wandte sie sich an die Hotelleiterin, während sie ihren Dienstausweis zückte. „Er ist ein Kollege, der sich hier zur Kur befindet.“

Dann gab sie ihrem Team kurze Anweisungen und zupfte an Ulbrichts Ärmel. „Kommst du mal?"

Sie ließen Angela Kirschstein zurück. Als sie außer Hörweite waren, zischte Maja: „Sag mal, geht das schon wieder los? Du mischst dich in meine Arbeit ein. Ich dachte, wir hatten eine klare Absprache, Norbert!"

„Nichts für ungut", murmelte er. „Ich wusste ja nicht, wann du hier ankommst, und da wollte ich dir ein wenig Arbeit abnehmen ... nicht mehr und nicht weniger." Ulbricht fuchtelte mit den Händen in der Luft herum. „Maja, bitte sieh dir die Zimmertür selbst an: Dort findest du keine Einbruchspuren! Die Täter haben einen Schlüssel benutzt."

„So, wie sie es auch bei Vorberg getan haben", erwiderte sie nachdenklich. „Was könnten die bei dir gesucht haben?"

„Den Chip, ist doch klar, Maja! Sie können sich denken, dass das Ding bei dir in der Polizeiinspektion liegt, wollen aber auf Nummer sicher gehen. Also gehen sie den Weg des geringsten Widerstands und suchen ihn zuerst hier bei mir, bevor sie sich die Wache vornehmen."

„Das wird ihnen nicht gelingen", entgegnete Maja entschlossen.

„Dein Wort in Gottes Ohr."

„Hast du einen Verdacht?"

„Mach mal eine Halteranfrage."

„Was?"

„Ich wurde verfolgt, als ich die Polizeiinspektion verlassen habe. Ein alter Toyota, dunkelrot. Und als ich hier vor dem Haus parkte, fuhr der Wagen langsam vorbei. Ich bin sicher, dass es der oder die Insassen waren, die hier herumgeschnüffelt haben." Ulbricht hatte sich das Autokennzeichen eingeprägt. „Und dann vergleichen wir die Fingerabdrücke im Zimmer mit denen in Vorbergs Wohnung - das ist doch Routine für fähige Polizisten wie ihr es seid, oder?"

Maja war sprachlos. Sie ließ Ulbricht stehen und ging zu den Kollegen der Spurensicherung.

Die Spurensicherung in Ulbrichts Hotelzimmer war in vollem Gange. Majas Kollegen waren in die weißen Einmaloveralls geschlüpft und nahmen jeden Gegenstand unter die Lupe. An Stellen, die der oder die Einbrecher berührt haben könnten, wurde Adhäsionsmittel aufgepinselt und Fingerabdrücke genommen. Jemand war mit einer UV-Lichtlampe zugange, um im Schwarzlicht weitere verräterische Spuren zu finden. Maja blieb an der Zimmertüre stehen. Als die junge Frau neben sie trat, blickte sie sich um.

„Mein Name ist Angela Kirschstein, ich bin die Hotelmanagerin", stellte sie sich vor. „Entschuldigen Sie, wenn ich eben ein wenig grob zu Ihrem Kollegen war."

„Das ist kein Problem, er kann das vertragen." Maja nannte ihren Namen. „Sicherlich gibt es in Ihrem Hotel eine Videoüberwachung?"

„Natürlich. Leider nur im Eingangsbereich und in der Empfangshalle. Die Gänge des Hotels haben wir nicht mit Kameras versehen - wir möchte unseren Gästen die größtmögliche Diskretion bieten."

„Ich verstehe." Vermutlich sollte niemand sehen, wer von den Gästen sich einen Kurschatten auf das Zimmer holte, dachte Maja. „Dann würde ich mir gern die Aufzeichnungen der letzten zwei Stunden ansehen. Bitte sorgen Sie dafür, dass ich die Datenträger mit in die Polizeiinspektion nehmen kann. Dort werden sich unsere Spezialisten mit der Auswertung beschäftigen." In Gedanken teilte sie bereits Lisa Stendal für den Job ein. „Mein Kollege hatte Sie ja schon um eine Liste der Mitarbeiter gebeten, die Zugriff zu einem möglichen Zweitschlüssel haben. Da wir offensichtlich keine Einbruchspuren am Schloss des Zimmers feststellen können, liegt der Verdacht nahe, dass es sich um einen Hoteldieb handelt, der sich in den Interna Ihres Hauses auskennt."

„Ich werde eine Liste anfordern", versprach Angela Kirschstein. „Auch wenn ich mir nicht vorstellen kann, dass jemand meiner Leute ..." Sie beendete den Satz nicht, wandte sich mit einem Kopfschütteln ab und zog ein Telefon aus der Tasche. Während sie Majas Gespräch an einen ihrer Mitarbeiter weitergab, wanderte sie über den Korridor. Der dicke Teppich schluckte ihre Schritte.

Maja hatte inzwischen ebenfalls zum Handy gegriffen und telefonierte mit dem Fachdezernat. Grundmann saß noch im Büro. Er meldete sich schlecht gelaunt wie immer.

Ein wahrer Stinkstiefel, dachte Maja und war bemüht, ihrer Stimme einen freundlichen Klang zu geben. „Mach mal eine Halteranfrage." Sie nannte ihm das Kennzeichen, das sie von Ulbricht erfahren hatte. „Bei dem Fahrzeug handelt es sich um einen dunkelroten Toyota, wahrscheinlich älteren Baujahres. Sobald ihr den Namen des Halters habt, überprüft seine Daten; ich gehe davon aus, dass wir es mit einem alten Bekannten zu tun haben."

Grundmann muffelte eine Antwort, doch Maja hatte keine Lust, sich über ihn zu ärgern und unterbrach die Verbindung. Während die Spurensicherung noch andauerte, lief im Hintergrund bereits der Polizeiapparat an, und Maja war gespannt, ob es tatsächlich einen

Zusammenhang zwischen dem Hoteldieb und dem Mörder von Christian Vorberg gab.

„Weißt du, was mir überhaupt nicht gefällt?" Ulbricht war fast lautlos hinter sie getreten.

Sie wandte sich zu ihm um und blickte ihn fragend an.

„Woher wussten die von dem Chip?"

„Du sprichst in Rätseln, Norbert."

„Das liegt doch auf der Hand, verdammt", rief Ulbricht ein wenig zu laut. Er blickte kurz über die Schulter, und erst als er sicher war, dass Angela Kirschstein ihn nicht gehört hatte, fuhr er mit gedämpfter Stimme fort: „Die sind in Vorbergs Wohnung eingebrochen, haben alles auf halb acht gedreht, weil sie scheinbar etwas gesucht haben. Uns ist aufgefallen, dass sich kein einziger elektronischer Datenträger mehr in der Wohnung des Toten befand, was uns vermuten lässt, dass es die Täter genau darauf abgesehen haben. Den Chip haben sie nicht gefunden – er war im Innern des Toilettenspülkastens versteckt. Ich habe ihn gefunden und dir zur Verfügung gestellt. Nun drängt sich mir die Frage auf, woher wussten die von der Speicherkarte, wenn sie doch zu blöd waren, das verdammte Ding in Vorbergs Wohnung zu finden?"

„Du meinst … faktisch gab es die Karte für die Einbrecher gar nicht?" Maja machte große Augen. „Sie haben nicht damit gerechnet, dass sich Vorberg eine Sicherungskopie auf eine Speicherkarte gezogen haben könnte."

„Du bist ein helles Mädchen", grinste Ulbricht. „Also: Was haben sie bei mir gesucht, wenn sie doch von dem Chip gar nichts gewusst haben, geschweige denn ahnen mussten, dass ich das kleine Wunderding an mich genommen habe?"

„Mir fällt da ganz spontan folgende Szene ein: Du und ich bei einem romantischen Essen in einem Restaurant mit ähnlich klingendem Namen. Man sieht, wie wir uns dort treffen. Wir verlassen das Lokal eine gute Stunde später und wieder werden wir dabei gesehen. Wir schlendern durch Holzminden und begeben uns zum Weserkai, wo du zunächst eine Speicherkarte theatralisch über den Fluss hältst und wir dann, nachdem wir Frieden geschlossen haben, vereint wie ein altes Ehepaar auf einer Bank am Kai sitzen und den Inhalt der Karte sichten. Klingelt da was, verehrter Herr Star-Kommissar?" Majas grüne Augen blitzten wütend.

„Du meinst man hat uns beschattet?"

„Anders kann ich es mir beim besten Willen nicht vorstellen, Norbert." Maja nickte. „Da unten treiben sich so viele Radfahrer, Jogger und Spaziergänger herum - ich wüsste nicht, wer uns beobachtet haben könnte, aber es liegt auf der Hand. Hättest du mir die Karte in einem unbeobachteten Augenblick in die Hand gedrückt, wäre es gut gewesen."

„Aber nun darf ich bei euch mitspielen." Ulbricht grinste eine Spur breiter und hatte offenbar diebischen Spaß an der Situation.

„Zu einem hohen Preis", nickte Maja. „Das Ergebnis", sie deutete auf Ulbrichts Zimmer, „das Ergebnis kennen wir ja nun."

„Die Mühe hätte ich mir schenken können." Enttäuschung schwang in seiner Stimme mit.

„Was verlangst du?"

„Erfolg. Dieser verdammte Chip kann nicht weg sein. Aber anscheinend war er dumm genug, das Ding an diese Polizistin weiterzureichen." Er schnaufte wütend. „Ich will hoffen, dass die Nummer im Hotel so verlaufen ist, dass man mir nicht an die Karre fahren kann. Ärger wäre jetzt das Letzte, was ich brauchen kann."

„Reg dich ab. Fahr zurück nach Holzminden, dann besprechen wir den Rest."

„Die Luft wird mir langsam zu dünn."

„Du kannst jetzt nicht aussteigen - dafür sitzt du schon viel zu tief mit drin in der Scheiße."

„Und du musst mich nicht belehren." Er startete den Motor des Toyota und betrachtete das bunte Treiben am Kurpark. Palmen wiegten sich im seichten Abendwind. Als er den Kopf zu Seite wandte, erblickte er die zivilen Einsatzwagen der Polizei, die kreuz und quer vor dem Kurhotel Schillerhof parkten. „Ich muss weg hier." Er drückte den roten Knopf und warf das Handy auf den Beifahrersitz. Für das mediterrane Flair des Kurortes hatte er keinen Blick, als er den Wagen durch die Straßen lenkte. Am Ortsausgang folgte er der K 426 in östlicher Richtung. Die Bebauung ließ nach und wich einer sanften Hügel- und Waldlandschaft. Es herrschte kaum Verkehr auf der kurvenreichen Landstraße, und er trat das Gaspedal bis zum Bodenblech durch. Er wollte keine unnötige Zeit verlieren. Die

Karre musste weg. Aber zuvor musste er den Inhalt des Kofferraums in seinem Keller deponieren.

Fest lagen seine Hände auf dem Lenkrad. Seine Wangenknochen mahlten, und er versuchte sich abzulenken.

Doch seine Gedanken kreisten nach wie vor um den Auftrag, den er zu erfüllen hatte. Er hatte sich ziemlich weit aus dem Fenster gelehnt, und spätestens als er erfahren hatte, dass Christian Vorberg nicht mehr lebte, wurde ihm bewusst, dass der Job mindestens eine Nummer zu groß war. Doch es war zu spät, um auszusteigen. Er ging davon aus, dass er bereits zu viel wusste, um jetzt noch den Schwanz einzuziehen. Wäre er nicht hoch verschuldet gewesen, hätte er sich auf diesen windigen Auftrag nicht eingelassen. Doch nun war es zu spät. Er musste das Ding durchziehen. Der Umstand, dass seine Bemühungen nicht von Erfolg gekrönt waren, kostete ihn eine Stange Geld. Und nun würde er sich mit dem Vorschuss seines Auftraggebers zufriedengeben müssen. Man hatte ihm eine stattliche Summe in Aussicht gestellt, wenn er den Speicherchip fand. Immerhin war er unentdeckt in Vorbergs Wohnung eingedrungen und hatte von dort sämtliche Computer, externe Festplatten, USB-Sticks und CD-Roms abtransportiert.

Während die Landschaft an ihm vorüberzufliegen schien, überlegte er, die Computer zu verkaufen – sicherheitshalber ohne Festplatten. Aber auch so würden die beiden Kisten noch ein paar Euro bringen, denn Vorberg hatte PCs der neuesten Generation besessen, die sich nun im Kofferraum des alten Toyota befanden.

Inzwischen befand er sich auf Höhe des Pyrmonter Flughafens. Die Kleinenberger Straße, auf der er nun unterwegs war, beschrieb einen scharfen Rechtsbogen. Plötzlich klackerte es im Bereich der Vorderachse metallisch, und das Lenkrad begann zu flattern. Der Wagen brach aus und wurde unkontrollierbar.

Sein Herzschlag setzte eine Sekunde lang aus.

„Scheiße, was ist denn das?", zischte er erschrocken und versuchte den Wagen wieder unter Kontrolle zu bringen. Doch in der Lenkung blockierte etwas, und der Toyota rollte unbeirrt geradeaus. Er nahm den Fuß vom Gas und trat das Bremspedal durch, doch es war bereits zu spät. Der Wagen raste mit nahezu unverminderter Geschwindigkeit aus der Kurve. Er war froh, dass ihm kein anderes Fahrzeug im Scheitelpunkt der Kurve entgegenkam. Der Wagen rumpelte von der Straße in eine kleine Böschung. Er wurde in den Sicherheitsgurt gepresst, als es einen harten Aufschlag gab. Blech kreischte und Glas splitterte. Die Reifen schleuderten Matsch und Gesteinsbrocken durch die Luft, und er sah ein großes Kunststoffteil seitlich am Wagen vorbeifliegen. Im gleichen Augenblick spürte er den stechenden Schmerz an der Schläfe. Der Wagen war vor einen dicken Baumstamm gerast, so viel konnte er noch durch die gesplitterte Windschutzscheibe erkennen. Die zerbeulte Motorhaube ragte vor ihm in die Höhe. Er wollte sich bewegen, war aber zu keiner Bewegung imstande. Den Motor hatte er abgewürgt, und Rauch kräuselte sich aus der Haube. Panik erfasste ihn, sein Herz raste, und er fühlte sich ausgeliefert. Dennoch reagierten seine Beine nicht. Würde er von jetzt an gelähmt sein?

Er spannte die Muskeln an, wollte den Sicherheitsgurt lösen, doch es war bereits zu spät. Ihm wurde heiß, und er spürte die Übelkeit in sich aufsteigen. Kurz sah er Blitze vor seinen Augen aufleuchten, dann wurde es dunkel um ihn herum. Leblos sackte er im Sitz zusammen.

Sollingstraße, Holzminden, 19.35 Uhr

Wie immer legte er die paar Meter von der Esso-Station bis zu seiner Wohnung mit dem alten Fahrrad zurück. Das Auto nutzte er nur für größere Einkäufe oder weitere Fahrten. Die Benzinpreise waren so hoch wie schon lange nicht mehr, und er sparte, wo er konnte. Es war ein milder Frühsommerabend, der Verkehr auf der Hauptstraße ließ langsam nach, und die Vögel in den Bäumen hatten ihr abendliches Konzert angestimmt. Er liebte diese Zeit, wenn die Hektik des Arbeitstages langsam nachließ und die Stadt sich auf einen ruhigen Feierabend vorbereitete.

Ein Duft von frischen Blüten hing in der Luft, und Paul Kuhnert atmete tief durch, während er am Straßenrand entlangradelte. Er hatte Zeit, und es wartete niemand auf ihn. Dann hatte er das kleine Mietshaus erreicht. Er stieg vom Rad und schob es durch den kleinen Vorgarten zum Hauseingang. Umständlich fummelte er den Hausschlüssel aus der Hosentasche.

In der Post waren nur ein paar Rechnungen und Reklame. Wer sollte ihm auch schreiben? Paul Kuhnert schob das Fahrrad in den Keller und begab sich ins erste Stockwerk des Mietshauses. Hier lag seine Junggesellenwohnung, die er seit seiner Scheidung von Mona bewohnte. Das Geld war seit der Trennung knapp für den 38-jährigen, doch er war eine echte Kämpfernatur und ließ sich nicht unterkriegen. Nachdem er fast drei Jahre lang von Hartz IV gelebt hatte, war er über einen Bekannten an den Job auf der Tankstelle gekommen. Acht Stunden lang stand er an der Kasse, ab und zu konnte er mal an einem der Kundenfahrzeuge nach dem Rechten sehen. Sein Chef war zufrieden mit dem gelernten Kfz-Mechaniker. Die Tatsache, dass Kuhnert technisch begabt war, machte ihn auf der Tankstelle zum Mädchen für alles. Egal ob es an der Waschanlage etwas zu reparieren gab oder ein Kunde mit dem Münzstaubsauger den Aschenbecher seines Autos leergesaugt hatte und die Anlage verstopft war – Kuhnert richtete es mit seiner ruhigen Art. Viel verdiente er nicht auf der Tankstelle, aber es reichte, um die laufenden Kosten zu bestreiten. Das, was übrig war, überwies er brav auf das Konto seiner Exfrau, die seit der Scheidung ausschließlich Hausfrau war und sich um ihre gemeinsame achtjährige Tochter Jennifer kümmerte.

Das Leben als Junggeselle war nicht das, was sich Kuhnert unter einem harmonischen Leben vorstellte, aber die Frau fürs Leben konnte er sich nicht backen, und das Leben an der Seite seiner Exfrau fortzuführen, kam für ihn nicht in Frage. Im Laufe der Zeit hatte sich Mona zu ihrem Nachteil verändert. Sie war materialistisch geworden, legte Wert auf ein eigenes Auto und auf mindestens zwei Urlaube im Jahr. Doch das war noch nie möglich gewesen, und sie hatte ständig an ihm herumgenörgelt. Sie hatten oft gestritten, manchmal auch vor den Augen der Tochter. Als die Werkstatt, in der er sieben Jahre lang gearbeitet hatte, in die Insolvenz ging, wurde er arbeitslos, und das Unheil nahm seinen Lauf: Sie mussten den Gürtel enger schnallen – ein Umstand, der Mona nicht gefallen hatte. Als sich dann auch noch Mahnungen und Vollstreckungsbescheide häuften, war sie der Herausforderung, das gemeinsame Leben auch in wirtschaftlich schweren Zeiten zu meistern, nicht mehr gewachsen gewesen. Sie hatte die Konsequenz gezogen und ihn vor die Tür gesetzt.

Paul Kuhnert hatte sich die kleine Wohnung in der Sollingstraße gesucht und lebte fortan allein. Seit einem halben Jahr war er von Mona geschieden, und Jennifer, die mit ihrer Mutter in einem kleinen Häuschen in der Straße Am Hasenstieg lebte, sah er nur selten. Obwohl Kuhnert sich im Laufe der Zeit mit seinem Leben arrangiert hatte, so hasste er die Einsamkeit, die ihn umgab, wenn er abends die Wohnung aufschloss.

So war es auch diesmal. Nachdem er Schuhe und Jacke ausgezogen hatte, ging er mit der Post in der Hand in die kleine Küche. Eine Einbauküche besaß er nicht – die Einrichtung bestand aus zusammengewürfelten Baumarktküchenmöbeln in einem neutralen Weiß. Kuhnert warf die Briefe auf den klapprigen Küchentisch und nahm ein Bier aus dem Kühlschrank. Er öffnete die Flasche und trank einen großen Zug, trat ans Fenster und blickte hinaus. Das Küchenfenster lag an der Hinterseite des Hauses, und er hatte einen Ausblick auf eine kleine Hinterhof-Idylle. Hier standen die Mülltonnen, eine verrottete Holzbank und ein Sandkasten, in dem das Unkraut wucherte, weil hier schon seit Jahren kein Kind mehr gespielt hatte. Unkraut wuchs auch in den Fugen zwischen den Betonplatten, mit denen der kleine Hof ausgelegt war. Vielleicht sollte er sich um das Haus kümmern, nach Feierabend, für ein kleines Taschengeld vom Vermieter. Oder gegen eine Mietpreissenkung.

Kuhnert nahm einen weiteren Schluck aus der Flasche und beschloss, Hans Sperling in den nächsten Tagen darauf anzusprechen.

Seine Gedanken kreisten plötzlich um die Kundin an der Tankstelle, die schon seit einiger Zeit mit ihm flirtete. Sie sah mehr in ihm als den Mann an der Tankstelle - sie nahm sich Zeit für ein paar private Worte und bat ihn ab und zu, nach dem Ölstand an ihrem Golf zu sehen. Aber es war mehr. An ihrer Art, ihn anzusehen und an der Art wie sie sich bewegte und mit ihm sprach, erkannte er, dass die schöne Unbekannte ein reges Interesse an ihm zu hegen pflegte. Er kannte ihren Namen nicht und er wusste weder, wo sie wohnte, noch welchem Beruf sie nachging - sie waren sich sympathisch und er genoss die Zuneigung, die sie ihm schenkte. Schon öfter hatte er überlegt, sie nach ihrer Telefonnummer zu fragen, sich aber nie getraut. Immerhin war sie eine Kundin und er nur der kleine Angestellte einer Tankstelle. Doch wenn sie den ersten Schritt tun würde, da war er sicher, würde er nicht nein sagen.

Ihm war warm ums Herz geworden, als vor seinem geistigen Auge das Bild der Frau auftauchte, um die sich seine Gedanken in letzter Zeit immer häufiger drehten. Mit einem nachdenklichen Lächeln trank er von seinem Bier, blickte sich in der Küche um und war sich plötzlich gar nicht sicher, ob er diese Frau nach Hause einladen konnte. Seine Wohnung war klein und sehr einfach eingerichtet; er war auch kein perfekter Hausmann. Sicherlich würde sie sich bei ihm nicht sehr wohlfühlen.

Kuhnert seufzte. Wie sollte er denn an eine neue Frau kommen, wenn er sich nicht einmal traute, sie zu sich einzuladen, aus Angst, sich mit seiner bescheidenen Bleibe zu blamieren? Das Klingeln der Türglocke riss ihn aus den Gedanken. Er stellte die Bierflasche auf dem Küchentisch ab und erreichte mit wenigen langen Schritten die Wohnungstür. Obwohl er keinen Besuch erwartete, drückte er den Türöffner. Im Treppenhaus summte es, dann hörte er, wie unten die Haustür geöffnet wurde. Schritte näherten sich; Kuhnert tippte auf zwei Personen. Vorsichtig lugte er durch den Türspion und erschrak, als er zwei uniformierte Polizisten erblickte, die sich vor seiner Wohnung aufbauten. Einer von ihnen hob die Hand und betätigte noch einmal den Klingelknopf.

Paul Kuhnert öffnete die Tür. „Ja bitte?"

„Herr Kuhnert? Paul Kuhnert?" Der ältere der beiden musterte ihn.

„Ja, der bin ich. Worum geht es?" Sein Herz begann zu rasen. Es kam nicht oft vor, dass die Polizei vor seiner Tür stand. Obwohl er ein reines Gewissen hatte, bekam er es auf der Stelle mit der Angst zu tun.

„Ist etwas mit Jennifer? Oder mit Mona?"

„Nein. Dürfen wir kurz reinkommen?"

„Natürlich." Kuhnert gab den Eingang frei und führte die Beamten in das kleine Wohnzimmer. Er bot ihnen an, Platz zu nehmen, doch die Polizisten lehnten dankend ab.

„Es geht um Ihren Wagen. Ihnen gehört doch ein Toyota Starlet?" Der Polizist blickte auf einen Notizzettel, dann nannte er das amtliche Kennzeichen.

„Das ist richtig, ja. Der Wagen gehört mir."

„Wo waren Sie vor zwei Stunden?"

„Auf der Arbeit. Ich arbeite an der Tankstelle Sollingstraße, nicht weit von hier. Dafür gibt es Zeugen, Sie können meinen Chef fragen, er wird Ihnen bestätigen, dass..." Kuhnert brach ab, dann schlug er sich mit der flachen Hand vor die Stirn. „Moment", stotterte er. „Sie kommen wegen des Wagens? Was ist damit? Hat Gerhard einen Unfall gebaut?"

„Wer?" Nun war es der jüngere Polizist der beiden, der nachhakte. Kuhnert schätzte ihn auf Mitte zwanzig. Die dunkelblaue Polizeiuniform wirkte noch neu und steif. Wahrscheinlich war er noch nicht lange im Streifendienst.

„Gerhard, mein Bekannter. Er brauchte ein Auto, und weil ich mit dem Rad zur Tankstelle fahre, habe ich ihm den Toyota geliehen."

„Wir brauchen den Namen und die Adresse Ihres Freundes."

Kuhnert dachte kurz nach. Etwas musste geschehen sein. Doch er nannte den Polizisten die Anschrift von Gerhard Plott. „Was ist denn passiert?"

„Das dürfen wir Ihnen noch nicht sagen, Entschuldigung."

„Verstehe." Kuhnert nickte. „Aus ermittlungstechnischen Gründen, wie es immer so schön heißt, nehme ich an?"

„Exakt." Der Ältere nickte. Sein Kollege hatte die Kontaktdaten von Gerhard Plott notiert, und sie wandten sich zum Gehen, als irgendwo ein Handy fiepte. Der ältere Polizist murmelte eine Entschuldigung und zog das Telefon aus der Hemdstasche. Er murmelte etwas Unverständliches in den Hörer und beendete die Verbindung dann.

„Es tut mir leid", sagte er an Paul Kuhnert gewandt. „Das war eine Kollegin aus Bad Pyrmont. Es hat einen schweren Verkehrsunfall gegeben. Ihr Freund ist in einer Kurve von der Fahrbahn abgekommen, vermutlich wegen überhöhter Geschwindigkeit. Der Wagen hat Totalschaden, und Ihr Freund wurde eben mit einem Rettungshubschrauber ins Krankenhaus geflogen. Da er keine Papiere bei sich trug, sind wir nicht sicher, ob es sich bei dem Fahrer des Unfallwagens um

Ihren Freund handelt, aber das werden wir sicherlich herausfinden." Er brachte ein mattes Lächeln zustande. „Es tut uns leid, dass wir keine besseren Nachrichten für Sie haben. Aber wir halten Sie auf dem Laufenden." Die Polizisten verabschiedeten sich von Kuhnert; er brachte sie völlig fassungslos zur Tür. Als er allein war, wurde ihm der ganze Umfang der Neuigkeiten bewusst. Kuhnert zitterte am ganzen Leib, dann sank er auf die verschlissene Couch im Wohnzimmer. Anscheinend war das Ende seiner Pechsträhne noch nicht erreicht.

Kurhotel Schillerhof, Bad Pyrmont, 20.20 Uhr

Die Kollegen der Spurensicherung gaben Maja ein Zeichen, während sie das Hotelzimmer verließen und sich auf dem Korridor die Overalls abstreiften. Die Tatortarbeit war abgeschlossen, jetzt folgte die Auswertung der Spuren beim Technischen Dienst und dem Erkennungsdienst.

Wenn es sich bei dem Einbrecher um einen Wiederholungstäter handelte, war er bereits aktenkundig und konnte anhand der im Zimmer hinterlassenen Spuren identifiziert werden. Sollte es sich bei ihm um den gleichen Täter handeln wie beim Einbruch in Vorbergs Wohnung, hatten sie gleich zwei Fliegen mit einer Klappe geschlagen.

„Sie können dann wieder in Ihr Zimmer – wenn Sie mögen", murmelte einer der Beamten an Ulbricht gewandt.

Der zuckte die Schultern und tauschte einen raschen Blick mit Maja, die sich mit der Hotelleiterin unterhalten hatte. Die Aufzeichnungen der Videoüberwachung waren bereits auf dem Weg in die Polizeiinspektion. Wahrscheinlich würde das Sichten des Materials einige Stunden in Anspruch nehmen. Die Kommissarin wirkte müde. Als sie sah, dass die Kollegen ihre Ermittlungen abgeschlossen hatten, wandte sie sich von Angela Kirschstein ab und wechselte einige Worte mit ihren Kollegen vom Fachdezernat.

Dann wünschte sie ihnen laut hörbar einen schönen Feierabend und trat auf Ulbricht zu.

„Das war's", sagte sie mit einem leichten Lächeln auf den Lippen.

„Hm." Er nickte. „Und, was haben die Jungs rausgefunden?"

„Kann ich jetzt noch nicht sagen. Aber Jan, einer von ihnen, meinte eine gewisse Ähnlichkeit zu den Spuren in Vorbergs Wohnung erkannt zu haben. Das kann Einbildung sein, aber ich verlasse mich auf sein geübtes Auge. So wie er sagt, kann es gut sein, dass du Besuch von dem gleichen Kerl hattest, der auch Vorbergs Wohnung auf den Kopf gestellt hat."

„Wie beruhigend", bemerkte er sarkastisch und versenkte die Hände in den Taschen seines samtweichen Hausanzuges. „Dann werde ich jetzt mal ganz gemütlich den Abend ausklingen lassen." Er blickte an sich herunter. „Und vor allem werde ich zusehen, dass ich so schnell wie möglich aus diesem albernen Fummel komme. Ich sehe ja aus wie eine Tussi auf der Wellness-Farm."

„Ach", sagte Maja süffisant und ließ den Blick an ihm herabgleiten. „Ich finde, der Hausanzug steht dir ganz ausgezeichnet, Norbert."

„Von so was verstehe ich nichts", murmelte er ein wenig hilflos. Dann wandte er sich zum Gehen. „Also dann - eine gute Nacht, Frau Kollegin."

„Gute Nacht, alter Brummbär“, erwiderte sie. „Sag mal, hast du eigentlich deine Dienstwaffe dabei?“

Er machte im Türrahmen kehrt und musterte sie. „Was denkst du? Ich bin zur Kur hier und will mich erholen“, schnaufte er empört.

Maja lachte amüsiert, als hätte er ihr einen guten Witz erzählt. „Als wenn das ein Grund für dich wäre, auf die Dienstwaffe zu verzichten. Du hast ja auch deinen Dienstausweis dabei. Wohlweislich, dass dir das Ding so manche Tür öffnen wird.“

Nun war es an ihm, verlegen zu sein. „Den trage ich immer mit mir rum, weil ich ihn in meiner Brieftasche habe, mit den anderen Papieren, so einfach ist das.“

„Was du nicht sagst. Als hättest du es geahnt, dass du hier, in unserer beschaulichen Gegend, über eine Leiche stolpern würdest.“

„Vielleicht hatte ich einfach Angst, mich im Urlaub zu langweilen.“

„Du willst nicht ernsthaft die Nacht in deinem Hotelzimmer verbringen?“

Ulbricht schob die Unterlippe vor. „Und warum nicht? Glaubst du, der Einbrecher kommt zurück, nachdem er schon beim ersten Versuch nichts Brauchbares gefunden hat?“ Er lachte auf.

„Lass dir wenigstens ein anderes Zimmer geben.“

„Wozu der Aufwand?“

„Dann komm mit zu mir.“

Damit hatte Ulbricht am wenigsten gerechnet. Natürlich war ihm nicht wohl bei dem Gedanken, sich unbewaffnet in ein Zimmer zu legen, das von einem Einbrecher heimgesucht worden war, auch, wenn es für einen zweiten Besuch nicht den geringsten Grund gab. Ihm war einfach mulmig bei dem Gedanken, dass er in der Nacht noch einmal ungebetenen Besuch bekommen könnte. Das würde er sich natürlich selbst niemals eingestehen. Die Einladung von Maja Klausen kam ihm im Grunde seines Herzens sogar sehr gelegen. Denn er fand die Kommissarin sympathisch.

„Warum denn das? Ich werde mich in voller Montur auf das Bett legen und mich schlafend stellen. Und wenn der Einbrecher wirklich zurückkehrt, werde ich ihn überwältigen und dir morgen zum Frühstück servieren."

„Genau das hatte ich befürchtet. Und deshalb bist du heute Nacht mein Gast."

„In einer deiner Ausnüchterungszellen?" Er lachte.

„In meiner Wohnung. Ich überlasse dir sogar das Bett und nehme das Sofa." Sie errötete ein wenig und wirkte, obwohl sie sehr souverän war, ein wenig schüchtern in diesem Augenblick.

„Und was wird dein Mann dazu sagen, wenn du einen Kerl mit anschleppst?"

„Mach dir darüber mal keine Gedanken. Einen Mann gibt es nicht. Dazu fehlt mir aus beruflichen Gründen die Zeit." Sie seufzte, und ihr Lächeln wirkte ein wenig gequält.

„Kenn ich." Ulbricht nickte.

„Schluss jetzt mit Sentimentalitäten", schnaubte Maja. „Wir sind doch erwachsen! Pack deine Siebensachen, oder willst du hier Wurzeln schlagen?"

Vor dem Hotel meldete sich ihr Telefon. Sie nahm das Gespräch entgegen und wirkte danach ernst. Ulbricht hatte gehofft, dass sie nun ihren Beruf vergessen und sich ihm als Privatperson – von einer Freundin traute er sich gar nicht zu sprechen – öffnen würde.

„Der Einbrecher liegt im Krankenhaus", eröffnete sie ihm auf dem Parkplatz vor dem Schillerhof. „Er hatte einen schweren Unfall und die Ärzte bangen um sein Leben."

„Scheiße."

„Ich hätte es nicht passender ausdrücken können. Außerdem wurden im Kofferraum des Pkw zwei Computer, ein paar externe Festplatten und zig CD-Roms gefunden. So wie es aussieht, stammt der Mist aus Christian Vorbergs Wohnung."

„Wie schön, dann können deine Kollegen von der IT-Abteilung morgen damit beginnen, die Rechner zu spiegeln und die darauf enthaltenen Datensätze auszuwerten." Er machte eine erleichterte Geste. „Dann ist der Fall doch so gut wie gelöst, Maja. Und unserem gemütlichen Feierabend steht nichts mehr im Wege."

Sie war erstaunt über seine Art, mit den Umständen umzugehen, sagte aber nichts. So traten sie mit seinem Auto den Weg nach Hameln an, wo ihre Wohnung lag. Ulbricht registrierte, dass sie die Kollegen bereits nach Hause geschickt hatte, bevor sie ihn zu sich eingeladen hatte. Eine Frage ging ihm während der Fahrt nicht aus dem Kopf: Wie wäre sie zurück nach Hameln gekommen, wenn er die Einladung ausgeschlagen hätte?

ACHT

Das Tuten des Freizeichens begann ihn zu nerven. Fest krallten sich seine Hände um das Telefon, und die Knöchel seiner Hände traten weiß unter der Haut hervor. Ruhelos wanderte er durch den unbeleuchteten Raum. Obwohl es draußen noch hell war, krochen bereits die ersten Schatten wie Wesen einer anderen Welt über den Fußboden. Am Fenster unterbrach er seine Wanderung und blickte hinaus in den parkähnlich angelegten Garten. Sanft wiegten sich die Zweige der Bäume im seichten Abendwind und erzeugten ein raschelndes Geräusch.

Kein Laut drang zu ihm hinauf, nur das Freizeichen malträtierte seinen Schädel. Er nahm das Handy vom Ohr und warf einen Blick auf das Display, bevor er die rote Taste drückte. Es musste etwas geschehen sein. Etwas, das nicht in seine Planungen passte. Viel zu lange hatte er vergeblich auf den Anruf gewartet und schließlich selbst zum Hörer gegriffen, um den Stand der Dinge zu erfragen.

Er spürte, dass etwas geschehen sein musste, das die ganze Angelegenheit in Gefahr brachte. Und wenn sein Geheimnis an die Öffentlichkeit kam, war er geliefert. Nicht nur, dass er seine Träume ein für alle Mal begraben konnte - die nächsten Jahre würde er im Gefängnis verbringen.

Plötzlich zitterte er am ganzen Leib. Vielleicht hätte er die heiklen Dinge besser selbst erledigt, anstatt sie in die Hände von dahergelaufenen Idioten zu geben. Der Mann, den er bezahlte, war zu einem gefährlichen Mitwisser geworden. Hatte er bereits ausgepackt?

Panik stieg in ihm hoch, er drückte die Wahlwiederholung und versuchte es erneut. Doch auch diesmal wurde der Anruf nicht angenommen. Nach dem zwanzigsten Tuten drückte er mit dem Daumen auf die rote Taste und warf das Handy wütend auf das Sofa.

Er spürte das Verlangen nach einem Whisky, trat an das kleine Kabinett und schenkte sich ein Glas ein. Nachdem er Eiswürfel hinzugegeben hatte, drehte er das Glas in den Händen. Sein Blick glitt ins Leere; er dachte fieberhaft nach. Bislang hatte er es nicht für nötig empfunden, sich einen Plan B zurechtzulegen. *Wie dumm*, dachte er nun. Die Eiswürfel im Glas klimperten, und er beobachtete die Schatten, die immer länger wurden und jetzt auf ihn zuzukriechen schienen. Er fühlte sich hilflos und ausgeliefert. Etwas war schiefgegangen, hämmerte es in seinem Hirn.

Hastig schüttete er den Whisky in sich hinein und spürte das Brennen in der Kehle. Er schüttelte sich, war er starken Alkohol doch sonst nicht gewöhnt. Üblicherweise gönnte er sich zum Abend ein, zwei Gläser von seinem Elsässer Wein, mehr nicht.

Er benötigte einen klaren Verstand, doch heute brauchte er den Alkohol, um sich ein wenig zu beruhigen. Nachdem er das Glas neu gefüllt hatte, ließ er sich auf das Sofa sinken und stierte ins Nichts, während seine Gedanken sich überschlugen. Es war etwas schiefgelaufen, so viel stand inzwischen fest. Das, was ihm Angst bereitete, war der Umstand, dass es kein Zurück mehr gab.

Pyrmonter Straße, Hameln, 20.35 Uhr

„Sag mal, das ist doch dein Dienstwagen?", fragte Maja, die mit vor der Brust verschränkten Armen auf dem Beifahrersitz hockte und Ulbricht von der Seite betrachtete.

„Wie kommst du denn darauf?" Er hatte den Blick stur nach vorn gerichtet.

„Wir hatten früher auch Vectra mit Automatikgetriebe. Außerdem ist da noch die Konsole für das Blaulicht vorhanden. Und an der langen Antenne auf dem Dach habe ich es erkannt. Du fährst also auf Kosten des Steuerzahlers mit dem Dienstwagen zur Kur?"

„Hältst du mich für so dummdreist?" Ulbricht war entrüstet.

„Da vorne rechts rein. Eine kleine Stichstraße, die auch zur Pyrmonter Straße gehört."

Kleinere Häuser säumten die Straße, in der Maja wohnte.

„Da vorne ist es", sagte sie und deutete durch die Windschutzscheibe nach rechts. „Sogar mit einem freien Parkplatz gleich vor dem Haus."

„Jedem das, was er verdient", grinste Ulbricht und brachte den alten Opel vor einem blau gestrichenen Holzzaun zum Stehen. „Schön hast du es", fügte er dann hinzu.

„Ja. Frei nach Ulbricht: Jedem das, was er verdient." Nun lachte sie. Ulbricht löste den Sicherheitsgurt. „Und, um das zu klären: Nein, das ist kein Dienstwagen. Die alte Karre wäre einer Landesbehörde ja wohl peinlich, meinst du nicht? Sieh dir doch nur mal den überquellenden Aschenbecher an und die Staubschicht auf dem Armaturenbrett. Der Motor macht auch seit heute komische Geräusche. Aber das war mal ein

Dienstwagen. Meiner, um genau zu sein. Und als die Kiste ausgemustert wurde, tat sie mir fast ein bisschen leid. Und ich hatte es satt, zu Fuß zu gehen und habe mir von meinem Ersparten den Wagen in Düsseldorf ersteigert. Dort werden alle ausgemusterten Behördenfahrzeuge bei einer Versteigerung unters Volk gebracht. Und ich habe meine alte Kiste gleich nach der Versteigerung wieder mit nach Hause genommen." Er seufzte, war es nicht gewohnt, lange Reden zu schwingen. „So, ich hoffe, nun bist du beruhigt."

„Na gut." Maja stieß die Tür auf und zog eine Grimasse, als die Scharniere mit einem ohrenbetäubenden Quietschen aufschwangen. „Bisschen Öl könnte nicht schaden", murmelte sie.

Ulbricht war ausgestiegen. Er klaubte die leichte Reisetasche vom Rücksitz und folgte Maja durch den kleinen Vorgarten, nachdem er den Wagen abgeschlossen hatte. Irgendjemand in der Nachbarschaft grillte. Der würzige Geruch wehte durch die kleine Straße, und Ulbricht atmete tief ein. Hinter einer der Hecken fand eine kleine Party statt. Man unterhielt sich gut gelaunt, man lachte und hörte leise Musik. Maja schien das alles nicht zu bemerken. Sie stand bereits im Hauseingang und wartete auf ihn.

„Tse", machte er. „Als wenn ich Privatfahrten mit einem Dienstwagen machen würde."

Oben angekommen, nahm sie ihm die Tasche ab und brachte sie gleich ins Schlafzimmer, das am Ende des schmalen Flurs lag. „Fühl dich wie zu Hause", sagte Maja und führte ihn durch die Wohnung. Er bemerkte, dass sie stolz auf ihr Heim war. Es gab zwei Zimmer, eine kleine Küche mit Essecke und ein geräumiges Bad. Im Schlafzimmer bestimmten warme Farben das Bild; es gab einen Kleiderschrank, der eine

Querwand einnahm und ein französisches Bett neben dem Fenster. Von hier aus hatte man einen wunderschönen Ausblick in den Garten. Das Highlight war jedoch das große und helle Wohnzimmer mit dem gemütlichen Sofa, dem kleinen Tisch davor und einem Sideboard, auf dem sich der Fernseher befand. Ein recht neues Gerät in stattlicher Größe, wie Ulbricht feststellte. Dagegen war seine kleine Flimmerkiste zu Hause das reinste Mäusekino. Vom großen Fenster aus konnte man bis hinunter zur Weser blicken.

„So lässt es sich leben, was?“, bemerkte Ulbricht sichtlich beeindruckt. Maja besaß durchaus Geschmack, denn die Wohnung war für seine Verhältnisse gemütlich und modern eingerichtet. Nicht zu viel Schnickschnack, so wie er es damals schon bei seiner Exfrau Birgit gehasst hatte.

„In unserem Beruf hat man nicht viel Freizeit, aber was erzähle ich dir? Und wenn ich dann mal für ein paar Stunden zu Hause sein kann, dann möchte ich mich einfach wohlfühlen und abschalten.“

Er nickte und schämte sich fast ein wenig für seine bescheidene Wohnung in Wuppertal.

„Was ist das da unten?“, fragte er, um schnell das Thema zu wechseln.

Sie trat neben ihn, und er atmete den feinen Duft ihres Parfüms ein. Schon viel zu lange hatte er vergessen, wie gut Frauen riechen konnten. Maja blickte hinunter. Der Fluss glänzte im Abendlicht, und ein schwerer Frachter zog gemächlich gen Norden.

„Das ist das Torbayufer“, erklärte sie.

„Erinnert mich an den Weserkai in Holzminden.“

„Hat eine gewisse Ähnlichkeit, ja.“ Dann buffte sie ihm freundschaftlich in die Seite. „Ich weiß nicht, wie es dir geht, aber ich habe jetzt einen Bärenhunger.“

Tatsächlich verspürte auch er ein leichtes Ziehen in der Magengegend. „Ich könnte auch eine Kleinigkeit vertragen. Auf die Vollpension im Kurhotel musste ich ja heute verzichten." Erst jetzt fiel ihm auf, dass er immer noch diesen albernen Hausanzug des Hotels trug. Maja hatte ihm keine Zeit gelassen, sich umzuziehen. Dafür hatte er sich ja schnell eine Tasche mit Sachen zum Umziehen mitgenommen. Auch seinen heiß geliebten Mantel hatte er in der Eile zusammengeknüllt und in die Tasche gestopft. Siedend heiß erinnerte er sich an das Foto von Christian Vorberg und der rätselhaften Schönheit, das er in der Manteltasche trug. Er haderte mit sich, verwarf die Idee aber wieder. Sie hatten Feierabend, und es war höchste Zeit, einmal auf andere Gedanken zu kommen.

„Ich muss dich warnen, viel habe ich nicht im Angebot. Die Zeit hat mal wieder nicht gereicht, um einzukaufen."

„Das kenne ich." Er winkte lächelnd ab. Zu Hause bestand sein Ernährungsplan meist aus Fast Food. Auch das war wohl ein Grund, weshalb sein Arzt ihm zur Kur geraten hatte. Immer wieder hatte ihm der Doktor ausgewogene Ernährung ans Herz gelegt, immer wieder hatte er ihm empfohlen, ein wenig Sport zu treiben und vor allem, das Rauchen aufzuhören. Überrascht stellte Ulbricht fest, dass er tatsächlich noch keine einzige Zigarette geraucht hatte. Und es fehlte ihm nicht.

„Ich werde sehen, was die Kühltruhe bietet", riss ihn Majas Stimme aus den Gedanken. „Was hältst du von Pizza?"

„Ich liebe Pizza."

„Gut. Dann entschuldige mich." Sie verschwand in der Küche, und er blickte zum Fenster hinaus und hing seinen Gedanken nach, während er sie mit Geschirr herumhantieren hörte. Ulbricht musste sich eingestehen, nicht mehr er selbst zu sein. Lange schon hatte er dieses entspannte Gefühl von Harmonie nicht mehr empfunden. In den letzten Jahren hatte er sich hinter einer harten Schale verborgen und niemanden an sich herangelassen. Maja Klausen war eine interessante Frau: Sie war stark und selbstbewusst und besaß sogar genug Mumm, um ihn in die Schranken zu weisen, wenn es nötig war.

Unwillkürlich dachte er an den Fall.

Wer konnte es auf Christian Vorberg abgesehen haben? Die unbekannte Schöne auf dem Foto? Die, mit der sich auch dieser Steuerberater hatte fotografieren lassen? Mal angenommen, sie hätte etwas mit dem Fall zu tun, dann arbeitete sie nicht allein, denn bei dem Fahrer des Toyota hatte es sich einwandfrei um einen Mann gehandelt. War er der Verbündete der Unbekannten? Womöglich würde er jetzt, nachdem er nur knapp mit dem Leben davongekommen war, auspacken und ein umfangreiches Geständnis ablegen. Immerhin hatten die Polizisten im Kofferraum seines Fahrzeugs Diebesgut entdeckt. Die Auswertung der Computer würde ihren Verdacht bestätigen, dass es sich um exakt die Rechner handelte, die in Vorbergs Wohnung entwendet worden waren. Ulbricht fragte sich auch, welche Rolle er in dem Spiel spielte. Vermutlich hatten sie ihn beobachtet, wie er Vorbergs Wohnung aufgesucht hatte, noch vor dem Eintreffen der Polizei. Danach hatte er sich mit Maja am Weserufer unterhalten, und wahrscheinlich hatten sie dort auch gesehen, wie er ihr den Speicherchip gezeigt hatte. Und damit führte der Weg zu ihm. Sie waren ihm bis nach Bad Pyrmont gefolgt und hatten sein

Zimmer durchsucht. Er fragte sich wirklich, welch brisantes Material sich auf dem Chip befand. Als sie die Dateien in der Polizeistation gesichtet hatten, waren es ausschließlich Fotodateien, die sie gefunden hatten. Ulbricht verstand nicht allzu viel von Computern. Er wusste nicht, ob es eine Möglichkeit gab, Dateien unsichtbar auf einer Speicherkarte abzulegen. So unsichtbar, dass sie nur von Spezialisten gesichtet werden konnten.

Andererseits – vielleicht waren es auch wirklich die Bilder, die einem Zeitgenossen sauer aufgestoßen waren. Vorberg hatte die Reichen und Schönen der Region abgelichtet. Ein wohlhabender Zeitgenosse würde es sich wahrscheinlich eine Stange Geld kosten lassen, um brisantes Fotomaterial ein für alle Mal verschwinden zu lassen. Doch würde dieser Mann auch einen kaltblütigen Mord in Kauf nehmen?

Ulbricht kannte die obere Gesellschaft in dieser Gegend nicht. Er wusste nicht, welche Personen auf den Fotos auftauchten und welche Rolle sie spielten. Waren sie einflussreich und mitunter gefährlich? Hatten sie etwas zu verbergen? In einem solchen Fall würden sie wahrscheinlich auch dafür sorgen, dass Fotos nicht an das Licht der Öffentlichkeit kamen.

„Wein oder lieber ein Bier?"

Unbemerkt war Maja hinter ihn getreten. Er löste sich vom Anblick des Weserufers und drehte sich zu ihr herum.

„Wenn du hast, nehme ich gern ein Bier zum Essen."

„Habe ich. Dann komm." Sie führte ihn in die Küche.

Ulbricht staunte nicht schlecht, als er sah, dass Maja den kleinen Küchentisch festlich gedeckt hatte. Neben den Tellern mit der dampfenden Tiefkühlpizza standen Servietten, in einem kleinen Glas stand eine einzelne Blume und sie hatte einen kleinen silbernen Kerzenleuchter zwischen den Tellern drapiert, in dem Kerzen brannten und die Küche in ein fast romantisches Licht hüllten. So liebevoll hatte er sich noch nie eine einfache Tiefkühlpizza zubereitet, dachte er ein wenig wehmütig, als er Platz nahm. Sie nahm ein Bier aus dem Kühlschrank, reichte ihm ein Glas und schenkte sich selbst einen trockenen Rotwein ein, dann setzte sie sich zu ihm.

Während des Essens sprachen sie nur wenig; sie tauschten Belanglosigkeiten aus, doch Ulbricht bemerkte, dass Maja ihn seltsam anschaute. Mit ihren Blicken konnte er nicht viel anfangen, doch er wertete sie als Zeichen ihrer Sympathie.

Die Pizza schmeckte ihm hervorragend. Maja konnte eben kochen, und wenn es nur um das Backen einer einfachen Tiefkühlpizza ging - er holte seine Pizza zu Hause immer verbrannt oder noch halb kalt aus dem Backofen. Aber er war auch ein Mann und hatte sich nur selten Zeit genommen, eine Mahlzeit vernünftig zuzubereiten. Meistens reichte es nur für ein paar belegte Brote, selten garnierte er sie noch mit einer Gurke. Essen hatte er schon viel zu lange nur als notwendiges Übel empfunden. Bei Maja lernte er, dass man ein Abendessen, und sei es nur eine einfache Pizza aus dem Tiefkühlregal im Supermarkt, durchaus genießen konnte wie ein opulentes Mahl.

Nach dem Essen half Ulbricht ihr den Tisch abzuräumen. Danach begaben sie sich ins Wohnzimmer. Zunächst sank er auf den bequemen Sessel, während es sich Maja auf dem Sofa gemütlich machte. Inzwischen hatte sich die Dunkelheit wie ein samtenes Tuch über der Landschaft ausgebreitet, und Maja hatte die kleine Stehlampe eingeschaltet, die nun für eine dezente Beleuchtung sorgte.

„Ich habe gar nicht geraucht", stellte sie lächelnd fest.

„Stimmt." Er lachte leise. „Ich auch nicht."

„Es fehlt mir nicht."

„Du lügst. Die Zigarette krönt das Essen doch erst."

Sie schüttelte den Kopf. „Außerdem werde ich dir keinen vorqualmen, während du es dir gerade abgewöhnst."

Maja blickte ihn nachdenklich an und drehte das Weinglas zwischen ihren Fingern. Der Wein im Glas leuchtete im Schein der Lampe rubinrot. „Warum bist du zur Kur gekommen?"

Er rutschte ein wenig nervös auf seinem Sessel umher. „Was willst du hören? Nein, ich hatte keinen Fall, der mich am Sinn unseres Berufes zweifeln ließ und das ganze System in Frage stellte. Ich war einfach nur fertig mit der Welt, die kleinste Kleinigkeit genügte, um mich auf die Palme zu bringen. Ich glaube, ich war zuletzt ein mieser Leiter des KK 11." Schulterzucken, ein Zeichen von Verlegenheit. Ulbrichts Hände strichen über die Sessellehnen. „Es war einfach höchste Zeit, die Reißleine zu ziehen. Vermutlich hätte ich noch einen Herzinfarkt bekommen. Die Polizeipräsidentin höchstpersönlich war es, die mir die Kur nahelegte."

„Und da konntest du dich nicht mehr gegen eine Auszeit wehren."

„Sozusagen." Er lachte. „Außerdem habe ich keine Lust darauf, nach meiner Pensionierung zum Pflegefall zu werden. Zumal ich niemanden hätte, der mich pflegen würde. Aber ich bin es ja selbst schuld. Ich war eben ein großes Arschloch."

„Und niemand möchte sich um Arschlöcher kümmern, was?"

„Das ist es."

„Keine Frau, keine Kinder, nichts?"

„Die Frau ist mir vor fünfundzwanzig Jahren davongelaufen, als ich zum Einsatz musste. Das war an einem Samstag, und Birgit hatte extra einen Babysitter besorgt, der auf Wiebke aufpasste. Wir sind essen gegangen, danach zum Tanzen. Alles war in Ordnung. Dann hat so ein Irrer einen Supermarkt mitten in Wuppertal überfallen und Geiseln genommen. Rate mal, wer da hin durfte, um Schlimmeres zu vermeiden?"

„Der Mann, der mir gegenübersitzt?"

Ulbricht nickte nachdenklich. Die letzten Jahrzehnte flogen vor seinem geistigen Auge vorüber. „Als ich am nächsten Tag nach Hause kam, hatte Wuppertal zwei Einwohner bei einer Geiselnahme verloren. Und ich hatte weder Tochter noch Frau. Beide waren mit wehenden Fahnen geflüchtet, sie hatten die Nase voll davon, dass ich ständig raus muss, sobald etwas passiert. Sie sind wohl zur See gezogen, Birgit hat schon immer vom Meer geschwärmt. Ein paar Mal hatte ich kurzen Kontakt zu meiner Tochter. Kontakt ist zu viel gesagt – eigentlich haben wir uns nur geschrieben, selten telefoniert. Birgit ist längst tot. Immerhin hat ihr neuer Lebensgefährte dafür gesorgt, dass sie zu Hause in Wuppertal beerdigt worden ist. Und seitdem ist mir die Lust am Familienleben vergangen. Ich habe mich meinem Schicksal gefügt und in die Arbeit gestürzt, um bloß nicht über meine beschissene Lage nachdenken zu müssen. Langweilig wird es in Wuppertal nie, also war das nicht so schwer, sich um die anfallenden Überstunden zu reißen. Aber so langsam werde ich alt, und ich frage mich immer öfter, was wird, wenn ich in den Ruhestand gehe. Wahrscheinlich werde ich so ein alter seniler Knacker, der auf Parkbänken herumlungert und sich über die Jugendlichen aufregt. Sie werden mich auslachen, vielleicht sogar zusammenschlagen, weil ich es gewagt habe, mein Maul aufzumachen. Aber ich kann nicht anders. So bin ich, und ich sage oft, was ich denke. Viel zu oft vielleicht. Und ich lasse mir von keinem reinreden. Ich zieh mein Ding durch, das ist das Letzte, das mir geblieben ist von meinem beschissenen Leben."

Er wich ihrem Blick aus, hasste es, dass seine Augen feucht schimmerten. Es war jetzt nicht der richtige Augenblick loszuheulen und sich selbst zu bemitleiden. Aber er fühlte sich einfach ausgebrannt. Das war schließlich der Grund, weshalb die Polizeipräsidentin ihn zum Arzt geschickt hatte. Vielleicht war es doch noch früh genug, die Notbremse zu ziehen. Es war an der Zeit, Jüngeren den Vortritt zu lassen. Aber wenn er an Frank „Brille" Heinrichs, seinen Assistenten, dachte, wurde ihm schlecht. Wenn Leute wie Heinrichs an seine Stelle rückten, würde es schlecht um die Stadt stehen, da war er sicher. Also machte er seinen Job bis zum bitteren Ende. Nur hatte er sich in der letzten Zeit zu oft gefragt, was nach dem Ende auf ihn wartete.

Die ganze Situation war Ulbricht peinlich. Hastig griff er zu seinem Bier und schüttete es in sich hinein. Er hoffte, dass Maja ihn nun nicht für einen Schwachkopf hielt.

„Eigentlich", sagte sie, nachdem sie einen Schluck Wein getrunken hatte, „eigentlich bist du gar nicht so ein Arschloch."

„Danke für die Blumen."

Er lachte.

„Nein, im Ernst. Ich hatte gedacht, du leidest unter einer Profilneurose, als ich dich auf Burg Polle zum ersten Mal gesehen habe. Und das hat sich ja ein Stück bewahrheitet, immerhin hattest du keine Scheu, die Wohnung des Toten vor uns aufzusuchen."

„Ich kann nicht anders, wenn ich in einem Fall stecke."

„Du hast Urlaub, Norbert."

Er schüttelte den Kopf. „Den habe ich wohl nie. Also lass mich mein Ding durchziehen."

„Solange du mir nicht in die Quere kommst, ist das in Ordnung."

„Ich will Vorbergs Mörder stellen."

„Das will ich auch. Aber ich leite die Ermittlungen, und du hast dich unterzuordnen, ist das klar?" Sie leerte ihr Glas und erhob sich. „So", sagte sie dann energisch. „Und jetzt Schluss damit. Wir werden den Rest des Abends nicht an den Fall denken und auf uns trinken."

„Ich werde mich nicht wehren."

Erst, nachdem sie mit dem Glas und seiner leeren Bierflasche in der Küche verschwunden war, um Nachschub zu holen, seufzte Ulbricht. Er fühlte sich wohl in Majas Gegenwart, und das hatte wahrlich nichts mit seinen Sentimentalitäten zu tun. Als sie sich wieder im Wohnzimmer niederließ, verdrängte er die düsteren Gedanken, die ihm zu schaffen gemacht hatten.

NEUN

Als er erwachte, hatte er jegliche Orientierung verloren. Schlaftrunken blinzelte er in die Sonnenstrahlen, die durch das Fenster in den Raum fielen. Staubpartikel tanzten in der Sonne. Die fehlende Orientierung brachte seinen Kreislauf in Fahrt, und er richtete sich im Bett auf. Immerhin, so stellte er einigermaßen erleichtert fest, lag er in einem Bett. Als er sich umwandte, dröhnte sein Schädel, und er massierte sich die Schläfen. Langsam wie der Staub in einer Sanduhr rieselte die Erinnerung in sein Gehirn zurück. Dies war das Schlafzimmer von Maja Klausen. Ulbricht drehte den Kopf, doch er hatte offenbar allein in ihrem französischen Bett gelegen. Als er verlegen unter die Decke schielte, stellte er fest, dass er den albernen Hausanzug des Kurhotels noch immer trug. Immerhin hatte er Socken und Schuhe ausgezogen, bevor er ins Bett gefallen war. Sie hatten sich einen gemütlichen Abend gemacht, und sie hatten es sogar geschafft, den Fall des getöteten Fotografen zu verdrängen.

Als Ulbricht den Atem anhielt und lauschte, hörte er keinen Laut.

Schlief sie noch?

Er warf die Bettdecke zur Seite und stand auf. Ein wenig steif stakste er durch das Schlafzimmer, das sie ihm offenbar überlassen hatte. Die Zimmertür war nur angelehnt, und er fand sich im Flur wieder. Auch hier Stille. Nachdem er sich links hielt, stand er im Wohnzimmer. Auf dem Sofa lag eine Wolldecke. Jetzt erinnerte er sich daran, dass sie die Decke gestern noch aus dem Kleiderschrank im Schlafzimmer geholt hatte, zusammen mit einem Kopfkissen. Er hatte gefragt, ob es ihr wirklich nichts ausmachte, ihm ihr Bett zu überlassen, und sie hatte mehrfach betont, dass sie das gemütlichste Sofa im ganzen Weserbergland ihr Eigen nannte und es sich darauf ganz hervorragend nächtigen ließ. Sein Angebot, auf der Couch zu schlafen, hatte sie energisch ausgeschlagen, und so war er ein wenig reumütig ins Bett gegangen, wo er wenige Sekunden später eingeschlafen war. Sicherlich eine Folge der Erschöpfung, sicherlich aber auch die Wirkung des Alkohols, den sie im Laufe des Abends getrunken hatten.

Das Wohnzimmer war leer, auch in der Küche traf er sie nicht an. So vermutete Ulbricht, dass Maja sich gerade im Bad aufhielt. Als er den kleinen Zettel auf dem Wohnzimmertisch fand, bückte er sich und überflog die Zeilen.

Es war ein schöner Abend, dank dir dafür. Fühl dich einfach wie zu Hause und bedien dich am Kühlschrank – ich bin im Büro, um den Mörder zu fangen. Wenn du gehst, zieh die Tür einfach hinter dir zu, es wird schon nichts passieren. Wir telefonieren, Maja.

Ulbricht las den Inhalt der Nachricht einige Male, wanderte durch das Wohnzimmer, kratzte sich am Kinn und schüttelte den Kopf. Eine schöne Handschrift hatte sie. Er strich den kleinen Zettel fast zärtlich zwischen Zeigefinger und Daumen glatt, bevor er ihn auf den Tisch zurücklegte. So, da hatte sie ihm ihre schöne Wohnung einfach so überlassen und war am frühen Morgen still und heimlich zum Dienst gefahren. Er ärgerte sich ein wenig darüber, dass sie ihn nicht geweckt hatte. Er hätte sie gern in die Polizeiinspektion begleitet. Erst, als sein Blick auf die Wanduhr fiel und er feststellte, dass es fast elf Uhr vormittags war, fiel auch der letzte Rest Müdigkeit von ihm ab. Es gab viel zu tun, und Ulbricht wollte keine Zeit verlieren. Schon gestern hatte er sich einen Plan zurechtgelegt. Natürlich hatte er keine Ruhe, solange da draußen noch ein Mörder frei herumlief.

Polizeiinspektion, Fachdezernat K 1, Hameln, 11.15 Uhr

Als sie den Besprechungsraum betrat, saßen schon alle am langen Konferenztisch. Maja errötete und glaubte, dass alle Kollegen sehen konnten, was sie gestern getan hatte. Besonders Grundmann grinste sie blöde an, als sie sich den letzten freien Stuhl schnappte und sich darauf sinken ließ. Die Besprechung mit Kriminaloberrat Klaus Dauber hatten sie heute ein wenig später angesetzt, da noch die Auswertung der Spuren vom Hoteldiebstahl gefehlt hatte. Der Abteilungsleiter saß vor Kopf und lächelte, nahm einen Schluck aus seinem Wasserglas und begrüßte die versammelten Kollegen.

„Nach wie vor laufen die Ermittlungen in alle Richtungen", erläuterte er und hätte damit auf einer Pressekonferenz höchstens ein gelangweiltes Gähnen der Journalisten hervorgerufen. Doch leider brachte er die Dinge mit diesem Satz auf den Punkt. Dauber blätterte in den Unterlagen, die vor ihm lagen.

Sein braunes Haar trug er kurz geschnitten, auch der Anzug, heute sommerlich leicht und grau, saß perfekt. Klaus Dauber achtete sehr auf ein gepflegtes Äußeres. Der Oberkriminalrat war Mitte fünfzig, Vater von zwei erwachsenen Töchtern und lebte in einem schmucken

Eigenheim am Rand des Klütviertels, einer besseren Wohngegend von Hameln. Viel mehr wussten seine Mitarbeiter nicht von ihm.

Nachdem er die Ereignisse des Vortages in wenigen Sätzen zusammengefasst hatte, blickte er in die Runde.

Zwei Kollegen von der IT-Abteilung saßen ebenfalls am Tisch. Hinrichs, der ältere, räusperte sich. „Die Spiegelung der Festplatten, die wir in dem bei Bad Pyrmont verunglückten Fahrzeug gefunden haben, hat ergeben, dass die Computer tatsächlich vom Einbruch in Christian Vorbergs Wohnung stammen. Wir haben zahlreiche Fotodateien gefunden und konnten die Bilder teilweise schon zuordnen. Die Auswertung der E-Mail-Kontakte dauert noch an, wir rechnen damit, dass wir heute Abend schon mehr darüber wissen, mit wem Vorberg in näherem Kontakt stand."

„Damit wissen wir schon mal, dass es sich bei dem Hoteldieb, der Norbert Ulbricht lästig wurde, um den gleichen Mann handelt, der bereits zuvor in Vorbergs Wohnung eingedrungen ist", bemerkte Maja und spielte mit ihrem Kugelschreiber. „Den Unterlagen habe ich entnommen, dass es sich bei Gerhard Plott um einen kleinen Gauner handelt, der bereits erkennungsdienstlich behandelt wurde. Nun müssen wir herausfinden, in wessen Auftrag er die Einbrüche verübt hat."

Alders lachte leise. „Das würden wir ihn gern fragen, allerdings befindet er sich seit dem Unfall im Koma. Er war nicht angeschnallt und hat schwere Verletzungen davongetragen." Er tauschte einen Blick mit Lisa Stendal.

„Ich werde eben im Krankenhaus anrufen und versuchen mit den Ärzten zu sprechen", versprach sie und verließ den Raum.

„Plott bewohnt eine kleine Wohnung in Holzminden. Möglicherweise finden wir bei einer Durchsuchung seiner Wohnräume weiteres Diebesgut", überlegte Alders und machte sich Notizen. „Die Adresse haben wir. Dann fahren wir da nach dem Krankenhaus vorbei."

„Den richterlichen Durchsuchungsbeschluss reichen wir im Zweifelsfall nach", bestimmte Dauber. „Wir dürfen keine Zeit verlieren, ich werde das Gefühl nicht los, dass es sich bei dem Mord an Vorberg und bei den beiden Einbrüchen nur um die Spitze des Eisbergs handelt."

Er liebte es, in Metaphern zu reden, und jeder am Tisch schmunzelte.

Grundmann räusperte sich vernehmlich, und als er sicher war, dass alle Blicke gespannt auf ihm ruhten, drückte er das Kreuz durch. „Ich weiß ja nicht, in welchem Zusammenhang unser werter Kollege aus Wuppertal zu dem Fall steht", begann er, wurde aber gleich durch eine Handbewegung von Maja unterbrochen.

„Er ist in Ordnung", sagte sie schnell.

„Seltsamerweise hat er den Toten auf Burg Polle gefunden. Und er war nach dessen Ableben und vor unserem Eintreffen in der Wohnung des Fotografen. Haben Sie eine plausible Erklärung für sein Verhalten, Frau Kollegin? Immerhin befindet er sich hier zur Kur. Er ist hier in seiner Freizeit und verfügt im Grunde genommen über keinerlei amtliche Befugnisse, aber das muss ich Ihnen ja wohl nicht erklären."

„Hauptkommissar Ulbricht ist in Ordnung", wiederholte Maja .

Sie spürte, wie sich ihre Kehle zuschnürte. „Er ist Polizist mit Leib und Seele, kann nicht anders, wenn er in einen Fall verwickelt wird."

„Ich werde im Wuppertaler Polizeipräsidium anrufen und mich vergewissern, dass alles mit ihm in Ordnung ist", schlug Dauber vor. „Dann dürften auch die letzten Zweifler beruhigt sein", setzte er in Grundmanns Richtung nach. Dann stockte er. „Moment", murmelte er. „Wie heißt er?"

„Norbert Ulbricht, Erster Kriminalhauptkommissar beim KK 11 im Wuppertaler Polizeipräsidium", half Maja. „Warum? Kennen Sie ihn?"

„Er ist ein alter Haudegen, und die Welt ist ein Dorf", murmelte Dauber, bevor er zur Tagesordnung überging. Er gab Grundmann das Wort.

„Wir sollten dennoch festhalten, dass wir in dem Tötungsdelikt die Behörde sind, die die Ermittlungen führt - und zwar nur wir", polterte Grundmann und blickte Beifall heischend in die Runde.

Maja wurde es heiß, und das Blut schoss ihr bis in die Haarspitzen. Am liebsten hätte sie Grundmann, diesem aufgeblasenen Idioten, die Meinung gesagt, hätte ihm an den Kopf geworfen, dass er selbst nicht besser war und mit seiner besserwisserischen Art die Kollegen nervte. Doch hier im Meeting musste sie die Form wahren. Sie hatte den Blick gesenkt und blätterte in der Mappe, die vor ihr lag. Trotzdem fühlte sie, dass alle Augen auf ihr ruhten.

Maja gab sich einen Ruck und erwiderte Grundmanns Blick, dann drehte sie den Kopf nach rechts, wo Kriminaloberrat Dauber vor Kopf saß. Sie warf ihm einen Hilfe suchenden Blick zu, rechnete aber damit, dass ihr Vorgesetzter ins gleiche Horn wie Grundmann blies.

Stille war im Besprechungszimmer eingekehrt.

Nach einer gefühlten Ewigkeit räusperte sich Klaus Dauber. Er wandte sich an Grundmann.

„Natürlich haben Sie recht", sagte er sehr diplomatisch. „Allerdings wüsste ich nicht, ob ich mich an Ulbrichts Stelle erholen könnte, wenn ich einen Toten gefunden hätte. Wahrscheinlich würde ich ähnlich wie er handeln."

Grundmann presste die fleischigen Lippen zu einem schmalen Strich zusammen und deutete ein Nicken an. Er heuchelte dem Chef vor, Verständnis für dessen Argumente zu haben. Maja kannte Grundmann jedoch gut genug um zu wissen, dass er anders dachte als der Kriminaloberrat.

„Außerdem sind wir für jede Hilfe dankbar, und ich muss kein Personal aus den anderen Fachdezernaten abziehen, die ebenfalls nicht über Arbeitsmangel klagen können", fuhr Dauber fort.

Dann wandte er sich an Maja.

„Lassen wir ihn also ermitteln, wenn er nicht anders kann. Aber wir bestimmen die Spielregeln – sagen Sie ihm das."

Maja nickte und fragte sich unwillkürlich, ob Dauber ahnte, dass sie eine gewisse Sympathie für den starrköpfigen Ulbricht empfand. Da der Leiter des Zentralen Kriminaldienstes über eine hervorragende Menschenkenntnis verfügte, nahm sie an, dass er sie längst durchschaut hatte.

„Ich werde noch mal mit ihm reden", versprach sie. „Die Vorwürfe gegen den Kollegen sind haltlos, also lass ihn endlich in Ruhe, Grundmann." Maja warf einen Blick auf ihre Notizen, dann wandte sie sich an Alders.

„Was hat die Überprüfung der Videoüberwachung im Schillerhof von Bad Pyrmont ergeben?"

„Die Kamera im Foyer des Hotels zeigt einwandfrei, wie Gerhard Plott das Haus betritt. Leider gibt es keine

Überwachung der Korridore, aber wir haben fünf Minuten später eine Aufzeichnung aus einem der Aufzüge, die ihn zeigen, wie er in den zweiten Stock fährt, also dorthin, wo sich Norbert Ulbrichts Zimmer befindet."

„Fünf Minuten später erst?" Maja runzelte die Stirn. „Was hat er in der Zwischenzeit getan? Ich kann mir nicht vorstellen, dass er sich so lange im Eingangsbereich des Hotels aufhält - nicht, wenn er mit dem Ziel, in ein Zimmer einzudringen, kommt. Er muss fürchten, dass sich jemand vom Personal an ihn erinnert, wenn er dort zu lange präsent ist."

Alders lächelte und winkte ab. „Das haben wir schon überprüft. Er war zuvor in einem Hinterzimmer, um sich dort den Generalschlüssel von einer Mitarbeiterin aushändigen zu lassen. Lisa war so gut, die Personalliste durchzugehen. Noch in der Nacht haben wir die Mitarbeiter befragt. Dabei hat eine gewisse Sarah Meier gestanden, ein Verhältnis mit Gerhard Plott zu haben. Anfangs habe sie gezögert, ihm den Generalschlüssel für die Gästezimmer auszuhändigen, aber er konnte sie überreden."

Dauber stellte eine Zwischenfrage. „Hat er sie unter Druck gesetzt?"

„Davon hat sie nichts gesagt."

„Bitte überprüfen Sie das. Unter Umständen handelt es sich bei dieser Sarah Meier um eine Komplizin des Täters."

Lisa Stendal kehrte in den Raum zurück und setzte sich. Sie hatte tatsächlich einen der behandelnden Ärzte von Gerhard Plott erreicht.

„Es steht schlecht um ihn, da er sich bei dem Unfall schwere innere Verletzungen zugezogen hat. Derzeit halten ihn die Mediziner in einem künstlichen Koma, um seine überlebenswichtigen Funktionen aufrechtzuerhalten. Sobald sich sein Zustand stabilisiert, wird man uns informieren. Das wird aber voraussichtlich noch ein paar Tage dauern."

„Wie steht es um die Untersuchung des Fahrzeugs von Christian Vorberg?", fragte Dauber an Roland Alders gerichtet.

„Der Porsche befindet sich noch in der KTU, wird aber wohl im Laufe des Tages freigegeben. Die Spurensicherung hat ergeben, dass Vorberg sich alleine in dem Wagen befunden hat, als er zur Burg Polle gefahren ist." Der junge Kollege blätterte in seinen Notizen. „Allerdings wurden auch Spuren gefunden, die auf Beifahrerinnen hindeuten. Offenbar hatte er erst vor kurzer Zeit eine Dame bei sich. Man hat auf der Kopfstütze des Beifahrersitzes Haare gefunden, die nun zum DNA-Vergleich geschickt werden. Sobald die Ergebnisse vorliegen, werde ich mich melden."

„Also", sagte Dauber und trommelte auf der Tischplatte herum. „Wie gehen wir weiter vor?"

„Ich werde noch einmal die Bilddateien sichten und dann sehen, wer in Kontakt mit Vorberg stand. Wenn die Kollegen von der IT-Abteilung das Adressbuch von Vorbergs Rechnern ausgewertet haben, können wir eine Liste erstellen und die Personen, mit denen der Tote in näherem Kontakt stand, systematisch durchleuchten", schlug Maja vor.

„Sobald das Gutachten der Ballistiker vorliegt, können wir damit beginnen, die Aufnahmen der Sphäron-Kamera auszuwerten", murmelte Grundmann. „Ich werd denen mal Dampf machen."

Ja, dachte Maja. *Das kann er. Heiße Luft verbreiten.*

Kriminaloberrat Dauber löste die Sitzung auf und wünschte allen viel Erfolg bei der Arbeit. Er machte klar, dass er im Meeting am späten Nachmittag mit ersten Ergebnissen rechnete.

HefeHof Hameln, 12.05 Uhr

Den vollständigen Namen und die Adresse des Steuerberaters Sticher hatte er sich aus Majas Telefonbuch notiert. Ulbricht hatte den Namen gestern kurz aufgeschnappt. Fritz-Eckhard Sticher war auf einem der Fotos von Christian Vorberg aufgetaucht – gemeinsam mit dieser gut aussehenden Frau, die Ulbricht auch auf einigen anderen Bilddateien gesehen hatte.

Nachdem er sich an der Westfalen-Tankstelle an der Pyrmonter Straße einen Stadtplan besorgt hatte, musste er sich zunächst um den Vectra kümmern, der immer noch ein seltsames Geräusch von sich gab. Doch der Ölstand stimmte, und auch der Mechaniker der kleinen Werkstatt konnte auf den ersten Blick keinen Fehler am Motor des alten Opel feststellen. Und so hatte sich Ulbricht einigermaßen beruhigt auf den Weg zum HefeHof gemacht, der auf der gegenüberliegenden Seite der Weser am Hastenbecker Weg lag. Der Tankwart, den er nach dem HefeHof gefragt hatte, wusste zu berichten, dass es sich dabei um eine alte Zuckerfabrik handelte, die man Ende des 19. Jahrhunderts aus dem Boden gestampft hatte, um die Wirtschaft anzukurbeln. Heute waren in dem ehemaligen Industriegebäude Geschäfte, Gastronomie und eben die Büroräume des Steuerberaters Sticher untergebracht.

Von der Münsterbrücke war er beeindruckt gewesen, und als er am HefeHof auf Anhieb einen Parkplatz gefunden hatte, konnte der Tag für ihn kaum besser werden. Nachdem er sich ein paarmal durchgefragt hatte, stand er vor dem Backsteingebäude, in dem Stichers Büroräume untergebracht waren. Dem Namen nach handelte es sich um ein historisches Industriegebäude, das man für den modernen Zweck umgerüstet hatte, ohne den Charme längst vergangener Zeiten zu zerstören.

Industriedenkmal nennt man so etwas in Wuppertal, durchzuckte es Ulbricht, als er den Eingangsbereich der Steuerkanzlei betrat. Hohe Decken, helle Wände mit riesigen Gemälden und massive Säulen bestimmten das Bild. Es gab eine Art Empfangstresen mit roten Elementen. Hinter einem modernen Flachbildmonitor saß eine Mittzwanzigerin, die ihn freundlich anlächelte und ihn nach seinen Wünschen fragte.

Ulbricht hielt seinen Dienstausweis in der Hand. „Kriminalhauptkommissar Ulbricht, ich muss Herrn Sticher in einer dringenden Angelegenheit sprechen."

„Haben Sie einen Termin?"

„Ich sagte doch, es ist dringend."

„Vielleicht kann Ihnen einer seiner Mitarbeiter helfen ..." Die junge Frau strich sich nervös eine widerspenstige Haarsträhne aus dem Gesicht. Sie errötete unter dem Make-up.

„Leider nein." Ulbricht presste bedauernd die Lippen zu einem Strich zusammen und schüttelte den Kopf. „Es wird auch nicht lange dauern."

„Ich werde sehen, was ich für Sie tun kann", versprach die junge Dame und griff zum Hörer. Sie sprach leise, so dass Ulbricht nichts von dem, was sie sagte, mitbekam. Nach einer halben Minute legte sie auf und lächelte ihn freundlich an.

„Herr Sticher ist gerade auf dem Weg zu einem Termin, aber wenn er Ihnen schnell helfen kann, nimmt er sich ein paar Minuten Zeit." Sie erhob sich. „Ich bringe Sie zu ihm."

„Vielen Dank." Ulbricht folgte ihr durch die altehrwürdigen Hallen und war einigermaßen beeindruckt von dem Werk eines begnadeten Architekten, der an dieser Immobilie unter Beweis gestellt hatte, was man aus einer alten Fabrik machen konnte. Die Räume waren trotz - oder gerade wegen - ihrer Vergangenheit imposant. Moderne mischte sich hervorragend mit Industriekultur, und auch wenn Ulbricht von solchen Dingen nicht viel verstand, so wusste er sehr wohl, dass der Inhaber des Unternehmens Wert auf Stil und guten Geschmack legte. Dennoch wunderte sich der Kommissar aus Wuppertal, als sie der Weg an einer Art Cafeteria und sogar an einem Billardtisch, einem knallgelben Flipperautomaten und an einem Kicker vorbeiführte. War dies der Pausenraum von Stichers Team?

Ihre Schritte klangen ein wenig hohl auf dem Steinboden der Büros. Legte man an anderen Stellen Wert auf geräuschdämmende Läufer, so war es hier der ursprüngliche Ziegelboden, den man an seinem Platz belassen hatte. Über eine eiserne Treppe gelangten sie ins obere Geschoss der Büroräume. Hier gab es eine Galerie, von der man die offenen Räume im Erdgeschoss einsehen konnte. Durch die hohen Fenster drang das Sonnenlicht herein und tauchte die Szenerie in ein warmes Licht.

Die Empfangsdame öffnete eine gläserne Tür, dann befanden sie sich in einer Art Vorzimmer.

„Bitte warten Sie hier."

„Natürlich." Ulbricht nickte und verschränkte die Hände hinter dem Rücken. Es dauerte keine zwei Minuten, bis die junge Frau wieder auf der Bildfläche erschien und ihn in das Chefbüro bat. Sie zog sich dezent zurück.

„Guten Tag, was kann ich für Sie tun?" Fritz-Eckhard Sticher erhob sich und umrundete seinen Schreibtisch. Ulbricht schätzte ihn auf Mitte, vielleicht Ende vierzig. Er trug einen eleganten dunklen Anzug; die Krawatte korrespondierte hervorragend mit der Farbe seines Hemdes. Sticher trug die dunkelbraunen Haare kurz geschnitten. Sein Händedruck war angenehm fest, und Ulbricht erwiderte das freundliche Lächeln, während er sich umblickte. Auch im Büro des Chefs herrschte nüchterne Sachlichkeit: Stählerne Säulen und Doppel-H-Träger stützten die Deckenkonstruktion, dicke Heizrohre verliefen unter der hohen Decke des Raumes. Ein dünner, anthrazitfarbener Teppich dämmte nun seine Schritte. Bilder an den weiß getünchten Wänden; Ulbricht erkannte in einer Ecke ein Bild von Max und Moritz. Rundum gab es große Glasflächen, die dafür sorgten, dass Stichers Büro lichtdurchflutet war. Sie signalisierten dem Besucher Transparenz, und ganz nebenbei hatte der Chef einen Ausblick auf die Arbeitsplätze seiner Mitarbeiter.

„Schön haben Sie es hier", erwiderte Ulbricht, mehr um Zeit zu gewinnen.

„Es ist zu klein", erwiderte Sticher und winkte ab. „Wir werden bald umziehen müssen."

„Entschuldigen Sie, wenn ich das so sage, aber für einen Steuerberater sind diese Räume schon ziemlich üppig", entgegnete Ulbricht.

„Nicht, wenn man zahlreiche Mandanten hat. Außerdem unterhalten wir sehr erfolgreiche Niederlassungen in Hannover, Münster und in Bielefeld." Stichers Ausführungen wirkten nicht angeberisch, sondern sachlich und sympathisch. Er deutete auf einen freien Besucherstuhl vor seinem Schreibtisch. „Aber bitte", forderte er Ulbricht auf. „Nehmen Sie doch Platz."

Ulbricht setzte sich dankend hin.

„Also: Wie kann ich Ihnen helfen?" Sticher beugte sich über die Tischplatte.

„Mein Name ist Kriminalhauptkommissar Ulbricht, ich arbeite an einem Mordfall." Ulbricht zeigte ihm den Dienstausweis - wieder so, dass sein Daumen auf dem NRW-Wappen lag. Doch diesmal ging seine Rechnung nicht auf. Bei Fritz-Eckhard Sticher handelte es sich um einen gewissenhaften Mann, was sicherlich auch mit seinem Beruf zusammenhing. Der Steuerberater nahm seinen Besucher ernst und versicherte sich davon, dass er es nicht mit einem Hochstapler zu tun hatte. Sticher nahm den Ausweis aus Ulbrichts Hand und studierte das Dokument sorgfältig.

„Der Ausweis ist von der nordrhein-westfälischen Behörde ausgestellt", stellte er mit einer erhobenen Augenbraue fest. „Haben Sie die Befugnis, mich zu verhören?"

„Das ist kein Verhör", antwortete Ulbricht schnell. „Ich habe nur ein paar Fragen an Sie, und dann bin ich auch schon wieder verschwunden. Es wird nicht lange dauern."

„Dann schießen Sie los." Sticher händigte Ulbricht den Ausweis wieder aus und lehnte sich in seinem Bürostuhl zurück, ohne seinen Gast aus den Augen zu lassen. Ulbricht hatte genügend Menschenkenntnis, um zu wissen, dass es sich bei Sticher um einen hochintelligenten Mann handelte. Ihm konnte er nichts vormachen.

„Sicherlich haben Sie bereits davon gehört, dass es einen Mord auf Burg Polle gegeben hat."

„Der tote Fotograf? Christian Vorberg, nicht wahr?" Er nickte. „Ja, ich habe davon in der Dewezet gelesen. Aber wie kann ich Ihnen in dieser Angelegenheit helfen?"

Ulbricht fummelte in der Tasche seines Mantels herum und zog ein wenig umständlich das zerknitterte Foto heraus, das er an Vorbergs Pinnwand gefunden hatte. Er strich die Ecken glatt und legte es vor Sticher auf die Tischplatte.

„Wir haben Dateien von Vorbergs Rechner gesichtet. Aufgrund seiner Tätigkeit hatte Vorberg unzählige Bilder auf seinem Rechner, wie Sie sich denken können. Auf einem Foto sind Sie zu sehen. Mit dieser Dame hier." Ulbricht tippte auf die unbekannte Schönheit. „Kennen Sie diese Dame?"

„Ich … ich habe sie ein paar Mal getroffen, ja, das ist richtig." Sticher nickte und wirkte plötzlich ein wenig irritiert. Er zupfte an seiner Krawatte herum. „Warum müssen Sie das wissen?"

„Die Dame taucht auf vielen von Vorbergs Bildern auf. Eventuell kann sie uns weiterhelfen. Leider wissen wir nicht, um wen es sich bei ihr handelt. Vielleicht können Sie uns helfen?"

„Das ist Alexandra Voosen", verkündete Sticher. Er legte die Hände auf den Schreibtisch und faltete sie wie zum stummen Gebet.

Ulbricht deutete Stichers Zurückhaltung als schlechtes Gewissen. Vermutlich hatte er ein Verhältnis zu der Dame. Er schielte auf Stichers Hand und sah den Ehering. Wenn der Steuerberater verheiratet war, lag es auf der Hand, dass Ulbricht nicht viel Staub aufwirbeln sollte.

Ulbricht zückte einen kleinen Spiralblock und notierte Alexandra Voosens Namen.

„Haben Sie die Kontaktdaten von Frau Voosen für mich?"

„Ich weiß, wo sie wohnt." Sticher nickte. „Aber es unterliegt meiner Diskretion..."

„Herr Sticher, ich ermittele in einem Mordfall, da muss die Diskretion manchmal..."

„Hören Sie, ich habe einen Ruf zu verlieren." Sticher beugte sich weit über den Schreibtisch und fixierte Ulbricht mit seinen Blicken. „Und allein deshalb ist mir sehr daran gelegen, dass mein Name nicht in Verbindung mit einem Mordfall gebracht wird. Sobald die Medien davon Wind bekommen, geht das in unserer Region herum wie ein Lauffeuer."

„Sie können sich auf meine Verschwiegenheit verlassen."

„Dann werde ich mich bei Oberkriminalrat Dauber rückversichern", erwiderte Sticher und griff zum Hörer. „Ich kenne Sie nicht und weiß nicht, ob Sie überhaupt befugt sind, mich zu befragen."

Ulbricht wurde es siedend heiß. Den Namen Dauber hatte er gestern schon einmal aus Majas Mund gehört. Wahrscheinlich war er ihr Vorgesetzter. Auf gar keinen Fall wollte er sie in Schwierigkeiten bringen.

Er hob die Hand, wollte etwas sagen, doch Sticher brachte ihn mit einer Geste zum Schweigen. Im gleichen Augenblick schien sich am anderen Ende der Leitung etwas zu tun. Sticher stellte sich in geschäftigem Ton vor und verlangte nach dem Oberkriminalrat.

Er lauschte sekundenlang in den Hörer, dann bildete sich eine steile Falte auf seiner Stirn.

„In Ordnung, dann versuche ich es über Handy." Er legte auf und seufzte.

Dann warf er einen Blick auf seine Armbanduhr. „Okay", sagte er, an Ulbricht gewandt. „Ich bin ein wenig in Eile und muss mich noch auf einen Termin vorbereiten."

Ulbricht lächelte dankbar und hoffte im gleichen Moment, dass Sticher ihm die Erleichterung nicht ansah. „Vielen Dank, ich mache es kurz", sagte er schnell und legte die Hände auf die Lehnen des Besucherstuhls. „Also", nahm er den Faden wieder auf. „Ich benötige die Anschrift, wenn möglich die Telefonnummer von Alexandra Voosen. Und ich würde gern wissen, in welchem Verhältnis Sie zu ihr stehen." Er tippte mit dem Zeigefinger auf das Foto. „Hier machen Sie einen recht unbeschwerten Eindruck, wenn ich das mal so sagen darf."

Sticher ging nicht auf Ulbrichts Bemerkung ein. Er machte sich an seinem Laptop zu schaffen und rief die Daten von Alexandra Voosen im System auf.

„Ich drucke es Ihnen aus", sagte er, als er sah, wie Ulbricht den Stift zückte.

„Danke."

Ein Drucker lief an und spuckte ein DIN-A4-Blatt aus. Sticher erhob sich und ging zum Drucker, der auf einem der weißen Schränke hinter ihm stand. Sticher reichte das Blatt an Ulbricht weiter, der einen flüchtigen Blick darauf warf, es dann zusammenfaltete und in die Innentasche seines Trenchcoats steckte. „Und nun zu meiner letzten Frage", erinnerte er den Steuerberater. „Hatten Sie ein Verhältnis mit Frau Voosen?"

„Frau Voosen ist eine Geschäftsfrau."

„In welcher Branche?"

„Sie betreibt einen Escortservice." Sticher setzte sich wieder.

Das hatte Ulbricht nun nicht erwartet. Aber offenbar gehörte es in einigen Kreisen zum guten Ton, sich die knappe Freizeit mit käuflicher Liebe zu versüßen, anstatt daheim mit der Familie zusammen zu sein. So etwas wäre ihm nie in den Sinn gekommen. Vorausgesetzt, Ulbricht hätte eine Familie, fügte er in Gedanken hinzu.

„Frau Voosen verfügt über einen umfangreichen Kundenstamm. Wohlhabende Zeitgenossen unserer Region treffen sich regelmäßig mit ihr."

Ulbricht wusste nicht, ob er Spaß daran haben könnte, sich mit einer Frau zu vergnügen, die sich jeden Abend mit einem anderen reichen Mann der Stadt traf.

„Allein aus diesem Grunde bitte ich Sie um größtmögliche Diskretion, Herr Ulbricht."

„Geschenkt." Ulbricht winkte ab.

„Sind Sie verheiratet?" Sticher antwortete: „Tut das zur Sache?"

„Dann werde ich dafür sorgen, dass Ihre Frau oder Freundin nichts davon erfährt", versprach Ulbricht mit einem jovialen Schmunzeln.

„Nein, nein." Fritz-Eckhard Sticher schüttelte den Kopf und hob abwehrend beide Hände. „Es ist nicht so, wie Sie jetzt vielleicht vermuten: Frau Voosen ist meine Mandantin. Wir betreuen und beraten sie in allen Fragen des Steuerrechts. So wie wir es mit allen unseren Mandanten tun. Kompetent, individuell und natürlich immer diskret."

„Das klingt wie ein Werbeprospekt", murmelte Ulbricht.

„Schenken Sie sich die Ironie – ich verlasse mich auf Sie." Sticher hatte seine Souveränität zurückgewonnen. Er erhob sich und begleitete seinen Gast zur gläsernen Tür.

„Vielen Dank, dass Sie sich Zeit für mich genommen haben, auch ohne Termin", sagte Ulbricht. Wieder

der feste Händedruck; Sticher blickte ihm tief in die Augen.

„Ich verlasse mich auf Sie."

„Das können Sie", versprach Ulbricht.

„Und wenn Sie mal einen steuerlichen Rat benötigen - verabreden Sie mit einem meiner Mitarbeiter einen Termin, und wir stehen Ihnen zur Verfügung."

„Danke, das wird nicht nötig sein", entgegnete Ulbricht, dann war er allein im Großraumbüro des Steuerberaters. Er musste Sticher ja nicht auf die Nase binden, dass er aus Wuppertal kam und ein Steuerberater in Hameln, Hannover, Münster oder Bielefeld ein wenig weit weg für seine Belange war.

Als er die Halle durchquerte, überlegte er, ob es vielleicht steuerliche Vorteile haben würde, wenn er Maja Klausen heiraten würde. Zumindest könnten sie dann ihre Steuern gemeinsam veranlagen.

Restaurant Grüner Reiter Hameln, 12.45 Uhr

Sie hatten sich im Grünen Reiter am Kastanienwall verabredet, das auch „Gino" genannt wurde. Von einem großen Wintergarten mit mediterraner Einrichtung hatte man einen herrlichen Ausblick auf die Hauptstraße. Im Außenbereich plätscherte munter ein Brunnen; doch weil dort alle Tische belegt waren, hatten sie sich in das gläserne Restaurant zurückgezogen und saßen sich nun in den bequemen Rattan-Sesseln gegenüber. Einmal mehr fühlte sich Ulbricht wie im Urlaub, was sicherlich auch am Ambiente des Grünen Reiters lag. Allerdings hatte er sich ein wenig über die überschwänglich freundliche Begrüßung des Inhabers gewundert, den Maja mit seinem Namen angesprochen hatte. Luigi – typischer ging es wohl kaum für ein italienisches Ristorante.

Zunächst hatten sie sich über Belanglosigkeiten ausgetauscht, dann hatte Maja ihm den Fisch auf der Karte wärmstens empfohlen; er hatte sich für ein Fleischgericht entschieden, während sie ein Gericht aus der Pasta-Karte gewählt hatte. Als sie wenig später aßen, erkundigte sich Ulbricht nach dem Stand der Ermittlungen.

Diese Frage hatte Maja befürchtet. „Wir müssen alles auswerten, und das dauert. Ich bin in solchen Dingen furchtbar ungeduldig, aber da muss ich durch. Ein paar Kollegen sind schon unterwegs und durchleuchten das gesellschaftliche Umfeld von Vorberg, aber viel mehr können wir nicht tun."

Sie machte keinen Hehl daraus, dass sie unzufrieden war.

„Vielleicht kann ich dir etwas Arbeit abnehmen", schlug Ulbricht vor, als das Klingeln von Majas Handy das Gespräch unterbrach. Eilig legte sie das Besteck zur Seite, tupfte sich die Lippen an der Serviette ab und kramte in der Tasche nach dem Telefon. Mit einem Blick auf das Display stellte sie fest, dass der Anruf aus der Polizeiinspektion kam. Am anderen Ende der Leitung war Dauber. Der Kriminaloberrat hatte eine Nachricht für sie. Maja lauschte angestrengt und registrierte mit jeder Sekunde, dass ihre Herzfrequenz sich schlagartig erhöhte.

„Ja", sagte sie, nachdem Dauber seine Ausführungen abgeschlossen hatte. „Den Namen habe ich schon mal gehört. Ich werde mich darum kümmern. Natürlich. Bis bald." Sie drückte die rote Taste, starrte kopfschüttelnd auf das Handy in ihrer Hand, bevor sie es inder Tasche verschwinden ließ und Ulbricht mit tiefrotem Gesicht musterte. Er genoss in aller Ruhe sein Fleisch und grinste sie an.

„Gibt 's Probleme?"

„Das kann man wohl sagen", zischte sie und war um Fassung bemüht. Maja nahm die Serviette in die Hand und knetete das Papier. „Das war Kriminaloberrat Dauber - mein Chef. Er hatte gerade einen Anruf von einem guten Freund. Sie treffen sich jede Woche zum Golfspielen auf dem Rasen und tauschen auf höchster Ebene Neuigkeiten aus."

„So was machen manche Leute", erwiderte Ulbricht schulterzuckend.

„Ja, und Dauber hat einen Anruf von seinem Freund Sticher bekommen. Er fragte, ob es in Ordnung sei, dass du bei ihm herumgeschnüffelt hast." Maja war außer sich. Ärger mit ihrem Vorgesetzten war genau das, was sie augenblicklich nicht gebrauchen konnte.

„Ich hab nicht herumgeschnüffelt", verteidigte sich Ulbricht und spülte das Fleisch mit einem Schluck Bier herunter.

Maja ging nicht auf seine halbherzige Rechtfertigung ein.

„Sag mir, dass das nicht dein Ernst ist", zischte sie wütend und knüllte die gemusterte Serviette zusammen, um sie schwungvoll auf den geleerten Teller zu werfen. Unwillkürlich war sie laut geworden.

„Maja, bitte, mach doch keinen Aufstand", bat er sie und blickte sich im Restaurant um. Es war ihm peinlich, dass sie im Zentrum des Interesses aller anderen Gäste standen. „Ja", sagte er dann leise. „Ich war bei diesem Steuerberater und habe ihn gefragt, ob er die Frau, mit der wir ihn auf dem Foto gesehen haben, näher kennt."

„Er ist glücklich verheiratet", giftete sie.

„Das hat er mir auch gesagt. Und, dass er einen guten Ruf zu verlieren hat. Ich habe ihm Diskretion zugesichert. Maja, wir ermitteln in einem Mordfall."

„Ich ermittele in einem Mordfall", korrigierte sie ihn. Dass Dauber Ulbrichts Mitarbeit in der Morgensitzung mehr oder weniger geduldet hatte, band sie ihm nicht auf die Nase. „Es ist immer noch mein Fall, Norbert. Und ich trage die Verantwortung für den Erfolg oder den Misserfolg meiner Arbeit."

„Was soll das jetzt?" Ulbricht wurde langsam auch wütend. Eine steile Falte hatte sich zwischen seinen Augenbrauen gebildet. „Ich wollte dir zuarbeiten, während du am Schreibtisch hängst und die Drecksarbeit machen musst."

„Damit komme ich gut klar, wenn mir niemand dazwischenpfuscht." Maja konnte es nicht glauben. Warum hatte er ihr nicht gesagt, was er vorhatte? Dann hätte sie ihn davor bewahren können, ins offene Messer zu laufen.

Ulbricht wollte etwas erwidern, doch sie brachte ihn mit einer energischen Handbewegung zum Schweigen. „Der Krümel schweigt, wenn der Kuchen redet", sagte sie schnell. „Also: Fritz-Eckhard Sticher ist nicht irgendein Steuerberater. Zahlreiche wichtige Leute aus Politik und Wirtschaft zählen zu seinen Mandanten. Sicher kannst du dir jetzt vorstellen, dass auch Sticher ein sehr einflussreicher Mann ist. Und er war befremdet, dass du ihn zu einer seiner Mandantinnen befragt hast und fürchtet nun, in den Dunstkreis des Mordfalles zu geraten."

„Ich hasse diesen Klüngel."

„Das ist kein Klüngel, das sind seriöse Geschäfte, die dort abgewickelt werden. Alexandra Voosen ist ein in der Stadt bekanntes Luxus-Callgirl."

„Und nach den Geschäften gönnt man sich eine Prostituierte, um den Feierabend gemütlich ausklingen zu lassen?" Jetzt war auch Ulbricht laut geworden. Eine ältere Dame am Nebentisch blickte ihn vorwurfsvoll an und schüttelte das ergraute Haupt.

„Er gönnt sich keine Prostituierte, Norbert. Sie ist seine Mandantin."

„Na, das hat er mir auch erzählt."

„Alexandra Voosen eskortiert reiche Geschäftsleute. Sie begleitet die Herren zu Empfängen, verreist mit ihnen und nimmt an gesellschaftlichen Ereignissen teil. Und sie hat eine reine Weste, was unsere Arbeit betrifft."

„Aber sie geht mit ihren Kunden ins Bett."

„Das ist nicht verboten und wird meistens auch gar nicht verlangt. Sie begleitet Geschäftsleute zu Terminen und versüßt ihnen den Feierabend nach einem langen Arbeitstag - mehr nicht." Sie schüttelte den Kopf. „Mensch Norbert, kannst du dir vorstellen, in was für ein Wespennest du da gestochen hast?"

„Offen gestanden - nein."

„Sticher ist außer sich und hat Dauber Konsequenzen angedroht, sollte sein Name mit irgendwelchen Machenschaften in Verbindung gebracht werden."

„Das wird nicht der Fall sein - wenn er tatsächlich eine saubere Weste hat."

„Hat er."

„Das willst du also wissen?" Ulbricht schlug mit der flachen Hand auf den Tisch. Das Geschirr vollführte einen Hüpfer, und einmal mehr waren ihnen die neugierigen Blicke der anderen Restaurantbesucher sicher.

„Ja", nickte Maja. „Das weiß ich. Wenn jemand korrekt arbeitet und absolut diskret ist, dann ist *er* das. Und nun sieh zu, dass du die Wogen, die du gemacht hast, wieder glättest." Sie erhob sich. „Ich muss wieder ins Büro." Ohne ein weiteres Wort verließ sie den Grünen Reiter. Maja war stinksauer, dass sie ihre Zeit mit Recherchen im Büro vergeudet hatte, anstatt Klinken zu putzen. Sicherlich hätte sie Schlimmeres verhindern können, wenn sie Sticher selbst einen Besuch abgestattet hatte. Auf der Hauptstraße angekommen, versuchte sie ihre Gedanken zu ordnen. Wahrscheinlich hatte Norbert sich mit seinem nordrhein-westfälischen Dienstausweis legitimiert, denn sonst hätte er niemals von einem Mann wie Sticher die Adresse von Alexandra Voosen erfahren.

ZEHN

Hehlen-Hohe, 13.35 Uhr

Das auffällige BMW-Cabrio vor dem kleinen Fachwerkhaus wirkte in dem verschlafenen Zweitausend-Seelen-Ort wie ein Ufo auf dem Barmer Rathausvorplatz in Wuppertal. So kam es Ulbricht vor, als er den alten Vectra an den Straßenrand lenkte und den klappernden Motor abschaltete. Er hoffte, dass es die alte Kiste am Ende seiner Kur noch bis nach Hause schaffte. Das schwarze Cabrio vor dem Haus hatte ein Münchner Kennzeichen – wahrscheinlich handelte es sich um einen Mietwagen. Unterwegs hatte er sich Gedanken über das unerfreuliche Gespräch mit Maja gemacht. Auf keinen Fall wollte er, dass sie seinetwegen Ärger bekam, und nun fühlte er sich in der Pflicht, ihr brauchbare Ergebnisse zu bringen. Erst bei Bodenwerder hatte sich sein Puls einigermaßen beruhigt. Und das, obwohl ihm der Arzt Aufregung verboten hatte. Doch jetzt einfach zum Kur-Alltag zurückzukehren, das kam für ihn nicht in Frage. Die Weißkittel würden noch eine Weile lang ohne ihn auskommen müssen.

Er überlegte, woher er den Namen Dauber kannte. Dauber war Oberkriminalrat und Majas Vorgesetzter. Sie fürchtete ihn offenbar. Ulbricht hatte jetzt keine Zeit, sich darüber Gedanken zu machen. Über die B 83 war er in die kleine Ortschaft Hehlen gelangt, hatte sich an der Esso-Tankstelle unweit des Ortseingangs noch einmal nach dem Weg erkundigt und stand nun vor einem windschiefen Fachwerkhaus.

Als er ausstieg, umfing ihn die friedliche Stille, wie es sie nur in Dörfern gab, die in der Mittagssonne Siesta zu halten schienen. Er atmete tief durch und genoss den Blütenduft des kleinen Vorgartens. Ein königsblauer Rittersporn reckte sich an einem hölzernen Rankgitter der Sonne entgegen. Bienen summten geschäftig von Blüte zu Blüte.

Das Haus einer Escort-Lady hatte er sich allerdings anders vorgestellt. Mondäner, luxuriöser, gediegener, aber auch kühler. *Stylish,* so nannte man das wohl.

Ulbricht öffnete das kleine hölzerne Tor und betrat den Plattenweg, der zum Hauseingang führte. Im Beet neben ihm taumelte eine Hummel zwischen den Bartnelken umher. Weiter hinten strich eine Katze durch einen Busch und maunzte ihn beleidigt an, weil er wahrscheinlich die Maus, auf die sie gelauert hatte, vertrieben hatte. Das hier war Idylle pur.

Die dörfliche Stille passte irgendwie nicht zu einer Escort-Lady. Sicherheitshalber zog Ulbricht den Auszug der Adressdatei, den er von Sticher mitbekommen hatte, aus der Tasche und verglich noch einmal die Adresse. Schnell faltete er das Blatt zusammen und ließ es wieder in der Tasche seines Sommermantels verschwinden. Mit einem Blick auf das Klingelschild überzeugte er sich davon, dass Alexandra Voosen hier wohnte. Ulbricht überlegte nicht lange und legte den Daumen auf den Klingelknopf. Drinnen schlug eine schrille Glocke an. Es dauerte nicht lange, bis sich Schritte näherten und die Haustür geöffnet wurde.

Ausdruckslose Augen blickten ihm entgegen, und Ulbricht hätte sich um ein Haar für die Störung entschuldigt, doch im letzten Moment erkannte er die Frau wieder. Es bestand kein Zweifel, vor ihm stand die Frau, die er suchte – Alexandra Voosen. Im

Gegensatz zu den Bildern, von denen er sie kannte, wirkte sie blass und beinahe unscheinbar. Sie trug einen leichten Morgenmantel, den sie mit einem dünnen Gürtel zusammengerafft hatte. Die langen Haare waren zu einem einfachen Pferdeschwanz hinter dem Kopf zusammengebunden. Da war nichts von Luxus und Glamour, der diese Frau sonst umgab. Und trotzdem war Ulbricht von ihrer natürlichen Schönheit fasziniert. Eigentlich, so dachte er sich, brauchte diese Frau weder Schminke noch teure Kleidung, um schön zu sein. So konnte er sich gut vorstellen, dass Alexandra Voosen es verstand, die Männer in ihren Bann zu nehmen.

„Ich kaufe nichts an der Tür."

Alexandra Voosens Stimme klang verschlafen.

„Oh", sagte Ulbricht und lächelte freundlich. „Das sollen Sie auch gar nicht. Darf ich einen Augenblick hereinkommen?" Er zeigte ihr den Dienstausweis, sie warf einen kurzen Blick darauf, dann zuckte sie die Schultern.

„Wenn es sich nicht vermeiden lässt." Sie gab den Eingang frei und ging voran.

Ulbricht folgte ihr in einen recht schmalen Flur und drückte die Eingangstür ins Schloss. Unter seinen Füßen knarzten die Dielen, schwere Balken stützten die Decke. Sie ging voran und führte ihn in eine urig eingerichtete Wohnküche. Am Fußboden große Terrakotta-Fliesen, unter der Decke auch hier das charakteristische freigelegte Balkenwerk. Weiß getünchte Wände und ein gusseiserner Kaminofen, der an kalten Wintertagen sicherlich für wohlige Wärme sorgte. Eine freie Holztreppe führte in das Obergeschoss; Ulbricht vermutete dort ein Schlafzimmer und das Bad. Sehr groß war das Haus nicht. Die Essecke wurde von einem großen, mit smaragdgrünem Stoff überzogenen Sofa beherrscht.

„Nehmen Sie Platz“, forderte Alexandra Voosen ihn auf, und Ulbricht ließ sich auf dem historisch anmutenden Sitzmöbel nieder.

Seine Gastgeberin blieb stehen. „Darf ich Ihnen etwas zu trinken anbieten?“

Unter normalen Umständen hätte Ulbricht um einen Kaffee gebeten, aber zum einen war es ein warmer Frühsommertag, zum anderen hatte er die Worte seines Arztes im Ohr, der ihn zu gesunder Ernährung angehalten hatte. Bei seinem normalen Kaffeekonsum im Alltag hatte ihn sein Arzt als herzinfarktgefährdet eingestuft.

„Einen kalten Orangensaft nehme ich gern - wenn Sie haben.“

„Natürlich.“ Zum ersten Mal lächelte sie. Alexandra Voosen durchquerte den Raum und machte sich am Kühlschrank zu schaffen. Sie füllte den O-Saft in eine Glaskaraffe.

Ulbricht blickte sich um. Alles in diesem Haus schien uralt zu sein, aber es wirkte nichts vergammelt, sondern strahlte den historischen Charme einer längst vergangenen Zeit aus. Ein wenig fühlte er sich wie in einem Museum. Nur der moderne Flachbildschirm in einer Zimmerecke und das schnurlose Telefon auf dem Tisch waren Attribute der modernen Zeit. Und natürlich die modernen Küchengeräte, die sicherlich ein Vermögen gekostet hatten.

Mit der Karaffe und zwei Gläsern kehrte Alexandra Voosen zu ihm zurück, füllte beide Gläser und setzte sich auf einen Stuhl ihm gegenüber. Dabei öffnete sich der Morgenmantel ein wenig weiter, und Ulbricht erwischte sich dabei, auf ihre langen und wohlgeformten

Beine zu schielen. Ulbricht hoffte, dass sie seinen Blick nicht bemerkt hatte und griff eilig zum Glas.

„Sie müssen meinen Aufzug entschuldigen", bemerkte sie. „Aber ich bin erst in der letzten Nacht aus München zurückgekommen. Es war spät, und ich habe ausgeschlafen."

„Kein Problem. Wenn ich recht informiert bin, arbeiten Sie als Escort-Dame?"

„Ja, das stimmt." Sie lächelte ihn fast süffisant an. „Aber ich denke, Sie sind nicht hier, um mich zu buchen? Meine Gäste empfange ich nicht in meinem Haus."

„Nein nein", Ulbricht hob beide Hände und schüttelte den Kopf. „Ich bin dienstlich hier." Er blickte sich einmal mehr in der Wohnküche um.

„Schön haben Sie es hier."

„Ich liebe den Charme alter Häuser, mag es ein wenig rustikal." Alexandra Voosen lächelte. „Leben wie in Omas Zeiten, das ist einfach kultig, und ich mag es genau so wie es ist." Sie lachte und befeuchtete sich die Lippen. „Aber ich weiß, was Sie denken: Was macht eine Escort-Dame in einem Fachwerkhaus, stimmt 's?"

„In der Tat hätte ich eher auf einen modernen Bungalow getippt. Mit viel Glas und mit Designermöbeln, weißen Wänden und riesigen Gemälden, einer Hausbar und so was." Ulbricht zuckte die Schultern.

„Aber so gefällt es mir auch ganz gut." Er lächelte freundlich.

„Ich habe noch eine Penthouse-Wohnung in Hannover, das liegt einfach zentraler. Aber hier wohne ich, und hierher ziehe ich mich zurück."

So so, dachte Ulbricht. *Penthouse, das passt auch besser zu dir.*

„Aber nun zum dienstlichen Teil unser Konversation: Was kann ich für Sie tun?“ Sie schlug die langen Beine übereinander und hielt das Saftglas mit spitzen Fingern.

„Christian Vorberg ist tot.“

Sie stockte.

„Ach“, sagte sie dann. „Der Fotograf?“

„Ja, genau. Er wurde ermordet. Gestern wurde sein Leichnam gefunden.“

„Das ist ja schrecklich.“ Als sie das Glas zu den Lippen führte, sah Ulbricht, dass ihre Hand zitterte. Doch sie war bemüht, ihre Fassungslosigkeit zu überspielen.

„Kannten Sie Herrn Vorberg?“

Sie nickte. „Natürlich. Jeder aus der Gesellschaft kannte ihn.“

Ulbricht fiel auf, dass sie *Gesellschaft* sagte, aber dass sie die *High Society* meinte. „ Sie hatten näheren Kontakt zu ihm?“

„So würde ich das nicht nennen.“ Kopfschütteln, sie blickte auf den Fliesenboden. „Wir sind uns ein paar Mal begegnet. Er hat seinen Job gemacht, ich meinen.“ Alexandra Voosen trank hastig und schenkte sich aus der Karaffe Saft nach. „Wie … ich meine, wie ist es passiert?“ Als sie den Kopf hob, sah Ulbricht, dass jede Farbe aus ihrem Gesicht gewichen war. So verhielt sich niemand, der Vorberg nur flüchtig gekannt hatte.

„Er wurde erschossen.“

„Wie schrecklich.“ Sie trank nervös, schüttelte den Kopf und stellte das Glas hart auf dem Tisch ab. Ulbricht konnte beobachten, wie es hinter ihrer Stirn arbeitete.

„Darf ich fragen, wie Ihr Verhältnis zu ihm war?“

Eine fahrige Bewegung durch das Gesicht, sie strich sich eine widerspenstige Haarsträhne hinters Ohr. Als sie zu ihm aufblickte, lag der Ansatz eines Lächeln auf ihren sinnlichen Lippen.

„Wir haben beide mit den Reichen und Schönen unser Geld verdient, wenn Sie so wollen."

Ulbricht wollte nachfragen, doch nach einer kleinen Pause fuhr Alexandra Voosen fort.

„Er hat sie fotografiert und seine Bilder an die Hochglanz-Magazine und an die Zeitungen verkauft, manchmal sogar an internationale Agenturen. Und ich – na ja, das wissen Sie ja."

„Und Sie schlafen mit Ihren Kunden."

„Nicht zwangsläufig, schließlich bin ich keine billige Nutte." Das Lächeln war wie weggewischt. „In erster Linie begleite ich Herren aus der Geschäftswelt, um ihnen ein paar unbeschwerte Stunden zu bereiten. Das kann ein romantisches Essen in einem teuren Lokal sein, das kann eine Reisebegleitung sein, das kann aber auch eine gemeinsame Nacht bedeuten. Sicherlich kennen Sie den alten Spruch – alles kann, nichts muss."

„Ja, den kenne ich."

„Und so ist es in meinem Geschäft. Alles eine Geldfrage."

„Wie bei Christian Vorberg?"

„Ich denke schon. Nur jeder auf seine Art und Weise." Sie schenkte ihm einen koketten Augenaufschlag, und Ulbricht konnte sich gut denken, womit sie das meiste Geld verdiente.

„Ich hätte gern die Adresse von Ihrem Penthouse in Hannover."

„Wozu?" Eine steile Falte stand auf ihrer Stirn.

„Zunächst einmal nur für die Unterlagen. Ich trage alle Informationen zusammen, die für die Klärung am Mord von Christian Vorberg nützlich sein können. Nicht mehr und nicht weniger."

„Heißt das, Sie verdächtigen mich, ihn umgebracht zu haben?"

„Nicht, wenn Sie ein Alibi haben. Und das scheint der Fall zu sein."

Sie nickte. Als sie ihm ihre Hannoveraner Anschrift auf einen Zettel kritzelte, bemerkte Ulbricht, dass ihre Hand zitterte. Unwillkürlich fragte er sich, ob sie ein schlechtes Gewissen hatte. Dass sie log, konnte er ihr nicht beweisen - noch nicht, aber er spürte es. Offenbar hatte sie Vorberg nähergestanden, als sie ihm gegenüber zugeben wollte.

Als Ulbricht ihr eine Frage stellen wollte, klingelte das Telefon. Alexandra Voosen starrte auf das mobile Gerät, sprang auf und entschuldigte sich, während sie mit dem Telefon in ein anderes Zimmer verschwand. Die Tür der Wohnküche hatte sie hinter sich zugezogen. Er hörte sie leise sprechen, verstand aber nicht die Worte, die sie mit dem Anrufer wechselte. Ulbricht erhob sich und sah sich in der gemütlich eingerichteten Wohnküche um.

An einer Pinnwand blieb er stehen. Hier hing ein Müllkalender, der Kassenbon vom letzten Einkauf in Bodenwerder und eine Telefonnummer. Unter der Telefonnummer eine eilig hingekritzelte Notiz:

Lutterburg, am 21. um 22.00 Uhr.

Unter dem Wort Lutterburg hatte sie einen Strich gezogen. Ulbricht hatte den Namen noch nie gehört und fragte sich, ob es sich dabei um den Namen eines ihrer Kunden handelte. Vielleicht aber auch um die Bezeichnung eines Ortes. In dieser Gegend gab es unzählige kleinere Dörfer, die er namentlich nicht kannte. Ulbricht prägte sich die auf der Erinnerung notierte Handynummer ein. Als er hörte, dass nebenan das Telefonat beendet wurde, machte Ulbricht, dass er wieder zum Tisch kam. Er setzte sich just in dem Moment, als die Tür zur Wohnküche geöffnet wurde.

„Entschuldigung“, murmelte sie freundlich, als sie sich zu ihm setzte. „Aber ich habe sozusagen immer Rufbereitschaft.“

„Arbeiten Sie für eine Agentur oder auf eigene Rechnung?“

„Niemals würde ich mich durch eine Agentur vertreten lassen.“ Sie schüttelte den Kopf. „Nein, ich bin meine eigene Chefin, wenn Sie so wollen, bin niemandem Rechenschaft schuldig und der gesamte Verdienst für meine Leistungen bleibt bei mir.“

„Demnach haben Sie einen festen Kundenstamm?“

„Viele der Herren sind Stammkunden, das ist richtig.“

„Wie führen Sie Ihre Termine?“

Sie lächelte und hielt ein flaches Telefon mit Touchscreen in die Höhe. Es war eins dieser modernen Smartphones. Eines von diesen Dingern, die so ziemlich alles können. Dass man mit den kleinen Taschencomputern auch telefonieren konnte, war fast nebensächlich geworden.

„Hier“, sagte sie. „Ich speichere alles auf meinem iPhone. Termine, Kontaktdaten, Mails und Notizen. Das Ding ist mein zweites Gedächtnis.“ Das Telefon verschwand in der Tasche ihres Morgenmantels.

Ulbricht überlegte, das Gerät einzukassieren. Sicherlich würden die darauf enthaltenen Dateien Bände über seine Besitzerin berichten können. Doch er hatte kein entsprechendes Formular eines Richters dabei, noch nicht einmal eine Quittung hätte er ihr für den Empfang des Smartphones ausstellen können. Das würde wohl oder übel Maja übernehmen müssen. Immerhin hatte er ihr dann schon den Ball zugespielt, überlegte er und erinnerte sich siedend heiß daran, am Nachmittag eine Behandlung in Bad Pyrmont zu haben.

Sein Blick huschte hinüber zur Pinnwand. Wenn sie sich alles auf dem Handy merkte, warum hatte sie dann einen einzelnen Termin handschriftlich notiert und ihn ans Brett geheftet?

„Sicherlich können Sie belegen, dass Sie in den letzten vierundzwanzig Stunden in München waren?"

„Natürlich. Sicherlich genügt ein Anruf, dann wird man Ihnen am Flughafen Hannover die entsprechende Auskunft erteilen und Ihnen bestätigen, dass ich um 1.55 Uhr mit der Maschine aus München gelandet bin."

„Es wäre einfacher, wenn Sie mir ein Ticket zeigen könnten, eine Bordkarte oder so etwas."

„Das tut mir leid." Sie lächelte immer noch. „Das Ticket hat mein Klient, der es für seine Abrechnung benötigt."

Sie wollte spielen. *Das kann sie haben,* dachte Ulbricht genervt. „Ich benötige eine komplette Liste Ihrer Kunden."

Ihr Lächeln war wie weggewischt. „Das ist völlig ausgeschlossen. Einer meiner größten Vorteile für meine Kunden ist die strikte Diskretion."

„Leider ermittele ich in einem Tötungsdelikt", erwiderte Ulbricht. „Da kann ich keine Rücksicht auf Ihre Diskretion nehmen."

Er leerte sein Glas und stand auf.

„Ich werde wiederkommen. Morgen. Bitte halten Sie dann alle nötigen Unterlagen bereit." Ohne eine Antwort abzuwarten, marschierte er auf den Ausgang zu. Alexandra Voosen war aufgesprungen und folgte ihm sichtlich nervös.

„Sie klingen wie mein Steuerberater", gab sie sich empört.

An der Tür angekommen, wandte sich Ulbricht noch einmal zu ihr um. Er schenkte ihr ein Lächeln. „Das kommt gar nicht von ungefähr", erwiderte er, dann stand er an der frischen Luft.

Holzminden, 14.10 Uhr

Weit war es nicht nach Holzminden, und diesmal fand er das Haus, in dem Vorberg gelebt hatte, auf Anhieb. Wieder klingelte er bei Frau Hutmacher. Es dauerte nicht lange, und er wurde ins Haus gelassen. Im Treppenhaus herrschte angenehme Kühle, und am liebsten hätte er sich einen Moment lang auf die Stufen gesetzt, um sich zu erfrischen. Diese Hitze war einfach nichts für ihn.

„Sie schon wieder, Herr Kommissar. Na gut, kommen Sie rein, ich komme gerade vom Friseur. Meine Freundin Karla hat Geburtstag, und viel Zeit habe ich nicht." Martha Hutmacher ließ ihn ein und bot ihm im Wohnzimmer Platz an. „Ich kann uns auch einen Kaffee machen", schlug sie leutselig vor. So eilig schien sie also doch nicht zu sein.

„Danke, gern." Ulbricht verdrängte die Mahnungen seines Arztes. Er war schließlich im Urlaub, und da konnte er sich schon einmal etwas gönnen. Jetzt bemerkte er, dass Martha Hutmacher Lippenstift aufgelegt hatte. Eine feine Parfümwolke umgab die alte Dame, und sie hatte eine lange Perlenkette umgelegt. Diesmal trug sie keine geblümte Schürze, sondern einen cremefarbenen Rock und eine weiße Bluse – keine Frage, Martha Hutmacher war auf dem Weg zu einem Geburtstag, denn sie hatte sich fein gemacht. Nun ließ sie ihn kurz allein und verschwand in der Küche.

„Sie wollen bestimmt noch was über den Herrn Vorberg wissen", rief sie aus dem Nebenraum.

Ulbricht hörte, wie sie eine Kaffeemaschine in Betrieb nahm. Während das Wasser schnaufend durch die Innereien der Maschine tröpfelte, kehrte sie zu ihm zurück. Auf dem Sofa lag eine Wolldecke, die sie eilig zusammenlegte und sich zu ihm gesellte.

Ulbricht nickte und zog das Foto von Alexandra Voosen und Christian Vorberg aus der Tasche. Wieder legte er es auf den Tisch und strich die Ecken glatt. Er tippte auf Alexandra Voosen.

„Wer ist diese Dame?", fragte er. „Haben Sie sie hier gesehen?"

Martha Hutmacher setzte eine Brille auf, nahm das Bild an sich und blickte nachdenklich auf die Fotografie. Mit gerunzelter Stirn ließ sie das Foto sinken und blickte ihn an.

„Sie war hier", sagte sie. „Mehrmals. Sie kam und ging zu den unmöglichsten Zeiten. Mitten in der Nacht kam sie, um in den frühen Morgenstunden wieder zu verschwinden. Eine seltsame Person, wenn Sie mich fragen. Oft habe ich überlegt, ob sie eine Professionelle ist, wenn Sie verstehen?"

„Natürlich." Ulbricht nickte und wunderte sich einmal mehr über die Auffassungsgabe der alten Dame. Martha Hutmacher ahnte nicht, wie nahe sie sich an der Wahrheit befand.

„Ich bin zwar alt, aber nicht dumm", stellte sie klar und schien seine Gedanken erraten zu haben. „Und taub bin ich auch nicht. Das Treppenhaus ist aus Holz, und nachts, wenn die Stadt schläft, kann man das

Haus nicht unbemerkt betreten. Ich bin oft aus dem Bett aufgestanden und habe die Frau hinter der Gardine beobachtet, wenn sie gegangen ist.“

„Das Haus ist hellhörig?“

Martha Hutmacher nickte. „Ja“, sagte sie und kicherte. „Und ich weiß, was Sie als nächstes fragen wollen. Ich habe die beiden oft gehört. Sie haben es getrieben wie die Karnickel.“

Nun wunderte sich Ulbricht doch ein wenig über die Art der alten Dame, doch er sagte nichts dazu, schmunzelte nur. Demnach hatten Christian Vorberg und Alexandra Voosen ein Verhältnis; vermutlich aber eines der geschäftlichen Art. Er beschloss, sie beim nächsten Treffen darauf anzusprechen. Im Grunde genommen hatte er es gleich geahnt, dass sich Vorberg und das Callgirl näher gestanden hatten, als sie es zugegeben hatte. Wahrscheinlich stand er auf ihrer Klientenliste. Vorberg schien in der Tat nicht schlecht verdient zu haben, denn der Besuch einer Escort-Dame war sicherlich ein teures Vergnügen.

Ein asthmatisches Schnaufen aus der Küche signalisierte Martha Hutmacher, dass der Kaffee fertig war. Sie lächelte und erhob sich. „Wie trinken Sie Ihren Kaffee?“, fragte sie im Hinausgehen.

„Schwarz bitte“, antwortete Ulbricht. Er hörte sie in der Küche mit Geschirr herumklappern, dann tauchte sie mit einem Tablett im Raum auf. Vorsichtig jonglierte sie es auf den Tisch, dann stellte sie die Tassen auf und goss den Kaffee aus einer weißen Porzellankanne mit dezentem Goldrand ein. Aus einem kleinen Kännchen nahm sie sich einen Schluck Milch, dann setzte sie sich wieder. Scheinbar gedankenverloren rührte sie in der zierlichen Tasse, die sie sonst wahrscheinlich nur an den Sonntagen herausholte, wie

Ulbricht vermutete. Während der Zeremonie, die weitgehend schweigend verlief, war nur das Ticken der Wanduhr zu vernehmen.

„Der Name des Freundes ist mir allerdings wieder eingefallen."

„Wie bitte?"

Ulbricht trank einen kleinen Schluck. Der Kaffee schmeckte hervorragend, gar nicht zu vergleichen mit der Pampe im Kurhotel. Er war, was Kaffee anging, ein Genießer.

„Sie fragten doch bei Ihrem ersten Besuch, ob der Herr Vorberg in seiner Wohnung arbeitete", erinnerte Martha Hutmacher ihn.

Nun dämmerte es Ulbricht. „Ach", sagte er, „Sie meinen den Freund, in dessen Fotostudio Christian Vorberg ab und zu arbeitete."

„Richtig." Wieder ein Schluck Kaffee, wieder kehrte Schweigen ein.

Ulbricht zog den kleinen Notizblock, den er – eher aus Gewohnheit – ständig bei sich trug, aus der Tasche und zückte einen Stift.

„Torsten Maar heißt er, und er betreibt ein Fotostudio in Bodenwerder." Sie diktierte ihm die Adresse, und einmal mehr stellte Ulbricht fest, wie fit die alte Frau war. Er notierte die Anschrift und bedankte sich höflich.

„Und sonst?", fragte er dann. „Gibt es sonst noch Leute, die Ihnen eingefallen sind?"

„Er war ein Eigenbrötler, wenn Sie verstehen, was ich meine." Martha Hutmacher schüttelte den Kopf. „Fragen Sie diesen Maar, vielleicht kann er Ihnen mehr erzählen. Ich bin nur eine alte Frau und sicher nicht der Umgang, den sich Herr Vorberg gewünscht hätte. Ich frage mich, ob er..."

Ein Poltern ließ sie erschrocken zusammenfahren. Sie brach ab, als im Haus Geräusche laut wurden. Lauschend legte sie den Kopf schräg, und Ulbricht konnte eine steile Falte auf ihrer Stirn stehen sehen.

„Verdammt, was ist denn da los?“, fragte er und legte Stift und Zettel fort. Die einzige Wohnung im Haus, die nicht zu Martha Hutmachers Räumlichkeiten gehörte, war die von Christian Vorberg. Der lebte nicht mehr – die Wohnung war von den Kollegen des 1. Fachdezernates nach der Spurensicherung versiegelt worden. Wer also trieb sich in der Wohnung des Toten herum?

Ulbricht war aufgestanden und hatte dabei prompt seine Tasse umgestoßen. Die braune Brühe bildete auf dem weißen Tischtuch einen unansehnlichen Fleck. Er murmelte eine halbherzige Entschuldigung und stürmte an der fassungslosen Martha Hutmacher vorbei. Ein paar lange Schritte genügten, und er stand im Korridor der Wohnung. Nachdem oben Ruhe eingekehrt war, konnte er die Schritte nun wieder deutlich hören.

Martha Hutmacher stand hinter ihm.

„Wer treibt sich denn da oben rum?“, zischte Ulbricht.

„Sie sind der Polizist“, erwiderte die alte Dame. „Kümmern Sie sich darum.“

„Na danke.“ Ulbricht schnaubte wütend und öffnete die Wohnungstür so leise wie möglich. Nun sehnte er sich doch nach seiner Dienstwaffe, die natürlich im Wuppertaler Polizeipräsidium weggeschlossen war. Sekundenlang spielte er mit dem Gedanken, Maja anzurufen, doch es würde zu lange dauern, bis sie hier war, also musste er handeln. Ulbricht setzte einen Fuß auf die unterste Stufe und unterdrückte einen Fluch, als das Holz unter seinem Gewicht knarrte. So leise wie es ging, schlich er sich in das obere Stockwerk des Hauses. Wer auch immer sich in der Wohnung von Christian Vorberg aufhielt, er schöpfte keinen Verdacht. Für Ulbricht hörte es sich an, als rücke der ungebetene Besucher die Möbel, die von den Einbrechern umgeworfen waren, zurecht.

Als Ulbricht den oberen Treppenabsatz erreicht hatte, blickte er sich um. Martha Hutmacher stand zitternd vor Angst im Rahmen ihrer Wohnungstür und blickte zu ihm hoch. Nervös spielte die alte Dame mit ihrer Perlenkette und schüttelte immer wieder das ergraute Haupt.

„Ich mach das schon", zischte Ulbricht ihr zu, dann widmete er sich der Wohnungstür. Das Polizeisiegel der Spurensicherung war zerstört worden; die Wohnungstür selbst war nur angelehnt. Die Tür war mit roher Gewalt geöffnet worden, und Ulbricht fragte sich, warum sie davon nichts mitbekommen hatten. Wer immer sich hier oben herumtrieb – er hatte starke Nerven. Mit einer Mischung aus Wut und Furcht setzte Ulbricht einen Fuß in die Wohnung des ermordeten Christian Vorbergs. Hier herrschte Dunkelheit, was ihn zu dem Schluss kommen ließ, dass der oder die Eindringlinge die Jalousien heruntergelassen hatten, um nicht von außen gesehen zu werden.

Es dauerte einen Augenblick, bis sich Ulbrichts Augen an das hier herrschende Halbdunkel gewöhnt hatten, dann fühlte er sich sicher.

„Hallo", rief er in die Wohnung. Augenblicklich kehrte Stille ein, und unten klatschte Frau Hutmacher begeistert in die Hände. Doch wer sich auch immer hier herumtrieb – er hatte sich nicht in Luft aufgelöst und stellte immer noch eine Gefahr dar.

„Hallo – ist hier jemand?“ Die Frage war überflüssig, und kaum, dass er sie ausgesprochen hatte, kam sich Ulbricht albern vor. Wo blieb nur seine Professionalität?

„Kommen Sie mit erhobenen Händen aus dem Versteck – hier ist die Polizei!“

Es vergingen ein paar Sekunden, die sich zogen wie Stunden, dann polterten Schritte auf ihn los, und Ulbricht sah einen hochgewachsenen Schatten, der wie eine schwarze Wand auf ihn loszustürmen schien. Er spürte einen Windhauch, dann den heißen Atem in seinem Gesicht, und im nächsten Augenblick sah er den großen Gegenstand, der in einem Irrsinnstempo auf ihn niederraste. Den Schmerz nahm er gar nicht mehr richtig war. Es war ein dumpfer Schlag, er sah Sterne vor seinen Augen aufblitzen, dann riss es ihn von den Füßen. Kraftlos taumelte Ulbricht nach hinten, ruderte wild mit den Armen, bekam ein Stück Wand zu fassen, fand aber keinen Halt und schlug mit dem Hinterkopf erst an die Wand, dann auf dem Boden auf. Das Letzte, was er sah, war die schwarze Gestalt, die sich an ihm vorbeischob. Dann wurde es dunkel um ihn herum.

ELF

„Er kommt zu sich."

Als Ulbricht wieder zu sich kam, spürte er zum ersten Mal in seinem Leben, wie viele Knochen er besaß – er spürte jeden einzelnen auf eine schmerzhafte Weise. Ein missmutiges Stöhnen kam über seine Lippen. So etwas war ihm in dreißig Jahren Polizeiarbeit noch nicht passiert. Er hatte sich von dem Einbrecher in Vorbergs Wohnung einfach eins überbraten lassen. Offenbar war er nach dem Knockout mit dem Hinterkopf auf dem Fußboden aufgeschlagen. Sein Schädel schien zu platzen. „So ein verdammter Mist", murmelte er, während er vorsichtig über die dicke Beule strich. Als er die Augen öffnete, blickte er in die Mündung von zwei Pistolen. Ein Umstand, der ihn nicht gerade beruhigte. Daran änderte auch der Umstand nichts, dass die beiden Waffen von zwei uniformierten Streifenpolizisten gehalten wurden.

„Hände hoch und aufstehen", bellte einer der blau gekleideten Beamten.

Das bedeutete Ärger.

„Ich bin nicht der, für den ihr mich haltet, Kollegen", krächzte er und brachte ein mattes Grinsen zustande. Mühsam rappelte er sich auf. Allerdings kam er nicht der Folge des Polizisten nach, die Hände zu heben.

„Die Hände hoch", blaffte nun eine weitere Stimme. Die Person, die zu dieser Stimme gehörte, hatte sich hinter den Streifenpolizisten aufgebaut und trat nun vor.

Ulbricht schüttelte den Kopf.

„Was – Sie sind das?"

„Grundmann, was verschafft mir die Ehre, so freundlich in Empfang genommen zu werden?“, fragte Ulbricht süffisant und beobachtete trotz seiner Schmerzen amüsiert, wie Grundmanns rundes Gesicht eine tiefrote Färbung annahm.

„Er ist in Ordnung, lasst ihn in Ruhe.“

Grundmann sah zu viele amerikanische Serien, da war sich Ulbricht sicher. Er sprach wie die Ermittler bei RIS, CIS und wie sie alle hießen; er verhielt sich wie die obercoolen Amis und er blamierte sich gerade so wie die vermeintlichen Helden der TV-Serien aus den Staaten.

Erleichtert registrierte Ulbricht, dass die beiden uniformierten Polizisten der Forderung des Kriminalhauptkommissars nachkamen und die Waffen sinken ließen. Der Schmerz ließ gleich noch einmal nach.

„So redet es sich doch gleich entspannter“, stellte er fest.

„Wo ist er hin?“ Grundmann blickte an ihm vorbei in die Wohnung.

„Längst über alle Berge – und davon habt ihr ja hier genug.“ Ulbricht schüttelte den Kopf und berichtete Grundmann, was geschehen war.

„Ich hatte keine Chance, hab den Kerl noch nicht mal zu Gesicht bekommen. Aber er hat eine starke Rechte, Mann.“

Ulbricht versuchte den Schmerz zu unterdrücken. „Die Frage sollte daher lauten: Was wollte er hier? In Vorbergs Wohnung gibt es nichts zu holen.“

„Stimmt. Außer einer scheißteuren Hi-Fi-Anlage, einem ultramodernen Flachbildfernseher an der Wand und wer weiß, was noch alles“, nickte Grundmann ironisch. „Wahrscheinlich war es kein Geheimnis, dass Vorberg gut verdient hat.“

„Dann sehen wir jetzt einfach nach, ob etwas von dem, was ihr bei eurem letzten Besuch noch gesehen habt, verschwunden ist."

Die Kollegen hatten keine Einwände. Nachdem sich die uniformierten Polizisten davon überzeugt hatten, dass sich der Täter nicht mehr in der Wohnung aufhielt, durchstreiften sie jedes Zimmer.

„Nichts fehlt", brummte Grundmann, und Ulbricht wurde den Verdacht nicht los, dass er über diesen Umstand ein wenig enttäuscht war. Die teuren Elektronikgeräte befanden sich noch alle an ihrem Platz. Diebstahl wäre sicherlich ein einfacheres Motiv für den Einbruch in der Wohnung eines ermordeten Fotografen gewesen.

„Was bedeuten könnte, dass der Täter etwas anderes gesucht hat. Etwas, das nur für ihn von Interesse war."

„Und was soll das sein?"

„Denken Sie nach – es ist doch Ihr Fall. Ich bin ja hier nur zur Kur." Plötzlich hatte es Ulbricht eilig. Ihm fiel ein, dass er am Nachmittag noch eine Anwendung bei seinem Kurarzt in Bad Pyrmont hatte. Er warf einen Blick auf seine Armbanduhr. „Es ist spät, und ich muss zum Onkel Doktor. Wir telefonieren dann." Ohne ein weiteres Wort marschierte Ulbricht an Grundmann vorbei, der mit offenem Mund dastand und keine Einwände gegen Ulbrichts Verschwinden hatte. Als er im Erdgeschoss angekommen war, wurde die Wohnungstür geöffnet, und Frau Hutmacher hielt das besorgte Gesicht in den Hausflur.

„Und?", fragte sie leise.

„Er ist abgehauen, und auf den ersten Blick fehlt nichts."

„Komisch, finden Sie nicht?"

„Das kommt darauf an." Ulbricht grinste schief. „Wer hat eigentlich die Kollegen gerufen?"

„Oh, das war ich. Als ich sah, was da oben geschah, habe ich die Polizei gerufen."

„Das haben Sie gut gemacht, Frau Hutmacher."

„Hier ist Ihr Block und der Stift. Hätten Sie beinahe vergessen."

Martha Hutmacher hielt ihm seine Schreibutensilien hin, die er vorhin liegen lassen hatte. Er warf einen Blick darauf, bedankte sich und steckte beides in die Manteltasche.

„Machen Sie sich nur keinen Kopf über die Tischdecke – die Kaffeeflecken kriege ich mit dem nächsten Waschen schon wieder raus."

„Gut", sagte Ulbricht und machte eine schuldbewusste Miene, dann verabschiedete er sich und machte, dass er zu seinem Auto kam. Es war spät geworden. Der Arzt hatte ihm geraten, jeden Stress zu vermeiden. Also schlenderte er gemächlich zum Parkplatz unweit der Weser.

Bad Pyrmont, 16.05 Uhr

Er war spät dran. Aber er hatte sich an die Regeln gehalten, die ihm der Arzt verordnet hatte: Keinen Stress. Als er das gelbe Ortseingangsschild des Kurortes passierte und auch das Schild mit dem geschwungenen roten Kreuz auf weißem Grund sah, das den Ort als Staatsheilbad auswies, versuchte er das Erlebte zu verdrängen. Ulbricht kurbelte das Seitenfenster herunter und sog die lauwarme Nachmittagsluft tief in seine Lungen ein. Dennoch hatte er für das mediterrane Ambiente kein Auge. Nach einigem Suchen fand er einen freien Parkplatz in der Nähe des Hylligen Borns, löste einen Parkschein und wollte sich gerade über die horrenden Parkgebühren aufregen, als er sich daran erinnerte, dass ihm der Arzt auch jede Aufregung verboten hatte. Während er sich fragte, ob er überhaupt noch etwas durfte, eilte er über den breiten Bürgersteig zum Kurhotel. Als er sich auf Höhe des Steigenbergers befand, bemerkte er ein Vibrieren in der Innentasche seines Mantels. Er blieb stehen und zog das Handy hervor. Am anderen Ende der Leitung war Maja.

„Was machst du denn für Sachen?" In ihrer Stimme schwang eine Mischung aus Besorgnis und Amüsement mit.

Offenbar hatte Grundmann ihr mit Genugtuung von seinem missglückten Versuch, einen Einbrecher in Christian Vorbergs Wohnung zu stellen, berichtet.

„Frag lieber nicht", knurrte Ulbricht und blieb stehen. Er betrachtete die Palmen, die sich im seichten Wind wiegten. Fast wie am Meer, dachte er. Fast wie damals, mit Birgit auf Mallorca. Und er fragte sich, wie lange das wohl her war. Wiebke war ganz klein gewesen; sie hatten sich bei ihrer Ankunft mit dem Hotelmanager gestritten, der sich anfangs geweigert hatte, dem Ehepaar ein Kinderbett ins Zimmer zu stellen.

Ein anderes Leben, dachte er und seufzte.

„Sag mal, hörst du mir überhaupt zu?", holte ihn Majas vorwurfsvolle Stimme in die Gegenwart zurück.

„Natürlich", log er. „Ich bin ganz Ohr, nur auf dem Weg zu einer dieser lästigen Anwendungen. Aber pass auf: Du musst zu Alexandra Voosen fahren und ihr Handy einkassieren. Sie hat eins von diesen neumodischen Dingern, mit denen man so ziemlich alles machen kann. Mit Terminkalender und so weiter."

„Sie hat ein iPhone."

„Kann sein. Darauf hat sie wohl alle Daten, das hat sie mir gesagt. Und du musst…"

„Moment", wurde er von Maja unterbrochen. „Heißt das, dass du bei Alexandra Voosen warst?" Sie schnappte nach Luft, als er nichts erwiderte. „Du hast sie also verhört."

„Ich habe ein paar Fragen gestellt, ja." Er rollte mit den Augen, was Maja natürlich nicht sehen konnte.

„Du bist unmöglich", zeterte Maja. „Ich hasse es, wenn du auf eigene Faust losziehst und hinter meinem Rücken ermittelst. Ich…"

„Ja ja, ich weiß – du leitest die Ermittlungen. Aber ich habe dir einfach nur zuarbeiten wollen. Sie hat behauptet, zur Tatzeit in München gewesen zu sein. Angeblich ist sie erst in den frühen Morgenstunden am Flughafen Hannover angekommen; ein Ticket konnte sie mir aber nicht zeigen."

„Das lässt sich überprüfen." Maja klang versöhnlich. „Gut, ich werde veranlassen, dass man ihr Handy einzieht. Die Kollegen aus der IT-Abteilung sollen sich das Gerät ansehen und auswerten, vielleicht wissen wir dann morgen schon mehr. Und ich werde ihr Alibi überprüfen lassen."

„Und sie behauptet, Christian Vorberg nicht näher gekannt zu haben. Aber sie lügt, denn Vorbergs Vermieterin hat Alexandra Voosen mehrfach dabei beobachtet, wie sie das Haus betreten hat. Und sie haben nicht nur Kaffee getrunken, wenn du verstehst?"

„Nein?"

„Sie haben – ich zitiere Martha Hutmacher – es getrieben wie die Karnickel."

„Für Geld?"

„Wahrscheinlich. Aber immerhin – sie kannten sich besser, als Alexandra Voosen zugeben wollte. Ich könnte schwören, dass sie der Schlüssel zum Mord an Vorberg ist."

„Das werden wir überprüfen. Und wenn ich wir sage, dann meine ich das Fachdezernat 1 der Polizeiinspektion Hameln-Pyrmont/Holzminden und keine Kurgäste."

Ulbricht überhörte die bissige Anmerkung großzügig. „Was ist mit dem Einbruch in Christian Vorbergs Wohnung? Habt ihr da schon was erreicht?"

„Also, es war Vorbergs Bruder, der sich Zugang zur Wohnung seines toten Bruders verschafft hatte", wiederholte Maja geduldig. „Er sitzt jetzt bei uns in U-Haft. Eine Streifenwagenbesatzung hat ihn kurz nach der Tat aus dem Verkehr gezogen - weil sein Auto eine abgelaufene TÜV-Plakette hatte." Sie lachte. „Dumm gelaufen, was?"

„Er sitzt bei euch?"

„Ja - warum?"

„Ich muss mit ihm reden."

„Du willst ihn verprügeln, weil er dich mit einem einzigen Schlag niedergestreckt hat und dich tief in deiner Polizistenehre verletzt hat." Wieder lachte sie, und er mochte ihr Lachen.

„Hat er das gesagt?"

„Wort für Wort. Inzwischen haben wir auch die Mutter der Vorberg-Brüder befragt. Dabei hat sich herausgestellt, dass ihre Söhne streng genommen nur Halbbrüder sind. Markus stammt von einem anderen Mann; sie hat damals ihren Mann betrogen, der sie verlassen hat, als er vom Seitensprung seiner Frau erfuhr. Entsprechend schwer hatte es auch Markus - ich glaube, dass seine Mutter ihn vom ersten Tag an gehasst hat. Jedenfalls hat sich im Gespräch ergeben, dass Christian eindeutig ihr Lieblingssohn war. Er hat es im Leben zu etwas gebracht, hat einen anständigen Beruf erlernt, mit dem er viel Geld verdient hat, während sich der jüngere Markus mit Gelegenheitsjobs über Wasser hält und dem Staat regelmäßig auf der Tasche liegt. Wenn du mich fragst, hatten die beiden Brüder eine beschissene Kindheit. Sicherlich war es für beide nicht leicht, im ständigen Konkurrenzkampf zu leben. Dass sie sich nicht sonderlich leiden konnten, liegt wohl auf der Hand."

„Und dann sucht er nach dem Mord an seinem Bruder dessen Wohnung auf?" Ulbricht atmete tief durch. „Das stinkt doch zum Himmel, Maja. Wenn er nicht eingebrochen wäre, hätte sein Besuch private Gründe haben können, aber so..." Er brach ab.

„Er hat etwas in der Wohnung gesucht, und du hast ihn dabei gestört."

„Aber was hat er gesucht?"

„Das würde ich ihn gern selbst fragen."

Maja lachte auf. Du willst dich nur an ihm rächen, Norbert. Du bist ein gekränkter Schwan."

„Unsinn, ich will mich nicht rächen. Er wird seine gerechte Strafe noch bekommen. Heute schaff ich es nicht mehr, aber lasst ihn bloß nicht laufen, bevor ich mit ihm gesprochen habe, hörst du?"

„Norbert", schnaufte sie, „und wie stellst du dir das vor?"

„Ich muss los, tut mir leid. Aber ich melde mich später – versprochen." Er drückte, bevor Maja protestieren konnte, den roten Knopf und ließ das Handy wieder in seine Tasche gleiten. Ulbricht hatte eine Idee, was Vorbergs Bruder in der Wohnung gesucht haben könnte. Doch das würde er ihn gern selbst fragen ...

Pyrmonter Straße, Hameln, 20.10 Uhr

Als sie den Wagen um die Ecke lenkte, sah sie ihn vor dem Haus stehen. Er stand da und rauchte, ging auf und ab. Fünf Schritte nach Westen, machte kehrt und marschierte fünf Schritte nach Osten, den Blick auf seine Schuhspitzen gerichtet. Im Laufen blickte er immer wieder zu ihren Fenstern hinauf. Wie er das tat, mit hinter dem Rücken verschränkten Händen, erinnerte Ulbricht an einen dozierenden Professor. Als sie mit dem Wagen am Straßenrand hielt, unterbrach er seine Wanderung und blickte zu ihr ins Auto.

„Na endlich“, rief er durch das offene Seitenfenster.

Maja rangierte den Corsa in eine freie Parklücke und stieg aus. „Sehe ich richtig? Rauchst du etwa?“

Eilig trat er die Zigarette mit der Sohle aus und schüttelte den Kopf. „Jetzt nicht mehr“, bemerkte er mit schuldbewusster Miene. Offensichtlich schämte er sich für den Ausrutscher.

„Wartest du schon lange?“

„Seit ein paar Stunden“, behauptete er, doch sie spürte, dass er übertrieb.

„Kommst du noch auf 'nen Kaffee mit hoch?“, fragte sie und zwinkerte ihm zu.

Ulbricht schüttelte den Kopf. „Auf gar keinen Fall, mein Arzt hat mir geraten, weniger Kaffee zu trinken.“ Er klopfte sich auf die Brust. „Die Pumpe“, sagte er wie ein leidender Achtzigjähriger. „Ich muss ein bisschen aufpassen.“

„Rotwein soll gut für Herz und Kreislauf sein.“ Sie hakte sich bei ihm unter und zog ihn durch den kleinen Vorgarten zum Hauseingang.

„Da kann ich natürlich nicht nein sagen.“ Nun grinste er wie ein kleiner Junge, den man bei einem

Streich ertappt hatte. Lachend verschwanden sie im Hauseingang. Dass sie dabei beobachtet wurden, hatten sie beide nicht bemerkt.

„Sie sind zusammen ins Haus gegangen." Er sprach leise in sein Telefon, obwohl sich niemand in Hörweite aufhielt. In diesem Teil der Pyrmonter Straße war es abends ruhig, und er hatte sich hinter einem geparkten Lieferwagen versteckt, um dem Wuppertaler Kommissar nicht aufzufallen.

„Zwischen denen läuft doch was."

„Die sind alt."

„So alt nun auch wieder nicht." Die Stimme im Hörer lachte meckernd. „Wahrscheinlich beschäftigen die sich jetzt mit sich selbst. Damit sind sie keine Gefahr mehr für uns. Also – zieh dein Ding durch, wie wir es besprochen haben."

„Diese Klausen ermittelt aber nicht alleine."

„Die anderen Bullen haben auch mal Feierabend. Also sieh zu, dass du nicht auffällst, dann klappt auch alles, was ich dir gesagt habe."

Es klickte im Hörer. Er hatte aufgelegt. Ratlos blickte er auf das Display und schob das Handy in die Tasche seiner ausgebeulten Jeans. Er hatte einen Auftrag, und er brauchte das Geld, also war er nicht in der Position, Fragen zu stellen. Eigentlich hielt er nichts von krummen Dingern, doch er stand vor der Wahl – pleite oder mit Nebenjobs wie diesem viel Geld verdienen. Lange überlegen musste er nicht, also schwang er sich auf sein altes Fahrrad, das er an einen Laternenpfahl gelehnt hatte und radelte zum Torbayufer hinunter. Es war doch alles nur ein Job, und im Grunde hatte er mit keinem der Menschen etwas zu tun. Also tat er seinen Job.

„Heute gibt es keine Tiefkühlpizza, sonst sehe ich bald aus wie ein Fass." Maja strich sich über den Bauch. Sie standen in ihrer kleinen Küche, hielten Weingläser in den Händen und prosteten sich mit dem trockenen Tarragona-Wein zu. Genießerisch leckte sich Maja über die Lippen.

„Traumhaft", schwärmte sie.

Ulbricht ging nicht darauf ein. „Aber Hunger hast du", stellte er fest und blickte ihr tief in die grünen Augen.

„Natürlich", gab sie zu. Dann lachte sie. „Ich könnte ein halbes Schwein auf Toast essen."

„Toast ist aus", bedauerte er im Ton eines näselnden Oberkellners.

„Kannst du eigentlich kochen?"

„Wenn du eine gute Hausratversicherung hast, werde ich es versuchen."

„Du willst mich verwöhnen?"

Er schüttelte den Kopf. „Ich möchte wissen, ob du gute Nerven hast." Das Kochbuch im Regal neben dem Hängeschrank war ihm schon gestern aufgefallen. Und prompt hatte er sich gefragt, wann er zum letzten Mal gekocht hatte. *So richtig gekocht.* Nicht so, wie er zu Hause in Wuppertal kochte: Folie entfernen, Aluteller in die Mikrowelle, bei 600 Watt fasziniert zwei Minuten lang auf den stimmungsvoll angeleuchteten rotierenden Teller starren und das Abendessen mit einem fröhlichen „Ping" beginnen. Alternativ ernährte er sich von allem, was sich auspacken und auf dem Backblech des Ofens zubereiten ließ.

Nichts, womit er Maja heute beeindrucken konnte.

Ulbricht ging zum Regal und zog das angestaubte Kochbuch hervor. „Das wurde aber schon länger nicht benutzt", murmelte er und blätterte sich durch die

Gerichte, die ihn mit den Hochglanzfotos daran erinnerten, dass er seit Stunden einen Bärenhunger hatte.

„Weißt du eigentlich, wann ich das letzte Mal so richtig gekocht habe?" Maja blickte ihn mit großen Augen an, dann deutete sie auf das Mikrowellengerät.

„Darin suche ich nach einem langen Tag mein Heil. Ich habe schon so viel mikrowellenfestes Geschirr verbraten, für das Geld hätte ich mir ein hochwertiges Geschirr kaufen können. Aber so richtig kochen?" Sie winkte ab. „Schon lange nicht mehr."

Ulbricht stand nah vor ihr und blickte ihr tief in die Augen. „Meinst du, zusammen schaffen wir das?"

„Klar, wir sind ein unschlagbares Team. Auch wenn du immer Alleingänge unternimmst, die mir eine Menge Ärger mit Dauber bringen." Sie wandte sich zu ihrem Gast um. „Sag mal, kennst du Kriminaloberrat Dauber eigentlich?" Sie erinnerte sich an Daubers merkwürdige Reaktion im Meeting, als er Ulbrichts Namen gehört hatte.

Ulbricht zog die Mundwinkel nach unten. „Namen sind Schall und Rauch. Vielleicht kannte ich mal einen Dauber, aber das muss Ewigkeiten her sein."

Er lächelte, und Maja blieb nicht verborgen, dass ihm die Frage unangenehm gewesen war.

„Und nun lass uns Essen kochen."

Maja öffnete den Kühlschrank und blickte hinein. Wahllos griff sie zu Eiern, Käse und zur Butter.

„Na, das kann ja heiter werden", lachte sie, als sie Ulbrichts betroffenes Gesicht sah.

ZWÖLF

Polizeiinspektion Hameln/Pyrmont-Holzminden, 8.10 Uhr

Der Vectra hatte am frühen Morgen den Dienst versagt. Mit einem Röcheln war der Motor erstorben, noch bevor Ulbricht damit losfahren konnte. Maja hatte ihn in ihrem Auto mit zur Polizeiinspektion an der Zentralstraße genommen. Als sie das Büro betraten, das sie sich mit Kriminalhauptkommissar Jürgen Grundmann teilte, warteten schlechte Nachrichten auf die beiden.

Grundmann wand sich wie ein Aal, als Maja ihn bat, Vorberg zum Verhör holen zu lassen. „Es gab keinen Grund, ihn festzuhalten", ereiferte sich Grundmann. „Maja, du kennst die Vorschriften."

Ulbricht schwante nichts Gutes. „Moment", sagte er. „Heißt das, Vorberg sitzt nicht mehr?"

Grundmann schüttelte den kantigen Schädel und brachte Maja damit an den Rand eines Nervenzusammenbruchs.

„Du hättest Markus Vorberg nicht gehen lassen dürfen. Wir hätten ihn dem Haftrichter vorgeführt", wetterte sie. Wütend warf sie ihre Tasche auf den Schreibtisch und ließ sich auf den Bürostuhl sinken. Grundmann wirkte ein wenig unbeholfen, blickte Ulbricht an, doch der fiel nicht darauf herein.

„Es stand aber fest, dass Markus Vorberg das Dienstsiegel an der Tür zerstört hat und mit Gewalt in die Wohnung seines ermordeten Bruders eingedrungen ist. Der Umstand, dass er mich umgehauen hat, bedeutet Körperverletzung, oder handhabt ihr das hier in Niedersachsen anders? Es steht doch fest, dass er die Taten begangen hat - warum lässt du ihn dann gehen, Grundmann?" Im Eifer des Gefechts hatte er den Kollegen geduzt.

„Sag mir nicht, wie ich meine Arbeit zu machen habe", giftete Grundmann mit puterrotem Kopf. „Mach du lieber deine Kur und erhol dich von der Arbeit - wir erledigen den Rest."

„Ja", nickte Ulbricht. „Das sehe ich."

Jürgen Grundmann war kein Polizist - er war ein Dilettant. Möglicherweise hätte ihnen Vorberg mehr erzählt und damit zur Klärung des Mordfalls an seinem Bruder beigetragen. Sollte er Dreck am Stecken haben, wie Ulbricht vermutete, war er längst untergetaucht.

„Du hast doch nur ein Problem damit, dass er dich umgehauen hat." Grundmann grinste feist, und am liebsten hätte Ulbricht ihm eine gescheuert.

„Männer, das reicht jetzt", rief Maja dazwischen und hieb auf die Schreibtischplatte. „Ich habe keine Lust, gleich im Meeting bei Dauber mit leeren Händen dazustehen." Sie musterte Grundmann. „Also - was hat das Verhör von Markus Vorberg gestern noch ergeben?"

„Angeblich hat er ein paar persönliche Dinge aus der Wohnung seines Bruders holen wollen", erwiderte Grundmann. Seine Haut hatte normale Farbe angenommen. Nervös zupfte er am Knoten seiner schrecklich gemusterten Krawatte herum. „Und er hat damit gerechnet, dass Ulbricht der Mörder seines Bruders ist - deshalb hat er ihn aus Angst niedergestreckt."

„Und wer persönliche Dinge aus der Wohnung seines Bruders holt, der bricht die Tür auf." Ulbricht winkte lächelnd ab und schüttelte den Kopf. „Netter Versuch von ihm, den Kopf aus der Schlinge zu ziehen." Ulbricht hatte sich auf einen der beiden Stühle vor Majas Schreibtisch sinken lassen. Auf die Lehne des freien Stuhls hatte er den Mantel geworfen, so, wie er es auch in seinem Büro in Wuppertal gern tat.

„Und du lässt dich von dem Kerl verarschen", stellte er unbeeindruckt an Grundmann gewandt fest und ging auch zum kollegialen Du über. Er lachte humorlos auf. „Der hat doch Dreck am Stecken, sonst hätte er sich die Wohnung von Frau Hutmacher aufschließen lassen."

„So wie du es getan hast?" Grundmann blickte ihn feindselig an. „Ein toller Bulle bist du, ehrlich."

„Leck mich." Ulbricht winkte wütend ab und blickte zu Maja hinüber, die mit den Kollegen der IT-Abteilung telefonierte.

Als sie auflegte, strahlte sie.

„Das Handy von Alexandra Voosen wurde in der Nacht noch ausgewertet. Wir haben eine Liste ihrer Kunden und ihren Terminkalender."

Sie wandte sich an Grundmann.

„Und rate mal, mit wem Alexandra Voosen gestern noch telefoniert hat?"

Grundmanns Gesicht tauchte neben dem Monitor auf. „Du wirst es mir sicher sagen."

„Sie hat einen gewissen Markus Vorberg angerufen und rund zweieinhalb Minuten mit ihm telefoniert."

„Na toll." Ulbricht hieb mit der flachen Hand auf Majas Schreibtisch. „Und du lässt ihn gehen, weil er dir erzählt, er hätte die Wohnung seines Bruders aufgebrochen, um dort persönliche Dinge zu suchen."

Grundmann schwieg betroffen und fürchtete offenbar Ärger.

„Mich interessiert, ob es Zufall ist, dass Alexandra Voosen mit beiden Vorberg-Brüdern Kontakt hatte“, überlegte Ulbricht. „Was, wenn wir es hier mit einem Dreiergespann zu tun haben?“

Maja schüttelte den Kopf. „Aber nicht nach all dem, was uns Vorbergs Mutter erzählt hat. Die Brüder hatten ein Leben lang Krieg, Norbert. Kein Wunder, wenn die Mutter Christian für den Mustersohn schlechthin hält und den jüngeren der beiden verteufelt und ihn als Loser abstempelt.“

„Vielleicht nur ein abgekartetes Spiel, um die Mutter aus allem rauszuhalten?“ Grundmann gewann an Fahrt. „Ich denke, wir sollten uns Markus Vorberg zurückholen und dann ausquetschen.“

„Das hättest du schon hinter dir haben können“, brummte Ulbricht. „Dann wären wir jetzt schon ein wenig schlauer.“

„Spar dir deine Sprüche“, grunzte Grundmann und griff zum Hörer.

„Lass mal“, rief Maja. „Ich werde selbst zu ihm fahren und ihn verhören. Sobald ich etwas herausgefunden habe, werde ich ihn hier festsetzen. Und diesmal wird er den Kopf nicht so leicht aus der Schlinge ziehen können, wie er es beim ersten Mal getan hat.“

Grundmann legte den Hörer auf und zuckte beleidigt die Schultern. Er widmete sich wieder seinem Computer und quälte sich durch irgendwelche Datenbanken.

Ulbricht lehnte sich in seinem Besucherstuhl weit zurück und legte die Beine auf Majas Schreibtischkante. Als er ihren Blick bemerkte, nahm er die Füße wieder herunter und räusperte sich.

„Was, wenn er seinen Bruder auf dem Gewissen hat?“

„Was für ein Mordmotiv sollte er haben?" Maja wiegte den Kopf. „Eifersucht? Der Hass auf seinen erfolgreichen Bruder?"

„Es wäre ein Ansatz, oder?"

„Ich werde ihn nach seinem Alibi befragen", versprach Maja. Ihre Wangen bekamen eine gesunde rote Färbung, ein Zeichen dafür, dass sie endlich eine erste Spur aufgenommen hatte und ihre Motivation wieder stieg.

Ulbricht überlegte, ob er erzählen sollte, dass er einen merkwürdigen Zettel an Alexandra Voosens Pinnwand gefunden hatte. *Lutterburg, am 21. um 22 Uhr*, erinnerte er sich an den Eintrag, während sein Blick am Wandkalender hinter Majas Schreibtisch haften blieb. Der 21. war heute. Nein, er erzählte nichts von seiner Beobachtung, nicht, solange Grundmann die Luft im Büro verpestete.

„Ich freue mich, heute Morgen unseren Kollegen aus Wuppertal begrüßen zu dürfen, der mit dem Fall in Verbindung steht - Kriminalhauptkommissar Norbert Ulbricht." Kriminaloberrat Klaus Daubers Stimme klang feierlich, als er das Meeting eröffnete. Zuvor hatte er für Ulbricht schnell noch einen zusätzlichen Stuhl an den Besprechungstisch bringen lassen. Ulbricht wusste nicht, ob Dauber sich wirklich über seine nicht angeforderte Amtshilfe freute. Der Kriminaloberrat kam ihm bekannt vor, und anders herum schien es auch bei Dauber der Fall zu sein, dass er Ulbricht kannte. Doch so sehr Ulbricht in seiner Erinnerung wühlte - er fand keinen Zusammenhang zu dem Abteilungsleiter des 1. Fachdezernates.

Der Leiter des Zentralen Kriminaldienstes Hameln blickte den Gast an. „Herr Ulbricht, ich würde zunächst gern hören, was Ihre Ermittlungen ergeben haben." In die Runde sagte Dauber: „Ich finde es übrigens höchst interessant, dass wir Unterstützung von einem Kollegen aus dem Nachbarbundesland erhalten und erhoffe mir davon, dass die beiden Behörden, unser Fachdezernat 1 zum einen, das KK 11 des Wuppertaler Polizeipräsidiums zum anderen, voneinander lernen können."

„Das ist ja hier wie bei einem Schüleraustausch", brummte Grundmann und grinste blöde.

Für die Bemerkung fing er sich einen vernichtenden Blick von seinem Vorgesetzten ein, und Ulbricht, der gerade seinen Bericht zum Besten geben wollte, blieb stumm.

Dauber wandte sich an Grundmann: „Sie bilden zwar sonst mit Kriminalhauptkommissarin Klausen ein Team - ich kann mir allerdings nicht vorstellen, dass Sie ein guter Teamplayer sind. Aus diesem Grunde schlage ich vor, dass Sie in diesem Fall mit Alders zusammenarbeiten. Frau Klausen und Herr Ulbricht bilden eine Einheit." Er blickte sich in der Runde um. Grundmanns Kinnlade war heruntergeklappt, doch er zuckte mit gespielter Gleichgültigkeit die Schultern und stierte auf das Blatt Papier, das vor ihm lag.

„Alders kann eine Menge von mir lernen", murmelte er dann leise.

Roland Alders blickte hilfesuchend in die Runde, und Maja sprang für den jungen Kollegen in die Bresche.

„Roland hat sich in der kurzen Zeit, in der er nun bei uns ist, eine Menge Wissen erarbeitet, also glaube ich nicht, dass er von dir lernen kann. Und was Verhöre angeht, so besitzt der Kollege Alders im Gegensatz zu einigen anderen hier am Tisch das nötige Fingerspitzengefühl, wichtige Informationen aus den zu befragenden Personen herauszukitzeln."

„Das ist der ganze theoretische Mist, den er auf der Polizeischule gelernt hat", winkte Grundmann ab. „Aktives Zuhören und solche Dinge."

„Ich glaube, das führt an dieser Stelle zu weit." Dauber räusperte sich und registrierte mit einem schnellen Seitenblick, dass Ulbricht süffisant grinste. Mit solchen Pappnasen, wie er sie gerne nannte, konnte sich Ulbricht im Alltag auch immer herumärgern. Deshalb war er im Laufe der Zeit zu dem Schluss gekommen, so viel wie möglich im Alleingang zu erledigen.

„Was gibt es an neuen Erkenntnissen?", fragte Dauber rasch. Offenbar hatte er keine Lust auf eine hitzige Diskussion am frühen Morgen.

Maja berichtete ihm von der Auswertung des Handys von Alexandra Voosen. „Schon jetzt lässt sich klar erkennen, dass die Dame überall dort ist, wo sich die einflussreichsten Männer des Weserberglandes aufhalten. Ihr Adressverzeichnis liest sich wie ein Who-is-who unserer Region. Fast jeder Geschäftsmann hatte schon einmal mit ihr zu tun - wie auch immer."

„Aber sie lebt in Hehlen?", fragte Dauber an Ulbricht gewandt.

„Das kleine Haus in Hehlen ist ihr Zufluchtsort", gab Ulbricht zum Besten. „Sie bewohnt eine Penthouse-Wohnung in Hannover, das hat sie mir erzählt."

„Frau Klausen, bitte beantragen Sie einen richterlichen Durchsuchungsbeschluss für die Wohnung. Sobald Sie den Schein haben, fahren Sie bitte nach Hannover und sehen sich dort in der Wohnung von Alexandra Voosen um. Ich werde den Verdacht nicht los, dass sie mehr weiß, als sie uns verraten will."

Maja nickte und machte sich Notizen.

„Ihre Theorie kann ich bestätigen", nickte Ulbricht. „Alexandra Voosen hat im Gespräch angegeben, Vorberg nicht näher gekannt zu haben. Seine Vermieterin behauptet allerdings das Gegenteil. Sie hat Frau Voosen eindeutig auf einem Bild erkannt und mir bestätigt, dass Alexandra Voosen mehrmals Vorbergs Wohnung aufgesucht hat."

„Was für eine nähere Verbindung spräche", murmelte Alders.

„Und nicht nur das", mischte sich Maja ein und berichtete den anwesenden Kollegen von der Neuigkeit, dass Alexandra Voosen offenbar auch mit Markus Vorberg in Kontakt gestanden hatte. Dauber zeigte sich überrascht und bat sie, Markus Vorberg zu verhören.

„Ich werde gleich nach der Sitzung aufbrechen", versprach Maja. „Was mir ein wenig Sorgen macht, ist die umfassende Kontaktliste von Alexandra Voosen. Es wird sicherlich nicht leicht werden, ihre Kunden zu verhören."

„Ich werde Personal aus den anderen Fachdezernaten anfordern, das Sie dabei unterstützt, alle Kontakte von Alexandra Voosen zu durchleuchten", versprach Dauber.

„Aber bitte gehen Sie mit der nötigen Diskretion vor, ich habe keine Lust auf unnötigen Ärger." Ein kleiner Seitenblick zu Ulbricht, der mit einem Kugelschreiber herumklickerte und den direkten Blickkontakt zu Dauber vermied.

„Warum beißen wir uns so an diesem Luxus-Callgirl fest?", fragte Grundmann. „Wir wissen nicht einmal, in welchem Verhältnis sie zu Vorberg stand."

„Das klingt, als hätten Sie eine bessere Idee?"

Daubers Tonfall hatte sich um eine Nuance verschärft, und er hatte eine Augenbraue skeptisch angehoben.

„Was ist mit dem Mann im Krankenhaus?", fragte Grundmann ein wenig kleinlaut. „Er könnte uns bestimmt eine Menge erzählen, wenn er den Feindkontakt mit dem Baum überlebt."

„So lange wollen wir nicht warten", antwortete Dauber. „Nach Angabe der Mediziner ist es fraglich, ob Gerhard Plott überhaupt noch einmal aus dem Koma erwachen wird. Er hat sich bei dem Unfall schwere innere Verletzungen zugezogen. Der Chefarzt der behandelnden Klinik ist ein guter Freund von mir, und ich habe erst vor einer Stunde mit ihm telefoniert."

Der Leiter des Zentralen Kriminaldienstes blickte in die Runde.

„So leid es mir tut, wir werden weiter forschen müssen, um eine heiße Spur zu finden."

Danach wünschte er seinen Mitarbeitern ein frohes Schaffen und löste die Morgenrunde auf.

„Nur damit das klar ist", wandte sich Maja nach der Besprechung auf dem Korridor an Ulbricht.

Ulbricht war stehen geblieben und versenkte die Hände in den Hosentaschen.

„Ich bin der Boss, und du tust, was ich sage." Majas Stimme duldete keinen Widerspruch.

„Ist klar - Boss." Er zog die Mundwinkel nach unten. Ein Grinsen konnte er sich dabei einfach nicht verkneifen. „Dann sag mir, was zu tun ist. Aber um drei muss ich zur Anwendung, also sollte es schnell gehen."

„Deine Ironie kannst du dir sparen, Norbert. Ich bekomme deinetwegen nichts als Scherereien."

„Das klang aus Daubers Mund aber ein wenig freundlicher", stellte Ulbricht fest.

„Er hat dich nur an meine Seite gestellt, damit ich auch während der Arbeit ein Auge auf dich werfen kann, also bild' dir bloß nichts ein."

Sie hatten das Büro erreicht. Grundmann war schon an seinem Platz; er telefonierte. Als er sah, dass sie ins Büro kamen, murmelte er eine Entschuldigung in den Hörer und legte schnell auf. Da er rot wurde, vermutete Ulbricht, dass er ein privates Telefonat geführt hatte.

„Soll ich jetzt meinen Schreibtisch räumen?", fragte er bissig an Ulbricht gewandt.

„Das wird nicht nötig sein", grinste er kopfschüttelnd und ließ sich auf einem der Besucherstühle nieder. „Wir sind sowieso gleich wieder draußen."

„Sind wir?"

Maja hob eine Braue und musterte Ulbricht.

„Aber sicher. In Hannover wartet noch eine Wohnungsdurchsuchung, und bei der Gelegenheit können wir am Flughafen vorbeifahren und da nachhaken, ob Alexandra Voosen tatsächlich zur angegebenen Zeit aus München gelandet ist."

„Hannover muss warten – ich will die Sache mit dem kleinen Bruder unseres Toten verfolgen", erwiderte Maja.

„Hat Hannover keine Polizei?", muffelte Grundmann. „Ruf die Kollegen an und bitte sie um Hilfe, das geht schneller."

„Wenn die so gut sind wie du, dann gute Nacht", erwiderte Ulbricht trocken und fing sich einen bösen Blick von Grundmann ein.

„Worauf wartest du?", fragte Ulbricht voller Ungeduld. Er war aufgesprungen und hatte sich den leichten Sommermantel über die Schulter geworfen. „Auf zu Markus Vorberg."

Maja schüttelte den Kopf. „Du musst doch um drei Uhr auf der Couch bei deinem Arzt sitzen, bevor die Krankenkasse Ärger macht, oder habe ich da was falsch verstanden?"

„Maja - ich bitte dich. Es ist noch früh am Tag."

Er grinste versöhnlich. „Der frühe Vogel fängt den Wurm."

„Der frühe Vogel kann mich mal", erwiderte Maja und winkte ab.

Grundmann lachte wiehernd und vertiefte sich in eine Akte.

Ulbricht sparte sich einen Kommentar. Während Maja mit der IT-Abteilung telefonierte, überlegte er, den ADAC zu seinem Vectra zu schicken, um die Kiste zum Laufen zu bringen. Er musste dringend nach Hannover, denn er erhoffte sich einen weiteren Hinweis auf das seltsame Treffen an der Lutterburg, das heute stattfinden sollte.

„Ich brauch einen Dienstwagen", sagte er und trat ans Fenster, um auf die Zentralstraße zu blicken.

„Du spinnst", kommentierte Maja zwischen zwei Telefonaten. „Wir sind keine Autovermietung, und Dauber würde es kaum für gut befinden, wenn du mit einem unserer Autos herumfährst. Denk dran, du bist hier immer noch zur Kur, nicht zum Arbeiten."

„Als wenn sie dir einen Wagen geben würden", mischte sich Grundmann wieder ein. „Du bist von einer nordrhein-westfälischen Behörde. Das ginge aus versicherungstechnischen Gründen schon gar nicht."

„Halt dich einfach da raus und mach deinen Job", giftete Ulbricht. Als er den Blick wieder aus dem Fenster richtete, fuhr gerade ein knallroter Porsche vor. Der

Fahrer rangierte den Sportwagen mit röhrendem Motor in eine freie Parklücke und stieg aus. Als Ulbricht erkannte, dass der junge Mann einen Overall mit dem Logo der Polizei trug, ahnte er, dass es sich dabei um Christian Vorbergs Porsche handeln musste.

„Ich bin mal eben unten", rief er und stürmte aus dem Büro.

Den jungen Mann erwischte er im Eingangsbereich der Polizeiinspektion.

„Ist das nicht der Wagen von Christian Vorberg, den Sie da eben an den Straßenrand gestellt haben?", kam er ohne Umschweife auf den Punkt. Der junge Kriminaltechniker musterte ihn verwirrt, dann nickte er.

„Ja - warum?"

„Ich kenne den Wagen. Was ist mit dem Porsche?"

„Wir sind mit der Untersuchung durch, aber im Hof herrscht Platzmangel. Deshalb habe ich den Wagen auf die Straße gestellt. Dort kann ihn jemand abholen, der das Erbe des Toten antreten wird. Momentan ist der Porsche sozusagen herrenlos." Er grinste, warf den Wagenschlüssel in die Luft und fing ihn geschickt wieder auf. „Von so einem Auto können wir wohl nur träumen, was? So, ich muss dann auch wieder." Ohne eine Antwort abzuwarten, marschierte der junge Mann an Ulbricht vorbei und verschwand in einem der Büros im Erdgeschoss. Wie Ulbricht vorhin erfahren hatte, lagen die Räume der Kriminaltechnik im Kellergeschoss.

Als Ulbricht sich auf den Weg zu Majas Büro machte, fühlte er einen Gegenstand in der Tasche seines Mantels. Seine Hand glitt hinein und bekam einen Schlüssel zu fassen. Einen Autoschlüssel. Jetzt fehlte nur noch der Durchsuchungsbeschluss vom Richter ...

Als er Majas Büro betrat, war Grundmann nicht an seinem Platz. Maja, die telefoniert hatte, legte auf und blickte ihn aufgeregt an. Ihre Wangen glühten rot.

„Das war die Kriminaltechnik", sagte sie und deutete auf das Telefon. „Die Durchleuchtung von Vorbergs Computern ist abgeschlossen, und ich kriege gleich eine Liste mit allen Terminen und Kontaktdaten. Derzeit drucken mir die Jungs seine E-Mails aus."

Ulbricht pfiff anerkennend. „Nicht schlecht, das Tempo", sagte er und zog sich einen Stuhl heran. „Und jetzt steht der Mörder des Fotografen fest?"

„Leider nicht - noch nicht." Maja lachte. „Aber es sieht ganz danach aus, als würde ich mir den Feierabend heute abschminken können."

„Kenne ich. Wenn ich dir nach der Anwendung in Bad Pyrmont noch helfen soll, dann sag Bescheid." Ulbricht erhob sich und trat an das Fenster. Unten stand der Porsche eines Toten, und er fragte sich, was nun mit dem rassigen Sportwagen würde. Schon seit seiner Jugend hatte er sich danach gesehnt, einmal so ein Auto fahren zu können. Doch leider hatte sein Sold nie dafür gereicht. Er seufzte, als er sich zu Maja umwandte und sich an die Fensterbank lehnte.

„Kann ich was für dich tun?"

„Ich fürchte nicht - danke. Kümmere dich um dein Auto, sonst musst du zu Fuß nach Bad Pyrmont laufen."

„Ich werde mal den ADAC anrufen." So recht glaubte er daran selbst nicht. Ihn hatte das Jagdfieber gepackt …

DREIZEHN

Er hatte sich ein Taxi gerufen, das ihn in die Pyrmonter Straße gebracht hatte. Dort parkte bereits ein grellgelbes Pannendienstfahrzeug neben dem Vectra. Der gelbe Engel stand rauchend an seinem Fahrzeug und wartete geduldig, bis Ulbricht die Zeche gezahlt hatte und ausstieg. Er erwischte sich dabei, wie er den Zigarettenqualm des Pannenhelfers einsog.

„Herr Ulbricht, nehme ich an?", sagte der gelbe Engel, als er den Vectra aufschloss. Der Mann war Anfang dreißig, fast zwei Meter groß und breitschultrig. Ulbricht vermutete, dass er seine Freizeit in den Fitnessstudios der Stadt verbrachte. Wahrscheinlich ein Frauentyp.

„Richtig." Ulbricht deutete auf den Vectra. „Er will nicht mehr. Hat schon seit einiger Zeit komische Geräusche gemacht, und heute Morgen war Schluss mit lustig."

„Ich seh' es mir mal an." Der Pannenhelfer machte sich an Ulbrichts altem Opel zu schaffen, versuchte vergeblich zu starten, öffnete die Motorhaube und prüfte ein Aggregat nach dem anderen.

„Ist eine alte Bullenkutsche, richtig?", sagte er, als er das Gehäuse des Luftfilters öffnete.

„Die Kutsche eines alten Bullen", erwiderte Ulbricht leise. „Das trifft es wohl besser. Aber die Kiste verabschiedet sich vor mir in den Ruhestand."

„Ich krieg das schon hin."

„Das wär schön."

Die blöden Sprüche kannte Ulbricht von seinem Assistenten Frank „Brille" Heinrichs zur Genüge.

Meistens kam nichts als warme Luft dabei heraus. Unwillkürlich fragte sich Ulbricht, warum er jetzt an Heinrichs dachte. Der Kerl nervte ihn mindestens fünf Tage in der Woche mit seinen auf der Polizeischule frisch erlernten Weisheiten, und kaum dass er ihn mal eine knappe Woche nicht zu Gesicht bekommen hatte, fehlte er ihm?

Unmöglich.

„Da kann ich auf die Schnelle nichts machen." Der Mechaniker tauchte ölverschmiert aus dem Motorraum auf und putzte sich die schwarzen Finger an einem Lappen ab. „Der muss in die Werkstatt - als hätte ich es geahnt."

„Das klang vor ein paar Minuten noch anders", antwortete Ulbricht bissig und erinnerte sich einmal mehr an Heinrichs. „Und nun?"

„Bestelle ich einen Abschlepper, dann bringen wir Ihnen den Wagen in eine Werkstatt Ihrer Wahl."

„Ich bin in Bad Pyrmont zur Kur."

„Dann bringen wir Ihnen den Wagen nach Holzminden."

„Die Logik erschließt sich mir nicht."

Der Pannenhelfer lachte gewinnend. „Ein Bekannter arbeitet dort an einer Tankstelle. Er hat bei Opel gelernt und kennt die alten Modelle in- und auswendig. Und er arbeitet für kleines Geld."

„Ich denke, das kostet nichts, wozu bin ich im Autoclub?"

„Die Pannenhilfe und das Schleppen kostet nichts", korrigierte ihn der gelbe Engel. „Natürlich müssen Sie die anfallenden Reparaturkosten selbst tragen."

„Habt ihr früher nicht liegen gebliebene Autos gleich an der Autobahn flottgemacht? Ich dachte immer, ihr seid die Werkstatt!"

„Früher konnte man den gerissenen Keilriemen am VW-Käfer ja auch durch eine Damenstrumpfhose ersetzen – alles ist anders geworden, tut mir leid." Er ließ die Haube des Vectra ins Schloss fallen. „Also", sagte er. „Der Freund in Holzminden, oder in die nächste Opelwerkstatt?"

„Eine Vertragswerkstatt kann sich kein Mensch leisten, also der Freund von der Tankstelle."

„Wird erledigt." Der gelbe Engel zog ein Telefon aus der Tasche seiner Latzhose und telefonierte. Und Ulbricht fragte sich, wie er nun weiter ermitteln sollte. Ohne Auto stand er ganz schön blöd da.

Hameln, Polizeiinspektion, 10.50 Uhr

Immer wieder warf sie einen Blick auf die Wanduhr. Ihr lief die Zeit davon, eigentlich hatte sie um diese Zeit schon bei Vorberg auf der Matte stehen wollen. Doch die E-Mail, die sie gerade aus Hannover bekommen hatte, war wichtig. Maja blätterte im Obduktionsbericht, den ihr die Medizinische Hochschule in Hannover eben gemailt hatte. Dort befand sich die Gerichtsmedizin.

Demnach war Christian Vorberg an einem einzigen Schuss, abgegeben aus nächster Nähe, gestorben. Auch Daten über das Kaliber fand sie. Neun Millimeter, das konnte ein Schuss aus einem Gewehr oder einer Pistole gewesen sein; viele handelsübliche Waffen verfügten über dieses Kaliber. Somit schied ein entscheidender Hinweis auf die Tatwaffe zunächst aus. Die Patronenhülse war am Tatort von der Spurensicherung gefunden worden und befand sich nun in der Kriminaltechnik im Keller. Möglicherweise konnte man dort etwas zum Waffentyp sagen, mit dem geschossen worden war.

Maja las weiter. Schmauchspuren und eine genaue Blutspurenanalyse schlossen einen Suizid aus. Selbstmord hatte sie aufgrund der ersten Ermittlungsergebnisse auch nicht ernsthaft in Betracht gezogen. Er hatte viel Blut verloren und sich bei dem Sturz über die Mauer auf der Burg Polle mehrere Rippen gebrochen. Dann las Maja etwas, an das sie bislang nicht gedacht hatte: Der Bericht gab darüber Aufschluss, dass Vorberg zum Zeitpunkt des Todes unter Drogen gestanden hatte. Man hatte Rückstände von Cannabis in seinem Blut gefunden.

War dies ein Hinweis darauf, dass Vorberg mit Drogengeschäften zu tun gehabt hatte?

Plötzlich erschien es logisch, dass man seine Wohnung durchsucht und offenbar nichts gefunden hatte. Oder man hatte das Gras, wenn er es denn in seiner Wohnung aufbewahrt hatte, mitgenommen, noch bevor Ulbricht sich in der Wohnung umgesehen hatte.

Was, wenn sich Christian Vorberg auf Burg Polle mit einem Abnehmer oder gar mit seinem Dealer getroffen hatte, wenn dort die Situation eskaliert und es zum Schuss gekommen war, der Vorbergs Drogenkarriere jäh beendet hatte?

Plötzlich erschien ihr der Mord an Christian Vorberg in einem völlig neuen Licht.

Maja griff zum Hörer und rief beim 2. Fachkommissariat der Polizeiinspektion Hameln-Pyrmont/Holzminden an. Dort war man für Drogenkriminalität zuständig.

Maja erhoffte sich einen Hinweis auf Christian Vorberg, der möglicherweise bei einer Drogenübergabe erschossen worden war. Sollte Vorberg bei den Kollegen bereits bekannt sein, würde sie das Fachdezernat für Drogen in den Fall einbeziehen.

Nachdem ein Kollege im 2. abgenommen hatte, vernahm sie die rauchige Stimme von Kriminalhauptkommissar Christoph Berthold. Er war Kettenraucher, und Maja fragte sich, ob das zu seinem Beruf passte.

Sie erkundigte sich bei Berthold, ob der Name Christian Vorberg bereits in Zusammenhang mit Cannabis in irgendeiner Form aufgetaucht war. Sie hörte, wie er im Hintergrund eine Computertastatur bearbeitete.

„Nein“, erwiderte der Kollege, nachdem er die Datenbänke befragt hatte. „Er scheint clean gewesen zu sein.“

Maja berichtete ihm, dass der Fotograf unmittelbar vor seinem Tod Cannabis konsumiert hatte, und löste damit einen mittleren Anfall von Heiterkeit bei KHK Berthold aus.

„Maja, nichts für ungut, aber er war ein Künstler.“

„Willst du mir erzählen, dass alle Kreativen kiffen?“

„So würde ich das nicht nennen, aber es muss nicht zwangsläufig zu bedeuten haben, dass er in Drogengeschäfte verwickelt war. Vermutlich hat er sich das Gras von einem Freund besorgt, der größere Mengen bezieht. Wir nennen diese Leute Unterhändler. Da kommen wir so leicht nicht hinter. Und sei mal ehrlich: In jungen Jahren haben wir auf irgendeiner Party doch alle mal an einer Tüte gezogen, sind wir deshalb drogenabhängig?“

„Vorberg war längst der Pubertät entwachsen“, sagte Maja, die sich verzweifelt an einen Strohhalm klammerte.

„Wenn du seine Kontakte durchleuchtest, lass mir eine Kopie zukommen. Ich werde sie mit unseren Datenbänken abgleichen, und sobald ein alter Bekannter auftaucht, lass ich es dich wissen, Maja. Vielleicht haben wir ja Glück und können bei der Lösung des Falles zwei Fliegen mit einer Klappe schlagen."

„Das wäre zu schön, um wahr zu sein." Als sie auflegte, fühlte sie sich leer. Ihre Augen brannten, und sie barg das Gesicht in den Händen. Das Telefon auf ihrem Schreibtisch klingelte. Am anderen Ende der Leitung war noch einmal Berthold.

„Ich noch mal", sagte er fröhlich. „Also, ich weiß nicht, ob dir das hilft, aber ein gewisser Markus Vorberg hatte schon mal Probleme wegen einer Drogengeschichte. Angeblich hat er mit Gras gehandelt; kein großer Fisch, aber er hat das Zeug aus Holland beschafft und veräußerte es hier im Umkreis von Hameln. Dafür hat er auch schon gesessen, das ist etwa fünf Jahre her. Seitdem ist es ruhig um ihn geworden."

„Das ist ... ein Hinweis", murmelte Maja. Hatte Grundmann Vorberg nach dem Einbruch in der Wohnung seines Bruders nicht überprüft? Es hätte ihm auffallen müssen, dass er vorbestraft war und bereits eine Haftstrafe hinter sich hatte. Sie spürte, wie ihr das Blut ins Gesicht schoss. Ihr wurde heiß, und sie fragte sich, ob das an der Aufregung oder an den Wechseljahren lag. „Dank dir, ich gebe dir das nächste Mal einen Kaffee aus."

„Nichts zu danken, darauf komme ich gern zurück."

Wie auf ein stilles Kommando betrat Grundmann das Büro. Er setzte sich an seinen Schreibtisch und begann schweigend am Computer zu arbeiten. Dass er gekränkt war und Maja ignorierte, blieb ihr nicht verborgen. Es passte ihm nicht, dass er mit Alders ein Team bildete, während sie mit Ulbricht zusammenarbeiten sollte. So tippte er hektisch auf seiner Tastatur herum, ohne sie eines Blickes zu würdigen.

„Du hast Vorberg gehen lassen", sagte sie mit schneidender Stimme.

Er schielte hinter seinem Monitor hervor.

„Na und?"

„Du hast einen Mann aus der U-Haft entlassen, der einen Einbruch begangen hat, der dabei einen Kollegen verletzt hat und der wegen seiner Drogengeschäfte polizeibekannt ist."

„Ach, die Grasgeschichte." Grundmann winkte ab. „Das ist ewig her und hat sicher nichts mit dem Mord an seinem Bruder zu tun."

„Wer sagt das?" Maja funkelte ihn böse an. „Christian Vorberg hatte unmittelbar vor seinem Tod Cannabis geraucht, das steht im Abschlussbericht der Gerichtsmedizin, den ich eben bekommen habe." Sie hielt die Mappe hoch und ließ sie auf den Schreibtisch knallen. „Du hättest Markus Vorberg nicht gehen lassen dürfen, solange wir nicht wissen, was er in der Wohnung seines Bruders getan hat. Was sage ich Dauber?"

Schulterzucken. „Dann lasse ich ihn jetzt herbringen."

„Du lässt ihn herbringen?" Maja lachte trocken auf. „Und du glaubst, dass Markus Vorberg zu Hause sitzt und darauf wartet, dass wir ihm einen Haftbefehl unter die Nase halten?"

„Wie gesagt, das sind alte Geschichten."

„Dann frage ich mich, warum er in die Wohnung seines Bruders einbricht. Genauso gut hätte er sich von der Vermieterin den Schlüssel geben lassen können. Stattdessen hat er das Polizeisiegel zerstört und die Tür aufgebrochen. Was hat er also in der Wohnung seines ermordeten Bruders gesucht? Der Mann ist aktenkundig, und du lässt ihn wieder laufen. Ich fasse es einfach nicht!"

„Ich lasse ihn abholen, dann kannst du ihn selbst fragen." Grundmann klang gekränkt. Er nahm den Hörer seines Telefons ab, doch Maja winkte ab.

„Mach dir keine Mühe", zischte sie und sprang auf. „Ich werde das selbst erledigen." Sie baute sich wütend vor Grundmanns Schreibtisch auf, der nun nervös an seiner Krawatte herumnestelte.

„Das mache ich jetzt zur Chefsache. Her mit den Unterlagen, die du über Markus Vorberg zusammengefasst hast." Sie streckte den Arm aus, und er gab ihr einen dünnen Ordner, der alle nötigen Angaben zu Christian Vorbergs Bruder enthielt. Danach rauschte sie wütend aus dem Büro.

Unter dem Kiekenstein, Holzminden, 11.25 Uhr

Sie hatte nicht lange suchen müssen, um das Haus in der Straße Unter dem Kiekenstein zu finden, in dem Markus Vorberg eine Einzimmerwohnung bewohnte. Über die B 64 war sie auf die Nordstraße gekommen, um dann links in die Straße einzubiegen, in der Vorberg lebte. In dieser Gegend war das Straßenbild von Mehrfamilienhäusern aus den 50er- und 60er-Jahren des letzten Jahrhunderts geprägt. Nichts Auffälliges, grauer Putz, beigefarbene Balkonverkleidungen aus Kunststoff und eine Garage mit steiler Rampe, die unter das Haus führte. Ein Fiesta stand vor einem braunen Garagentor. Maja parkte den Dienstwagen am Straßenrand und betrachtete das Haus, das zur Straßenseite von einem Jägerzaun umgeben war. Im ersten Stockwerk lehnte ein rundlicher, grauhaariger Mann über der Balkonbrüstung zur Straße. Er rauchte, trug ein Feinripp-Unterhemd und schien eben erst aus dem Bett gekommen zu sein, denn die Haare standen ihm zu Berge. Als er bemerkte, dass Maja zu ihm aufblickte, schnippte er die Zigarette auf den Bürgersteig und machte, dass er zurück ins Haus kam. Hinter ihm schlug die Balkontür laut zu, und Maja war wieder allein.

Ein Betonplattenweg führte zum Hauseingang, der seitlich unter einem Vordach lag. Zwischen den Fugen der Platten wuchs Unkraut. Maja blickte an der nichtssagenden Fassade hoch und sah, dass das Haus über zwei Stockwerke verfügte. Glasbausteine sorgten für das nötige Tageslicht im Treppenhaus. Sechs Mietparteien wohnten hier unter einem Dach. Maja fand Vorbergs Namen am Klingelschild. Sie drückte den Knopf und wartete einen Augenblick. Nachdem sich nichts tat, klingelte sie erneut und ließ den Finger diesmal ein wenig länger auf dem Knopf. Irgendwo im Haus bellte ein Hund.

Majas Blick fiel auf die Briefkästen, die neben der Haustür angebracht waren. Die Klappe von Vorbergs Briefkasten stand auf. Sie griff in den schmalen Schacht und zog mit Daumen und Zeigefinger Prospekte und ein Anzeigenblättchen heraus, als sie hinter sich Schritte vernahm.

Sie fuhr herum und sah eine alte Frau, die in gebeugtem Gang einen weinroten Einkaufstrolley hinter sich herzog. Trotz der frühsommerlichen Temperaturen trug sie einen grauen Mantel und eine gehäkelte Mütze, die farblich mit dem Bezug des Einkaufstrolleys korrespondierte. Maja schätzte die Frau auf Ende siebzig, vielleicht auch auf Anfang achtzig. Als sie sah, dass Maja sich an Vorbergs Briefkasten zu schaffen gemacht hatte, beäugte sie die Kommissarin voller Misstrauen.

„Gehören Sie zu dem?"

„Zu wem bitte?" Maja lächelte unverbindlich.

„Na - zu Vorberg." Die Alte deutete mit dem Kinn auf den Briefkasten.

„Er ist nicht da", antwortete Maja ausweichend.

„Vielleicht - vielleicht auch nicht." Die alte Frau trat schulterzuckend näher und setzte den Wagen hinter sich ab.

„Wissen Sie das so genau?" Umständlich kramte sie einen Schlüssel aus ihrer Manteltasche. Als Maja schwieg, fuhr sie fort: „Manchmal macht er einfach nicht auf. Ich erinnere ihn immer, wenn er mit dem Putzen der Treppe dran ist, aber er macht einfach nicht auf, wenn er nicht will. Da ist er trotzdem, ich höre immer den Fernseher laufen. Ein komischer Mensch, sage ich Ihnen." Sie schüttelte das graue Haupt, dann blickte sie zu Maja auf.

„Und wer sind Sie? Was wollen Sie von ihm?"

Maja zeigte der alten Frau den Dienstausweis. Sie blinzelte und zog die buschigen Augenbrauen hoch.

„Kriminalpolizei?", sagte sie dann. „Wusste ich es doch. Bei Vorberg stimmt was nicht."

„Was meinen Sie?"

„Hat er etwas verbrochen?"

„Wie kommen Sie darauf?"

„Na hören Sie mal - er kommt erst mitten in der Nacht nach Hause und schläft bis mittags. Der kann doch keinem anständigen Beruf nachgehen. Oder kommen Sie wegen dem Mord an seinem Bruder?"

Maja ging nicht auf die Frage der geschwätzigen Nachbarin ein. „Der weiße Fiesta vor der Garage - gehört der ihm?"

„Nein." Kopfschütteln. „Das Auto gehört dem Heppner. Seitdem der die Rente durch hat, spielt er sich als Hausmeister auf." Nun kicherte sie. „Aber bei Vorberg hat er auch nur Pech."

Maja dachte sofort an den seltsamen Mann auf dem Balkon, der ihre Ankunft bemerkt hatte. Das war wohl Heppner gewesen.

„Herr Vorberg scheint nicht sonderlich beliebt bei seinen Nachbarn zu sein?" Unaufgefordert folgte Maja der alten Frau in das Haus und empfand die hier herrschende Kühle als angenehm. Vorbergs Post klemmte sie sich unter den Arm. Die Alte hatte keine Einwände, dass Maja ihr auch ohne Aufforderung gefolgt war.

Keuchend stellte die Frau den Trolley ab und öffnete einen Briefkasten mit dem Namensschild *E. Majewski* und nahm die Post heraus. Maja erkannte eine Telefonrechnung auf den Namen Edeltraut Majewski und den Gemeindebrief. Am Treppenabsatz blieb die alte Dame stehen und wandte sich zu Maja um.

„Kommen Sie schon", sagte sie und deutete wieder mit dem Kinn – diesmal nach oben. „Oder wollen Sie mir erzählen, dass Ihre Neugier schon befriedigt ist?"

VIERZEHN

„Was hat er denn verbrochen?", fragte Frau Majewski unverblümt, nachdem sie Maja in den engen Flur der kleinen Wohnung im ersten Stock geschoben hatte und eilig den Mantel abstreifte, um ihn ordentlich an der Garderobe aufzuhängen. Ihre Mütze behielt sie auf; wahrscheinlich hatte sie Angst um ihre Frisur, dachte Maja. Den Trolley rollte sie in die Küche und ließ ihn dort stehen.

„Das wissen wir leider nicht", erwiderte Maja wahrheitsgemäß. „Er hat sich jedenfalls in den letzten Tagen … sagen wir, auffällig verhalten."

„Das sieht ihm ähnlich." Edeltraut Majewski schob Maja in das Wohnzimmer. Hier war die Zeit stehen geblieben, und Maja fand sich in einem Zimmer der frühen 70er-Jahre wieder. Möbel aus dunkler Eiche, reichlich verziert, ein mit dunkelgrünem Samt bezogenes Sofa und ein Ölgemälde über dem Sofa, das einen einsamen See inmitten schneebedeckter Berge zeigte – gerahmt von einem schweren Holzrahmen mit kitschigen Schnitzereien. Auf einem Sideboard erkannte Maja das Schwarzweißfoto eines alten Mannes mit rundem Gesicht und dunklen Haaren. Die Augen blickten munter durch die Gläser einer Hornbrille; der Mann selbst trug einen Anzug und erinnerte Maja ein wenig an den Schauspieler Heinz Erhardt. An der unteren linken Ecke gab es ein schwarzes Band, das diagonal über das glänzende Metall des Rahmens verlief.

„Mein Mann Erhardt", erklärte Edeltraut Majewski, als sie Majas Blick bemerkte. „Seit fast zwanzig Jahren ist er nun tot." Dann lachte sie mit feucht glänzenden

Augen. „Er sieht ein wenig aus wie der echte Heinz Erhardt, finden Sie nicht auch?"

„Allerdings", stimmte Maja zu und betrachtete die bunten Römergläser hinter den kleinen Butzenscheiben der Schrankwand. Ähnliche Gläser hatte ihre Mutter auch besessen.

„So - nun setzen Sie sich doch." Frau Majewski zeigte auf das Sofa und ließ sich selbst auf einem Sessel nieder, über dessen Armlehne eine aufgeschlagene Fernsehzeitung und eine Illustrierte lagen.

Maja kam der Aufforderung nach. „Hat Markus Vorberg Freunde oder Familie, die ihn besuchen?"

„Genügend." Edeltraut Majewski winkte ab. „Seitdem der hier wohnt, herrscht in diesem Haus Tag und Nacht ein ständiges Kommen und Gehen. Und glauben Sie bloß nicht, dass sich die jungen Leute im Treppenhaus ruhig verhalten! Ich war schon ein paar Mal kurz davor, die Polizei zu rufen." Sie lächelte spitzbübisch, als sie fortfuhr: „Aber jetzt sind Sie ja hier."

„Ja." Maja nickte. So kam sie nicht weiter. „Kannten Sie die Leute, von denen Herr Vorberg Besuch hatte?"

Die alte Dame senkte den Blick und dachte sekundenlang nach. Dann ruckte ihr Kopf hoch. „Nein", murmelte sie und schüttelte das graue Haupt. „Nicht einen. Aber denken Sie jetzt nicht, dass ich ständig am Türspion stehe und alles überwache."

„Natürlich nicht. Aber was ist mit seiner Verwandtschaft?"

„Er hat, soviel ich weiß, einen Bruder. Mit dem hat er aber wohl Streit, keine Ahnung. Und nun ist er tot."

Maja wurde auf der Stelle hellhörig.

„Ansonsten gibt es seine Mutter, die ihn ab und zu besuchen kommt. Eine ganz nette Frau, so ganz anders als ihr Sohn. Wir haben schon mal geplaudert, eine sehr patente Person. Wenn Sie mich fragen, ist der Junge eine Strafe für sie. Ja, ich glaube, sie schämt sich für ihren Sohn."

„Wissen Sie, wo sie wohnt?" Maja machte sich Notizen.

„Augenblicklich nicht weit von hier: Sie liegt im Krankenhaus. Ihre Söhne haben sie fertig gemacht, glaube ich. Erst der eine Sohn, der ihr ständig Sorgen bereitet, und jetzt die schreckliche Nachricht vom Mord am älteren der beiden. Schrecklich, ganz schrecklich. Dabei ist Hildegard eine ganz liebe Person." Ein bedauerndes Kopfschütteln folgte. „Unsere Kinder sind zusammen aufgewachsen, deshalb kenne ich die Familie schon länger."

Maja spürte, wie sich die Härchen auf ihren Unterarmen aufrichteten. Gestern noch waren Kollegen bei Hildegard Vorberg gewesen und hatten sie zum Mord an Christian Vorberg befragt, und heute lag sie im Krankenhaus?

„Wissen Sie, warum Frau Vorberg im Krankenhaus liegt?"

„Herzinfarkt. Ich weiß nicht, ob es ihr schon besser geht."

„Eine seltenes Symptom bei einer Frau. Meist sind es die Männer, die an einem Herzinfarkt sterben."

„Ja." Edeltraut Majewski blickte Maja mit versteinerter Miene an. „So wie mein Mann Erhardt damals. Es ging alles ganz schnell."

Maja blickte sich peinlich berührt um, fand aber kein Loch im Boden, durch das sie hätte versinken können. So erhob sie sich. „Danke, dass Sie Zeit für mich hatten", sagte sie an die alte Dame gerichtet. „Bleiben Sie sitzen, ich finde alleine heraus."

Schillerstraße, Bad Pyrmont, 11.30 Uhr

Natürlich genoss er die neugierigen Blicke der Passanten, als er mit dem knallroten Porsche Cabrio durch den Ort donnerte. Das war schon etwas anderes als sein alter Vectra, dachte er und atmete tief durch, während der Fahrtwind in seinen Haaren spielte. Die Sonne brannte ihm auf den Leib, und er überlegte kurz, nur ganz kurz, ob er für das Cabrio Fahren nicht doch schon zu alt war. Dann verwarf er den Gedanken wieder und genoss das Brummen des Motors im Heck.

Anfangs war es ein komisches Gefühl gewesen, mit dem Wagen eines Toten loszufahren, doch der Fahrspaß mit dem Sportwagen hatte ihm das beklemmende Gefühl genommen, und als er am Ortsausgang von Hameln das Radio auf volle Lautstärke gedreht hatte, hatte er die Fahrt nach Bad Pyrmont genossen. Der Wagen lag auf der Straße wie ein Brett und nahm gierig Drehzahl an, wenn er das Gaspedal nur antippte. In den Kurven lief der Porsche wie auf Schienen, und Ulbricht fühlte sich um Jahrzehnte jünger, als er nun durch den Kurort rollte. Dennoch ging ihm der Fall nicht aus dem Kopf, und so suchte er sich einen freien Parkplatz unweit des Hylligen Borns, löste zähneknirschend ein Parkticket und suchte sich ein Internet-Café, das er im Postweg auch fand. Er wählte sich in eine Internet-Suchmaschine ein und recherchierte nach den Arbeiten von Christian Vorberg, von dem er nach wie vor viel zu wenig wusste. Bald schon wurde er auf Zeitungsartikel aufmerksam, die mit Bildern von Vorberg garniert waren. Keine Frage, soweit Ulbricht das beurteilen konnte, hatte Vorberg etwas von seinem Fach verstanden. Wunderschöne Landschaftsaufnahmen und unzählige Porträts fand er, allesamt kleine Kunstwerke, und wenn es nur die Außenaufnahme eines Schulgebäudes in Hameln war, das von der Schließung betroffen war. Tatsächlich war Vorberg auch ein Society-Fotograf gewesen, wie Ulbricht in der Online-Ausgabe eines Lifestyle-Magazins las. Er blätterte sich durch die Galerien, die der Betreiber der Website ins Netz gestellt hatte und traute seinen Augen nicht, als er neben einer ihm wohlbekannten Dame ein bekanntes Gesicht entdeckte.

„Da sieh an", murmelte er mit einem fetten Grinsen und erntete dafür von dem jungen Mann am Computer neben ihm ein mitleidiges Kopfschütteln. „Wenn das mal nicht Alexandra Voosen ist. Aber was du mit ihr zu tun hast, das musst du mir wohl oder übel selbst erklären."

Evangelisches Krankenhaus Holzminden, 11.40 Uhr

Maja hasste Krankenhäuser, daran konnte auch das durchaus freundliche Ambiente des Evangelischen Krankenhauses nichts ändern. Es war 1933 eingeweiht worden und im Jahr 1958 großzügig erweitert worden. Nun befanden sich zahlreiche Fachabteilungen unter einem Dach im Haupthaus am Forster Weg, ein kleiner parkähnlich angelegter Garten lud Patienten und ihre Besucher dazu ein, im Grünen zu verweilen. Vögel zwitscherten munter in den Bäumen, als sie über den Kiesweg das Portal der Klinik erreichte.

Nachdem sie die drei breiten Waschbetonstufen zum Eingang genommen hatte, erkundigte sich Maja am Empfangstresen nach Hildegard Vorberg. Nachdem sie Station und die Zimmernummer erfahren hatte, suchte Maja die Kardiologie auf, die sich im zweiten Obergeschoss des Haupttraktes befand. Der beißende Duft von Desinfektionsmitteln bohrte sich in ihre Atemwege. Irgendwo rollte ein Wagen mit klapperndem Geschirr vorüber, jemand telefonierte und lachte laut. Auf dem hellen Korridor mit Handlauf standen ein paar leere Betten. Maja fragte sich, ob die Patienten, die in diesen Betten gelegen hatten, gestorben waren. Die Tür eines Krankenzimmers flog auf, und Maja stieß um ein Haar mit einer Krankenschwester zusammen. Misstrauen lag in ihrem Blick.

„Zu wem möchten Sie?", fragte sie streng.

„Ich würde gern Hildegard Vorberg sprechen." Als Maja den skeptischen Blick der Schwester sah, zückte sie den Dienstausweis. „Es ist wichtig."

„Aber nicht lange, Frau Vorberg benötigt dringend Ruhe. Kommen Sie mit."

Maja folgte der Schwester bis zu einer Zimmertür, die nach einem zögerlichen Anklopfen nach innen aufschwang.

„Und bitte", sagte die Schwester, „schonen Sie Frau Vorberg."

„Versprochen." Maja lächelte, dann schob sie sich an der Krankenschwester vorbei in das Zimmer. Zu ihrer Erleichterung stellte sie fest, dass sich Hildegard Vorberg in einem Einzelzimmer befand. Sie war an elektronische Überwachungsgeräte angeschlossen und döste. Ihre Gesichtszüge wirkten völlig entspannt, wenn auch aschfahl. Das silberne Haar hing ihr strähnig ins Gesicht, und sie trug ein geblümtes Baumwollnachthemd.

Als Maja ans Krankenbett trat, öffnete sie die Augen.

„Erschrecken Sie nicht", sagte Maja freundlich. „Mein Name ist Klausen von der Kriminalpolizei."

„Sie kommen wegen dem Mord an Christian?" Ihre Stimme war nur ein Hauch, und sie klang heiser.

Maja nickte.

„Es tut mir sehr leid."

Ein stummes Nicken war Hildegard Vorbergs einzige Antwort, und Maja sah, dass sie mit den Tränen kämpfte. „Aber ich habe Ihren Kollegen gestern doch schon alles erzählt", murmelte sie kraftlos. „Gestern, bevor ich …" Sie brach ab und legte eine Hand auf die Brust. „Ich tue alles, damit das Schwein seine gerechte Strafe kriegt. Also stellen Sie Ihre Fragen."

Maja wollte die Frau nicht länger aufregen als nötig und nahm ein Foto von Alexandra Voosen aus der Tasche. „Mich würde interessieren, ob Sie diese Frau kennen."

Mit zitternden Händen nahm Hildegard Vorberg das Foto in die Hand und betrachtete es aus zusammengekniffenen Augen. Maja vermutete, dass sie sonst eine Brille trug. „Ist das die Mörderin?"

„Nein, sie ist…"

Im nächsten Augenblick flog die Tür des Krankenzimmers auf, und ein drahtiger Endvierziger mit dichtem braunen Haar und braunen Augen trat näher. Es waren nur seine Lippen, die Maja anlächelten, seine Augen blieben kalt. Er trug einen langen weißen Kittel, und Maja erkannte mit einem Blick auf das Namensschild an seiner Kitteltasche, dass es sich bei Dr. Daniel Kunst um den leitenden Chefarzt handelte. Wahrscheinlich war er von der unfreundlichen Krankenschwester über das Auftauchen der Kriminalpolizei informiert worden und sah sich gezwungen, zum Wohl seiner Patientin einzugreifen.

„Frau Vorberg, Sie benötigen dringend Ruhe", sprach er in ruhigem Tonfall an seine Patientin gewandt. Maja bedachte er nur mit einem knappen Kopfnicken.

„Ach was." Hildegard Vorberg winkte ab. „Mir ist langweilig, und wenn mein Sohn schon tot ist, dann möchte ich der Polizei wenigstens helfen, den Mörder meines Sohnes zu finden, geht das in Ihren Kopf, Doktor?" Sie klang plötzlich resolut, und Maja musste sich ein Schmunzeln verkneifen.

„Trotzdem, es ist wichtig, dass Sie von den Geschehnissen der letzten Tage abschalten", mahnte Dr. Kunst. Er wandte sich an Maja.

„Ich muss Sie jetzt dringend bitten zu gehen." Plötzlich fiel sein Blick auf das Foto in der Hand seiner Patientin. Seine Miene erstarrte sekundenlang, und Maja bemerkte, dass es in seinem Augenwinkel zuckte.

„Wir reden ein anderes Mal", versprach Maja, an Hildegard Vorberg gewandt. „Wahrscheinlich hat Dr. Kunst recht, und Sie sollten sich ein wenig erholen."

„Ich kenne die Frau auf dem Bild nicht – aber sie sieht gut aus." Hildegard Vorberg zwinkerte Maja verschwörerisch zu. „Kommen Sie einfach wieder, wenn mein Wachhund seinen wohlverdienten Feierabend am Pool seiner Villa genießt."

Maja war die Offenheit der Frau vor dem Chefarzt ein wenig unangenehm. Sie wollte keinen Ärger und kam der Bitte des Arztes nach, Frau Vorberg allein zu lassen. Nachdem sie das Foto von Alexandra Voosen wieder in der Tasche verstaut hatte, verabschiedete sie sich und verließ das Krankenzimmer, nicht ohne Hildegard Vorberg gute Besserung zu wünschen.

Hehlen-Hohe, 11.35 Uhr

„Die Bullen waren hier und haben mein Handy eingezogen." Ihre Stimme klang verunsichert.

„Dürfen die das denn einfach so?"

„Sonst hätten sie es wohl nicht getan. Sie haben mir eine Quittung gegeben und mir versichert, dass ich das Telefon schnellstmöglich wiederbekomme. Aber da sind meine Daten drauf, Termine, Kontakte, einfach alles. Was, wenn sie von meinem Kontakt zu Christian Wind bekommen?"

Ein humorloses Lachen am anderen Ende der Leitung. „Du hättest vorsichtiger sein müssen. Dass du mit Vorberg gemeinsame Sache gemacht hast, war nicht die feine englische Art."

„Danke für die Belehrung. Wie geht das denn jetzt weiter?" Alexandra Voosen war verunsichert. „Ich war zu der Zeit, als Christian ermordet wurde, nicht in München. Somit ist mein Alibi nicht stichfest, und das werden die Bullen rausbekommen."

„Lass dir ein anderes Alibi einfallen."

„Die werden mich für verrückt halten."

„Besser für verrückt als für eine Mörderin. Lieber Pest als Cholera."

Weise Sprüche waren das, was sie augenblicklich am wenigsten hören wollte. Sie schwieg.

„Hör zu: Ich fand die Idee immer schon blöd, so pflegt man keinen Kundenstamm. Wenn das ans Licht kommt, bist du arbeitslos."

„Es wäre niemals rausgekommen."

„Du hast mit ihm Kohle gemacht, die Erpressungsgelder habt ihr geteilt, und nun ist er tot. Womöglich hat er es mit der Angst zu tun bekommen und wollte einen Schlussstrich ziehen. Als Bulle würde ich so etwas annehmen. Nichts, was dich gut aussehen lässt. Denk mal drüber nach - es ist wie es ist: Du wolltest immer mehr Geld verdienen, und er hat dir den Hahn zugedreht. Und du konntest damit nicht umgehen und hast die Konsequenz gezogen. Das Ergebnis ist bekannt - Vorberg ist tot, und nun siehst du alt aus. Und ich als dritter im Bunde auch, auch wenn ich nur die Drecksarbeit machen durfte und vom Gewinn am wenigsten abbekommen habe."

„Das ist Unsinn", wetterte Alexandra Voosen. „Was hätte ich davon, ihn umzubringen? Damit habe ich mir einen lukrativen Nebenverdienst zunichte gemacht."

„Die Kunden haben brav bezahlt, denn niemand von ihnen kann es sich leisten, mit einer Prostituierten gesehen zu werden, geschweige denn, die Fotos in einer Zeitung zu sehen. Also - was liegt näher, als das Geschäft weiter auszubauen? Aber jeder, der dich kennt, weiß, dass du Geld über alles liebst. Und wer weiß, vielleicht hat Vorberg seine Ansprüche ja immer höhergeschraubt? Er verlangte mehr Geld von dir, und er wurde dir zu teuer, weil dir immer weniger übrig blieb. Fotografen gibt es wie Sand am Meer, und Vorberg war für dich ersetzbar."

Alexandra Voosen marschierte ruhelos durch das kleine Fachwerkhaus. Sie kaute auf der Unterlippe, blieb am Küchenfenster stehen und schaute hinaus in den Garten. Die Katze strich wieder durchs Gebüsch. Als das Tier eine Bewegung am Fenster sah, blickte sie zu ihr auf.

Die Stimme im Hörer drang wie durch Watte an ihre Ohren.

„Vielleicht bin ich auch in Gefahr? Immerhin bin ich dein Handlanger und erpresse die hohen Herren für dich. Zwar verdiene ich für meine Arbeit nur einen

Hungerlohn, aber wer weiß? Vielleicht gibt es schon bald jemanden, der den Job billiger macht?"

„So etwas kann man nicht mit jedem machen, so etwas setzt Vertrauen in die Person voraus, mit der man zusammenarbeitet. Du weißt das so gut wie ich. Und der Umstand, dass Christian tot ist, bringt uns beide um ein Zusatzgeschäft."

„Ich habe nur die Drecksarbeit gemacht", wiederholte die Stimme im Telefon.

„Was machen wir denn jetzt?" Alexandra Voosens Stimme klang flehend.

„Lass dir was einfallen. Such dir einen anderen Fotografen, und alles wird gut." Es klickte in der Leitung. Der Mann am anderen Ende der Leitung hatte aufgelegt. Zum ersten Mal seit Langem fühlte sich Alexandra Voosen ganz allein auf der Welt. Daran konnte auch der Blick in die Idylle ihres Vorgartens nichts ändern. Sie fühlte sich machtlos und ausgeliefert, zwei Attribute, die sie nicht von sich kannte. Natürlich liebte sie Geld über alles, natürlich war sie kalt genug, um ihre männlichen Kunden einem Fotografen vorzuführen, um sie anschließend mit den verfänglichen Bildern zu erpressen. Jetzt fragte sie sich, ob sie ihr teuflisches Spiel zu lange gespielt hatte.

Brunnenplatz Bad Pyrmont, 11.55 Uhr

Ihm blieben noch knapp drei Stunden bis zur Anwendung, und Ulbricht bedauerte, vorerst nichts im Mordfall tun zu können. Zum Hotel zog es ihn nicht – noch nicht. So ließ er sich vom einzigartigen Flair des Zentrums einfangen und atmete tief durch. Die Palmen wiegten sich im seichten Wind, die Mittagssonne hauchte den Ort in ein warmes Licht. Tatsächlich fühlte er sich ein wenig wie im Urlaub. Bislang hatte er seine Urlaube immer zu Hause verbracht. In seinen eigenen vier Wänden, allein. Und Norbert Ulbricht wäre von selbst niemals auf die Idee gekommen, nach Bad Pyrmont zu reisen, um hier eine Auszeit vom Alltag zu nehmen.

Ohne die richtige Begleitung hatte er nie den Wunsch verspürt, seine Heimatstadt für einen längeren Zeitraum zu verlassen. So dankte er der Wuppertaler Polizeipräsidentin dafür, dass sie selbst es gewesen war, die sich den Leiter des KK 11 zur Brust genommen hatte, um ihn zu einer Kur zu überreden. Vielleicht war die Idee gar nicht so schlecht gewesen, und der Mordfall sorgte dafür, dass es ihm auch im Urlaub nicht langweilig wurde.

Gut gelaunt schlenderte Ulbricht durch die Fußgängerzone und betrachtete die Auslagen in den Schaufenstern der zahlreichen Geschäfte, die sich an der Brunnenstraße angesiedelt hatten. Als er den großartig angelegten Brunnenplatz erreichte, genoss er die wärmenden Sonnenstrahlen und kaufte sich an einem Eiswagen, der am Straßenrand parkte, zwei Kugeln Eis. Pfefferminz und Nuss, seine Lieblingssorten. Als er weiter in Richtung Kurpark marschierte, kreisten seine Gedanken um den Fall. Er blickte auf die Armbanduhr und stellte fest, dass er von Maja schon längere Zeit nichts mehr gehört hatte. Wahrscheinlich war sie in den Recherchearbeiten versunken und hatte die Zeit vergessen. Er beneidete sie nicht, denn es gab nichts Schlimmeres als einen Mordfall ohne die geringste Spur. Listen von Kontakten des Toten abzuarbeiten war eine Strafarbeit, die unnötig viel Zeit in Anspruch nahm und viel Personal erforderte.

Rechts lag das Steigenberger. Hinter der Fassade des alten Kurhauses hatte nun ein luxuriöses Hotel Einzug gehalten. Das große rote Kreuz auf dem Dach des mondänen Baus, das Wappen von Bad Pyrmont, glänzte in der Sonne.

Ulbricht fragte sich, was er falsch gemacht hatte in seinem Leben. So ein luxuriöses Hotel würde er sich wohl niemals leisten können. Aber das war es auch nicht, worauf es ankam. Er hatte schon in frühen Jahren über einen ausgeprägten Gerechtigkeitssinn verfügt und sich daraufhin entschlossen, bei der Polizei zu arbeiten.

Wieder dachte er an den Mord an Christian Vorberg. Er war sicher, dass Alexandra Voosen ihn angelogen hatte: Die beiden kannten sich ganz bestimmt – Martha Hutmacher hatte das bestätigt, als er ihr das Foto des Luxuscallgirls gezeigt hatte. Was hatte ein Callgirl mit einem Starfotografen zu tun? Sosehr er sich auch das Gehirn darüber zermarterte, es wollte ihm einfach nicht gelingen, einen Zusammenhang zwischen den beiden herzustellen.

Er Fotograf, sie Callgirl.

Ulbricht ertappte sich dabei, dass er das Wort Escort-Lady vermied. Für ihn hatte eine Frau wie Alexandra Voosen nichts von einer sauberen Begleiterin für einen Geschäftsmann. Sie schlief für viel Geld mit ihren Kunden und war somit käuflich. Wer wie sie arbeitete und Kontakt mit reichen Männern hatte, der musste sehr materialistisch veranlagt sein. Aber sie lebte in einem kleinen windschiefen Fachwerkhaus auf einem verschlafenen Dorf. Das passte alles nicht zusammen, wie Ulbricht fand. Das Penthouse in Hannover würde ihr sicher besser zu Gesicht stehen. Doch da würde er nicht hineinkommen. Maja würde es zu verhindern wissen, dass er sich an der Durchsuchung von Alexandra Voosens Stadtwohnung beteiligte.

Alexandra Voosen war eine Gefahr, denn solche Menschen gingen über Leichen, wenn es darauf ankam, den eigenen Reichtum zu sichern. So fragte er sich, wie sie mit Christian Vorberg gemeinsame Sache gemacht haben konnte. Ulbricht hatte selten Kontakt zu einflussreichen Menschen aus Wirtschaft und Politik, und er tat sich schwer, sich in diese Menschen hineinzudenken.

Das Klingeln des Telefons riss ihn aus den Überlegungen. Mit der linken Hand – in der rechten hielt er das Eis – fischte er das Handy aus der Innentasche seines Mantels und sah mit einem Blick auf das kleine Display, wer anrief.

„Maja, schön, dass du anrufst."

„Hör zu, ich habe nicht viel Zeit: Wir werden gleich Alexandra Voosen verhaften." Sie klang abgehetzt und sprach leise. „Sie hatte viele gemeinsame Kontakte mit Christian Vorberg."

Ulbricht runzelte die Stirn, was sie nicht sehen konnte.

„Aber deshalb kannst du sie doch nicht verhaften, Maja."

„Das nicht, aber ich habe mit dem Hannover Airport telefoniert: Alexandra Voosen ist in der angegebenen Zeit definitiv nicht mit der Maschine aus München gelandet. Richtig ist, dass jemand zwei Tickets gebucht hatte – eines auf seinen Namen, das andere auf den der Escort-Dame. Aber die Reise ist er allein angetreten, warum auch immer. Somit hat sie kein Alibi für die Tatzeit."

„Und das macht sie zur Verdächtigen Nummer eins?"

„Zwischen den beiden lief etwas, ich weiß nur nicht was."

„Wer ist der Mann, mit dem sie angeblich unterwegs war?"

„Ein Kunde. Seinen Namen haben wir in der Kontaktliste ihres Handys gefunden, in Verbindung mit dem Termin, den sie aber offensichtlich nicht wahrgenommen hat. Mehr wirst du nicht von mir erfahren, Norbert, das ist mir zu heiß."

„Du spinnst", lachte er.

„Nein, ich bin aus gegebenem Anlass sehr vorsichtig geworden."

Ulbricht ging nicht weiter darauf ein und nahm die indirekten Vorwürfe hin. Dann berichtete er ihr von seinen Überlegungen. „Die beiden haben gemeinsame Sache gemacht, das liegt auf der Hand. Ich weiß nur noch nicht, wie wir es ihnen beweisen sollen."

„Geht mir genauso", bestätigte Maja. „Aber das werde ich herausfinden. Sie hat ein Geschäft mit Vorberg laufen gehabt, so viel steht fest. Vielleicht packt sie nach der ersten Nacht in der Zelle aus."

„Sie ist eine abgebrühte Geschäftsfrau, Maja, also – träum weiter."

„Manchmal bist du ein ziemlich mieser Hund."

„Damit muss ich leben." Er lachte. „Halt mich auf dem Laufenden, und wenn du Hilfe brauchst, dann…"

„Dann rufe ich dich an, klar. Sag mal, was ist denn mit deinem Auto – läuft es wieder?"

„Ich kann dich kaum verstehen, die Verbindung ist sehr schwach. Ich ruf dich wieder an – bis später dann!" Eilig drückte er den roten Knopf und steckte das Handy zurück in die Tasche. Das war knapp, dachte er, als er spürte, wie das geschmolzene Eis zwischen Zeigefinger und Daumen herunterrann.

Schnell leckte er die Finger ab und machte, dass er das Eis vernichtete. Die aufgeweichte Waffel beförderte er mit einem eleganten Schwung in einen Papierkorb am Wegesrand.

Er setzte seinen Weg in Richtung Hotel fort und grübelte über Majas Worte, als sich das Handy erneut meldete.

„Das nennt man dann Kur", murmelte er. „Ich krieg hier einfach keine Ruhe." Diesmal nahm er die klebrige rechte Hand, um nach dem Telefon zu greifen. Jemand rief ihn mit unterdrückter Rufnummer an.

„Ja bitte?", meldete er sich bewusst distanziert.

„Sie sind der Kommissar, der in Sachen Christian Vorberg ermittelt?"

„Wer will das wissen?"

„Ich habe keine Lust auf ein Ratespiel."

Ulbricht schloss kurz die Augen und konzentrierte sich auf die unbekannte Stimme. Männlich, um die fünfzig, gewohnt, Anweisungen zu geben. Vor ihm tauchte das Bild eines erfolgsverwöhnten Managers auf, teurer Maßanzug, braungebrannt und mit grauen Schläfen.

„Dann sagen Sie, was Sie von mir wollen", forderte er den geheimnisvollen Anrufer auf.

„Ich bin erpresst worden. Und ich werde den Verdacht nicht los, dass der Fotograf Christian Vorberg hinter der Sache steckt. Auch wenn Sie nicht aus dieser Gegend stammen, der Name Vorberg ist Ihnen inzwischen sicherlich bekannt, oder irre ich mich?"

„Nein, Sie irren nicht. Warum melden Sie sich nicht einfach bei den Kollegen vom Fachdezernat? Ich bin sicher, dass man Ihnen dort mit der größtmöglichen Diskretion helfen wird."

„Das ist nicht genug."

„Darf ich fragen, woher Sie meine Nummer haben?" Ulbricht sank nun auf eine der Parkbänke mit Blick auf den prächtigen Kurgarten.

„Sie sind der Polizist, und Sie müssten wissen, wie leicht es ist, an eine vermeintlich geheime Handynummer zu kommen. Also, ich will es kurz machen: In Hameln kennt jeder jeden. Und genau das ist es, was ich nicht gebrauchen kann."

„Da ist es von Vorteil, einen auswärtigen Schnüffler an Bord zu wissen, was", konterte Ulbricht süffisant.

„Ich muss doch sehr bitten - stellen Sie nicht Ihr Licht unter den Scheffel. Sie sind ein erfahrener Polizist und in Ihrer Heimatstadt seit Jahrzehnten erfolgreich."

„Sie scheinen eine Menge über mich zu wissen, glauben Sie nicht, dass es hilfreich wäre, wenn ich nun wenigstens Ihren Namen erfahren würde?"

„Wir sollten uns treffen, dann erzähle ich Ihnen meine Geschichte, und wer weiß? Vielleicht trägt sie ja zur Aufklärung des Mordes bei?"

„Nennen Sie Ort und Uhrzeit."

„Kennen Sie die Hufeland Therme?"

„Das Schwimmbad?"

„Ich sehe, Sie kennen sich im Weserbergland gut aus. Kommen Sie um 19 Uhr dorthin. Ich erwarte Sie in der Meersalzgrotte. Dort werden wir ungestört reden können."

„Wie erkenne ich Sie?"

„Oh, das müssen Sie nicht. Ich werde Sie erkennen. Bis später also."

Der geheimnisvolle Anrufer hatte die Verbindung unterbrochen. Ulbricht schüttelte den Kopf und überlegte, ob er Maja informieren sollte. Andererseits hatte der Anrufer ihm gesteckt, dass er der örtlichen Polizei nicht über den Weg traute. Was hatte das nun wieder zu bedeuten? Waren die Kollegen etwa korrupt, oder fürchtete der Mann nur, dass vertrauliche Informationen an die Öffentlichkeit gelangten?

Ihm konnte es recht sein, und wenn er anschließend Maja einen entscheidenden Hinweis liefern konnte, würde sie ihm ganz bestimmt nicht böse sein. Außerdem sagte sie ihm auch noch lange nicht alles. Trotzdem hatte er sich längst schon vorgenommen, Maja den Mörder von Christian Vorberg frei Haus zu liefern.

Evangelisches Krankenhaus Holzminden, 12.00 Uhr

„Bitte warten Sie!"

Maja blieb auf dem Korridor der kardiologischen Abteilung stehen und wandte sich um. Die Stimme war aus dem Schwesternzimmer gekommen.

Es war Dr. Daniel Kunst gewesen, der hier auf sie gewartet hatte. Mit langen Schritten trat er auf Maja zu. Sie beobachtete den Mediziner aufmerksam und stellte fest, dass seine Blicke ein wenig unstet umherhuschten. Er schien nervös zu sein und hatte seine Autorität, die er eben noch bei Hildegard Vorberg ausgelebt hatte, verloren.

„Ich weiß, in Krankenhäusern ist das Telefonieren mit dem Handy verboten", murmelte Maja und schaltete ihr Mobiltelefon aus.

Sie fragte sich, was Dr. Kunst von ihrem Telefonat mit Ulbricht mitbekommen hatte.

„Schon gut." Wieder das kalte Lächeln, wieder ein Zucken im Augenwinkel. „Haben Sie einen Augenblick Zeit für mich?"

„Natürlich."

„Bitte kommen Sie, gehen wir in mein Büro." Ohne ihre Antwort abzuwarten, ging Dr. Kunst voraus. Maja hatte Mühe, ihm zu folgen und blickte auf den wehenden Kittel.

Am Ende des Ganges zog er einen Schlüssel aus der Hosentasche und öffnete eine schalldichte Tür, hinter der sein geräumiges Büro lag. Ein massiver Holzschreibtisch vor dem Fenster, dahinter ein bequemer Chefsessel, keine Baumarkt-Ware. Die rechte Wand wurde fast komplett von einem bis an die Decke reichenden Bücherregal eingenommen, linkerhand gab es einen runden Glastisch, um den man vier Stühle gestellt hatte. Auf dem Besprechungstisch stapelten sich Aktenordner. In einer Ecke gab es einen Trinkwasserspender, auf einer Anrichte eine hochmoderne Kaffeemaschine.

Kein Stethoskop auf dem Schreibtisch, kein Plastikskelett in der Ecke - dies war nicht das typische Arztbüro, stellte Maja einigermaßen erleichtert fest.

„Nehmen Sie Platz", forderte Kunst sie auf und zeigte auf den Besucherstuhl vor seinem Schreibtisch. Hier herrschte schlichte Eleganz - es gab einen ultraflachen Computermonitor, eine flache Tastatur mit weißer Maus und ein schnurloses Telefon. Maja setzte sich. Ihr Blick flog über die zahllosen Bücher im Regal. Fast ausschließlich medizinische Fachbücher, dessen Titel ihr nicht viel sagten. Zwischen all den Wälzern erkannte sie auch ein Taschenbuch - den Kriminalroman eines Hamelner Verlagshauses.

„Ich liebe Krimis", lächelte Kunst, als er ihren Blick bemerkte. „Und wenn sie in unserer Region spielen und man die beschriebenen Örtlichkeiten kennt, hat die Geschichte noch einen ganz besonderen Reiz." Er setzte sich und verschränkte die Arme vor der Brust.

„Sicher haben Sie mich nicht in Ihr Büro geführt, um mit mir über Ihre Vorliebe für Weserbergland-Krimis zu sprechen“, vermutete Maja.

„Das stimmt natürlich.“ Kunst räusperte sich. „Es geht um Frau Vorberg. Der Mord an ihrem Sohn ist sicherlich sehr tragisch.“ Er legte eine Pause ein, zeigte dann auf den Krimi im Buchregal und fuhr fort: „Und manchmal werden wir von der Realität eingeholt, und die ist schlimmer, als sie sich ein Krimiautor ausdenken kann.“

„Sie scheinen sich auszukennen, Dr. Kunst“, lächelte Maja.

„Wie dem auch sei – ich möchte Ihre Zeit nicht länger als nötig beanspruchen. Frau Vorberg ist eine sehr bedauernswerte Frau, und ich hoffe, dass sie unser Haus bald völlig genesen verlassen kann. Wie Sie vielleicht wissen, hat sie einen Herzinfarkt erlitten, sicherlich ein Tribut an die schrecklichen Vorkommnisse in ihrer Familie.“

Es begann Maja zu nerven, dass der Mediziner um den heißen Brei herumredete. „Was kann ich für Sie tun?“, fragte sie höflich.

„Die Frau auf dem Foto, das Sie Frau Vorberg gezeigt haben – steht sie in Verbindung mit dem Mord an Christian Vorberg?“

„Das wissen wir nicht. Warum fragen Sie nach der Dame?“

„Ich kenne sie.“ Kunst lehnte sich über die Schreibtischplatte, stützte das Kinn mit den Händen und presste die Lippen zusammen. Maja erkannte so etwas wie Bedauern und Schuldgefühl in seinen Gesten. „Sie ist eine Dame, die Geschäftsmänner begleitet.“

„Sie ist ein Callgirl“, entgegnete Maja, die versuchte, dem Gespräch ein wenig Tempo zu geben.

„So würde ich das nicht nennen." Dr. Kunst schüttelte den Kopf und fuchtelte energisch mit den Händen in der Luft herum. „Sie begleitet Herren."

„Hat sie Sie auch begleitet?" Maja achtete auf jede Regung im Gesicht des Mediziners.

Kunst zuckte die Schultern.

„Sie erpresst mich."

„Was muss ich mir darunter vorstellen?" Majas Neugier war erwacht.

„Details möchte ich Ihnen ersparen, es handelt sich hierbei um eine sehr pikante Angelegenheit, und ich möchte Sie um äußerste Diskretion bitten, Frau Klausen."

Maja fiel auf, dass er ihren Namen kannte, sie ging aber nicht darauf ein. Womöglich hatte er von der Schwester erfahren, wer sie war. Ihr hatte Maja den Dienstausweis gezeigt, um sich zu legitimieren.

„Ich werde nichts an die Öffentlichkeit tragen", versprach sie.

„Sie müssen wissen, dass ich, ohne arrogant klingen zu wollen, ein angesehener Arzt bin. Auch in der Gesellschaft kann ich mich über meinen guten Ruf freuen. Ich bin Mitglied in einem Club, der sich für wohltätige Zwecke einsetzt, und ich spende viel Geld für kranke Kinder in Afrika. Übrigens war ich auch schon einmal dort, um zu helfen. Es herrschen schreckliche Verhältnisse, und den Krankenhäusern fehlt es an allem, was hier seit Jahrzehnten selbstverständlich ist." Bedauerndes Kopfschütteln folgte, und Kunst schien bei seiner wohltätigen Selbstdarstellung auch sein Selbstbewusstsein wiederzufinden.

„Herr Dr. Kunst", rief ihn Maja auf den Boden der Tatsachen zurück. „Wie muss ich mir vorstellen, dass Sie von Alexandra Voosen erpresst werden?"

„Ich will Ihre Zeit nicht länger als nötig beanspruchen. Es war auf einem Seminar in Hannover. Neue Arten der Herztransplantation waren das Thema des Kongresses, zu dem ich als Redner eingeladen war. Als Referent steht man auch nach dem Seminar, das ich dort gab, im Mittelpunkt. Übrigens sind die Herzspezialisten aus der ganzen Welt angereist, um…"

„Herr Dr. Kunst, bitte!"

„Entschuldigen Sie", nickte er. „Es ist eine sehr brisante Angelegenheit, die mir aus heutiger Sicht sehr unangenehm ist. Aber leider kann ich die Dinge nicht ungeschehen machen." Der Ansatz eines Lächelns huschte um seine schmalen Lippen. Kunst setzte die Nickelbrille ab und führte einen Bügel zu den Lippen. „Wir haben in einem Hotel gefeiert, und irgendwie gab es da diese Frau."

„Alexandra Voosen."

„Mag sein. Uns hat sie sich als *Lady Celeste* vorgestellt. Was soll ich sagen? Wir waren bis spät abends in der Bar des Hotels, wo sie dann auftauchte. Mein Gott, ich bin auch nur ein Mann!" Er legte die Brille auf den Schreibtisch und wischte sich durch das erhitzte Gesicht. „Sie war wunderschön. Sie hatte diese langen Beine, war elegant gekleidet und charmant. Es gibt kaum einen Mann, dem sie nicht gefallen hätte. Ich habe sie zu vorgerückter Stunde mit auf mein Hotelzimmer genommen."

„Natürlich gegen Geld", warf Maja ein.

Schulterzucken beim Mediziner. „Natürlich", stimmte er zu. „Ich habe rund tausend Euro bezahlt, aber das war sie mir wert: Sie ist eine Schönheit und hat es verstanden, mich zu verzaubern. Selten zuvor habe ich bei einer Frau so viel Leidenschaft und Verführung erlebt, wie es bei Celeste der Fall war."

„Und am nächsten Morgen kam das böse Erwachen? Schlechtes Gewissen, meine ich?"

„Was meine Ehe betrifft, natürlich. Sie müssen wissen, ich bin glücklich mit Grit, und wir sind seit siebzehn Jahren ein Paar und haben zwei reizende Kinder. Aber was Lady Celeste betrifft, so hat sie sich erst ein paar Tage später bei mir gemeldet. Hier im Krankenhaus." Er hielt zum Unterstreichen seiner Worte das Telefon in die Höhe. „Irgendwie muss es ihr gelungen sein, an meine Daten zu gelangen. Ich habe den Abend sehr genossen, und all meine Erwartungen von einer Escort-Lady wurden durchaus erfüllt. Aber all das war die Sache nicht wert: Zu dem schlechten Gewissen meiner Frau gegenüber kommt nun auch noch die Erpressung."

„Wer erpresst Sie?"

Kunst zuckte hilflos die Schultern. „Jemand rief hier an und verlangte fünftausend Euro, die mir mein guter Ruf wert sein sollten, wie er sagte. Fast zeitgleich erhielt ich eine Mail mit äußerst brisanten Fotos, die mich im Bett mit Lady Celeste zeigen. Es wäre unverantwortlich, die Bilder an die Öffentlichkeit zu bringen. Meine Ehe wäre ruiniert, und mein guter Ruf als angesehener Kardiologe ... ich wäre am Ende meiner Laufbahn, verstehen Sie?"

„Absolut." Maja nickte. Plötzlich wusste sie, wer die verfänglichen Bilder von Lady Celeste – alias Alexandra Voosen – und Dr. Daniel Kunst gemacht hatte. Und sie hatte eine Idee, wie die Zusammenarbeit der beiden funktioniert haben könnte ...

„Was haben Sie getan?"

„Natürlich habe ich bezahlt. Auf ein Konto in Liechtenstein. Niemand durfte davon erfahren, das Geld habe ich von meinem Privatkonto überwiesen."

„Vielleicht könnten wir anhand der IP-Adresse, von der aus sie die Bilder gesendet hat, zurückverfolgen, von wo …"

„Auf gar keinen Fall!", unterbrach Kunst sie aufgebracht. „Ich habe einen schwerwiegenden Fehler begangen, den ich sehr bereue. Und ich habe diesen Fehler mit viel Geld büßen müssen. Nun bin ich froh, dass alles gut verlaufen ist."

„Wie können Sie sicher sein, dass die Bilddateien restlos gelöscht wurden?" Maja wunderte sich über die Naivität des Mediziners.

„Das kann ich natürlich nicht", gab er kleinlaut zu. „Aber ich hatte keine andere Wahl. Wie sollte ich denn verhindern, dass sie die Bilder publik macht?"

„Das könnte sie theoretisch heute immer noch", gab Maja zu bedenken.

„Allerdings, und genau dieses Wissen bereitet mir auch heute noch, ein halbes Jahr nach dem unerfreulichen Zwischenfall, schlaflose Nächte. Meine Frau ist krank, sie ist depressiv, und ich fürchte, dass sie solche Fotos völlig aus dem Gleichgewicht werfen würden."

Plötzlich hatte Maja eine Idee.

„Wo waren Sie gestern Nacht?"

Die Gesichtsfarbe von Dr. Kunst wechselte von tiefrot auf leichenblass. Er wischte mit den Händen auf dem Schreibtisch herum, fischte nach Staubkörnchen, setzte die Brille auf und blickte Maja mit schweißnasser Stirn an.

„Zu Hause, bei meiner Frau – wo sonst?"

Maja erhob sich. „Und das kann uns Ihre Frau bestätigen, nehme ich an." Sie ging zur Tür. Dort angekommen, wandte sie sich noch einmal zu Dr. Kunst um. Sie kehrte an den Schreibtisch zurück und legte ihm ihre Visitenkarte auf den Tisch. „Danke für das Gespräch“, sagte sie. „Wenn Ihnen noch etwas einfällt, rufen Sie mich bitte an. Tag und Nacht.“ Dann war sie draußen. Wenn Alexandra Voosen so mit weiteren Kunden umgegangen war, dann lebte sie wahrscheinlich sehr gefährlich. Und plötzlich, so erschien es Maja, war die Welt voller Mörder, die es auf das Callgirl abgesehen hatten, nachdem man ihren Partner, den Fotografen Christian Vorberg, getötet hatte.

FÜNFZEHN

Hehlen-Hohe, 12.40 Uhr

Das Dorf brütete in der Mittagshitze, und über dem Asphalt der Straße flimmerte die heiße Luft. Es war, als ruhe der Ort in einem Dämmerschlaf. Der würzige Geruch von Kuhdung hing über Hehlen. Maja hatte keine Probleme mit Landluft. Sie trat durch den kleinen Garten an die Tür von Alexandra Voosens verwinkeltem Fachwerkhaus. Sie öffnete schon nach dem ersten Klingeln und blickte Maja erschrocken an. Maja musste zweimal hinsehen, um sie als das Luxus-Callgirl zu identifizieren, das sie von den Vorberg-Fotos kannte. Sie war der Typ bodenständige, natürliche Frau von nebenan im besten Alter: Alexandra Voosen war dezent geschminkt und trug ein luftiges Sommerkleid, das ihre Figur vorteilhaft betonte. Ein dezenter Parfümduft umgab die junge Frau, der man ihren Beruf in diesem Outfit nicht ansah. Kaum zu glauben, dass ihr die reichen Männer in Scharen zu Füßen lagen, dass sie diese Männer mit ihrer Art um den Verstand brachte und sie danach hinterhältig erpresste.

Während Maja ihr den Dienstausweis zeigte, fragte sie sich, ob die Nachbarn des kleinen Dorfes wussten, womit sie ihr Geld verdiente.

„Komme ich denn gar nicht mehr zu Ruhe?“, fragte Alexandra Voosen mit matter Stimme und führte Maja in das Haus. Hier herrschte eine angenehme Kühle.

„Schön haben Sie es“, bemerkte Maja und blickte sich um.

„Sicher sind Sie nicht gekommen, um mit mir über meinen Einrichtungsgeschmack zu sprechen." Ihre Stimme klang kämpferisch, doch Maja spürte, dass sich die Escort-Lady hinter einer Fassade verbarg, die schon jetzt zu bröckeln begann.

Maja übte sich in Höflichkeit. „Nein, natürlich nicht. Es ist Ihr Beruf, der mich interessiert. Sie leben hier sehr zurückgezogen."

„Muss ein Callgirl in München, Berlin oder Köln leben?"

„Natürlich nicht. Wie arbeiten Sie, wie kommen Sie an Ihre Kundenkontakte? Werben Sie im Internet?"

„Das habe ich zum Glück nicht nötig." Nun lächelte Alexandra Voosen. „Ich habe einen erlesenen Kreis von zahlungskräftigen Stammkunden, da werde ich mich hüten, Fotos von mir ins Netz zu stellen, auf dem man mich in Reizwäsche und mit verfremdetem Gesicht sieht." Alexandra Voosen gewann die Oberhand über das Gespräch. „Aber warum fragen Sie – suchen Sie einen Job?" Sie lachte kurz. „Es ist ja allgemein bekannt, dass Polizisten nicht gerade gut bezahlt werden. In welcher Besoldungsgruppe sind Sie? A 12? B 12?"

Maja hatte keine Lust auf Small Talk. Wenn sie nicht gegensteuerte, kam sie hier nicht weiter. „Das tut nichts zur Sache", sagte sie. „Kommen wir bitte zum Punkt, Frau Voosen."

„Also – was kann ich für Sie tun? Bringen Sie mir mein Handy zurück?"

Maja schüttelte den Kopf.

„Ihr Handy wurde von den Kollegen aus der IT-Abteilung ausgewertet", sagte Maja. Nachdem sie Markus Vorberg wie befürchtet nicht in seiner Wohnung angetroffen hatte, hatte sie keine Sekunde gezögert und ihn zur landesweiten Fahndung ausgeschrieben. Es war eine Frage der Zeit, bis Vorberg den Kollegen von der Streife ins Netz ging. Nun stand sie in der Wohnküche des kleinen Fachwerkhauses, Alexandra Voosen stand am Fenster und blickte scheinbar gedankenverloren hinaus und kehrte ihr den Rücken zu, und Maja überlegte, ob das Callgirl Jägerin oder Gejagte in diesem Fall war. „Wir haben Gemeinsamkeiten bei den Kontakten festgestellt, was den Kundenstamm von Christian Vorberg betrifft."

„Wie Sie wissen, haben wir beide für die Reichen und Schönen gearbeitet."

„Ja. Er hat fotografiert, und Sie begleiten die Herren. Das ist uns bereits bekannt." Maja sprach ruhig und wohlakzentuiert.

„Allerdings gibt es ein wenig zu viele Übereinstimmungen, und da uns auch die Daten aus Herrn Vorbergs Computern vorliegen, wissen wir, dass Sie Termine gemeinsam wahrgenommen haben." Maja trat näher, nachdem sie Alexandra Voosens Handy auf den Küchentisch gelegt hatte.

„Was waren das für Geschäfte, die Sie mit Christian Vorberg zusammen gemacht haben?"

Nun drehte sich die Escort-Dame um. Sie blickte Maja mit versteinerter Miene an. „Muss ich Ihnen das erzählen?"

„Wir könnten Sie auch zum Verhör in die Polizeiinspektion einladen, dann hätte unser Gespräch einen offiziellen Charakter."

„Ich lasse mich nicht einschüchtern." Ihre Kieferknochen mahlten, und Alexandra Voosen wirkte zu allem entschlossen.

„Verhaften Sie mich, wenn Sie meinen, dass das Sinn macht."

„Ich verhafte Sie nicht, weil Sie nicht mit mir sprechen wollen, Frau Voosen." So leicht ließ sie sich nicht aus der Ruhe bringen.

„Ich möchte mit meinem Anwalt telefonieren."

„Das können Sie gern tun, auch, wenn es Ihnen wohl nicht viel nutzen wird. Wir haben Ihr Alibi für den Todeszeitpunkt von Christian Vorberg überprüft. Und dabei haben wir erfahren, dass Sie in der betreffenden Nacht nicht an Bord der Maschine waren, die um kurz vor zwei Uhr morgens am Hannoveraner Flughafen gelandet ist. Wir haben die Passagierlisten überprüft - Sie hätten wissen müssen, das wir das tun und dass Ihnen das nach der Falschaussage bei meinem Kollegen zum Verhängnis werden könnte."

„Gut, ich war nicht im Flugzeug, weil ich mir in München einen Mietwagen genommen habe." Sie wanderte durch die Wohnküche und mied Blickkontakt zu Maja. „Der BMW steht hinter dem Haus, ich muss ihn heute noch zur Autovermietung zurückbringen."

„Sie haben gemeinsame Sache mit Christian Vorberg gemacht, Sie haben sich dabei fotografieren lassen, als Sie mit Ihren Kunden auf deren Zimmer gegangen sind - wie auch immer das funktioniert haben mag."

„Das ist eine Unterstellung", rief Alexandra Voosen aufgebracht.

Ihre Stimme klang plötzlich schrill. „Ich werde mich bei Ihrem Vorgesetzten beschweren."

„Das können Sie gern tun", nickte Maja.

„Ich bereite gut situierten Männern ein paar schöne Stunden voller Leidenschaft, in denen sie sich vom hektischen Geschäftsalltag entspannen können, das ist mein Beruf. Ich erlaube mir auch kein Urteil über Ihren

Beruf, Frau Kommissarin!" Ihre Augen schienen Funken zu versprühen.

„Das tue ich nicht. Allerdings erpresse ich die Menschen, mit denen ich zusammenarbeite auch nicht, so wie Sie es getan haben, *Lady Celeste!*" Maja hatte das Pseudonym gedehnt und sehr leise ausgesprochen.

Alexandra Voosen machte ein paar Schritte und sank auf einen Küchenstuhl. Es war, als würde die ganze Anspannung der letzten Tage von ihr abfallen. Sie stierte auf das Tischtuch und strich mit fahrigen Bewegungen den Stoff glatt. Als sie den Kopf hob und Maja tief in die grünen Augen blickte, schimmerten ihre Augen feucht. „Das müssen Sie erst einmal beweisen", sagte sie leise.

„Kein Problem. Ich werde Ihnen Menschen vorstellen, die Sie sehr gut kennen: Menschen, die eine Anzeige wegen Erpressung erstattet haben."

„Nennen Sie mir Namen."

Maja schüttelte den Kopf. „Nicht hier. Frau Voosen, ich muss Sie mit zur Polizeiinspektion nehmen. Bitte packen Sie ein paar Sachen zusammen und dann folgen Sie mir."

„Sie verhaften mich?"

„Ich nehme Sie zum Verhör mit. Und da Sie unter dringendem Tatverdacht stehen, Ihre Kunden aus Habgier erpresst zu haben, müssen Sie sich darauf einstellen, dass wir Sie in Untersuchungshaft stecken werden, bis der Sachverhalt endgültig geklärt ist, Frau Voosen."

„Ich werde meinen Anwalt zu Rate ziehen", sagte sie leise und erhob sich.

„Das können Sie natürlich gern tun." Maja fingerte die Handschellen aus dem Gürtel. Den Gedanken, Alexandra Voosen von Streifenbeamten abführen zu lassen, hatte sie verworfen. Es war ihr gelungen, ein Luxus-Callgirl der Erpressung zu überführen. Natürlich würde sie in der Polizeiinspektion alles abstreiten, doch spätestens wenn Maja ihr die Zeugen vorführte, würde sie gestehen, dessen war sich Maja sicher. Vorerst verschwieg sie der Escort-Lady, dass sie auch Sorge um sie hatte. Wenn jemand Rachepläne gegen das erpresserische Duo hegte, dann befand sich auch Alexandra Voosen in Lebensgefahr. Wahrscheinlich war sie in der U-Haft am sichersten aufgehoben. Nachdem das Callgirl wahllos einige Sachen in eine Segeltuchreisetasche gestopft hatte, nickte sie Maja zu.

„Wir können dann."

„Gut."

„Nur eines noch: Ich habe Christian Vorberg nicht ermordet."

„Das werden wir in der Polizeiinspektion gemeinsam herausfinden", erwiderte Maja.

Widerstandslos ließ sich Alexandra Voosen die Handschellen anlegen. Sie leistete auch keinen Widerstand, als Maja sie mit einer Hand am Lauf der Dienstwaffe aus dem Haus führte. Draußen wurden sie von der Sonne geblendet.

Maja verschloss das Haus und steckte den Schlüssel in Alexandra Voosens kleine Handtasche, die sie an der Garderobe vom Haken genommen hatte. Maja drückte den Auslöser der Zentralverriegelung und öffnete die hintere rechte Tür des Passat. „Bitte nach hinten", sagte sie.

Alexandra Voosen nickte und machte Anstalten, sich in den Dienstwagen zu setzen, als ein Motor aufheulte. In atemberaubendem Tempo schoss ein dunkler Wagen die Straße entlang, und Maja fragte sich, wie das Auto so plötzlich auftauchen konnte. Reifen quietschten, es stank nach Benzin und verschmortem Gummi, als sich die rechte Seitenscheibe öffnete und die Mündung einer Waffe im Sonnenlicht aufblitzte.

Maja erkannte, was das zu bedeuten hatte.

„Vorsicht, der hat eine Waffe", gellte ihre Stimme auf. Im selben Moment warf sie sich auf Alexandra Voosen und riss sie unsanft zu Boden. Im Fallen hörte sie mehrere Schüsse rattern. Vom letzten Schießtraining wusste sie, dass die Täter offenbar mit einer Maschinenpistole aus dem fahrenden Auto schossen. Zwei Scheiben des zivilen Dienstwagens gingen dabei zu Bruch, und ein Scherbenregen prasselte auf die Frauen herab. Blech kreischte, offenbar durchlöcherten die Schüsse die Karosserie des Passat. Maja presste Alexandra Voosens Körper so weit wie möglich unter den Wagen, ein Stöhnen kam über ihre Lippen, und schützend legte sich die Kommissarin auf den zierlichen Körper des Callgirls.

Querschläger heulten ihnen um die Ohren, dann war der Spuk vorbei. Nachdem der Schütze das Feuer eingestellt hatte, verschwand der Wagen um die nächste Straßenecke. Das Motorengeräusch verebbte in der Ferne, ohne dass Maja den Autotyp, geschweige denn das Kennzeichen des Tatfahrzeuges hatte erkennen können. Der Personenschutz von Alexandra Voosen hatte Vorrang gehabt, das würde sie auch Oberkriminalrat Dauber so erklären können.

Beim Sturz hatte sie sich einige Schrammen zugezogen, die Handfläche der linken Hand blutete leicht und ein Knie schmerzte.

„Sind Sie in Ordnung?", fragte sie keuchend an Alexandra Voosen gewandt.

Als sie keine Antwort erhielt, rüttelte Maja am Arm der jungen Frau. „Hallo, Frau Voosen, sind Sie in

Ordnung?" Panik stieg in Maja auf, ihr Herz raste, als sie die Escort-Dame zu sich drehte. Dabei griff sie unter ihren Körper und spürte etwas Warmes und Klebriges in ihrer Hand. Blut.

Alexandra Voosen war von mindestens einer der Kugeln getroffen worden und hatte viel Blut verloren. Sie stöhnte auf.

Immerhin lebt sie, dachte Maja erleichtert. Mit weit aufgerissenen Augen blickte Alexandra Voosen zu ihr auf. Sie wollte etwas sagen, brachte aber außer einem heiseren Röcheln keinen Laut über die Lippen.

„Sagen Sie nichts, ich werde einen Notarzt rufen", sagte Maja und strich der Frau durch das Gesicht. „Sie haben viel Blut verloren und sind geschwächt."

Alexandra Voosen wimmerte, deutete ein Nicken an und fasste sich an die Wunde. Ihr Körper bäumte sich unter den Schmerzen auf. Für den Bruchteil einer Sekunde schien es, als würden die Augäpfel aus den Höhlen treten. Dann sackte Alexandra Voosen leblos in Majas Armen zusammen.

SECHZEHN

Brunnenplatz Bad Pyrmont, 14.10 Uhr

Mehrmals hatte er versucht sie anzurufen. Doch erst war besetzt gewesen, danach hatte er immer mit ihrer Mailbox vorliebnehmen müssen. Eine Nachricht auf den digitalen Anrufbeantworter zu sprechen, nutzte ihm leider nicht viel. Entnervt steckte Ulbricht das Telefon in die Tasche. Er hatte sich nach dem aktuellen Stand der Ermittlungen erkundigen wollen, um vorbereitet in das Gespräch zu gehen, das er mit seinem geheimnisvollen Anrufer in der Hufeland Therme führen wollte.

Außerdem hatte er inzwischen ein schlechtes Gewissen, weil er sich den Porsche von Vorberg genommen hatte, ohne sie davon in Kenntnis zu setzen. Es war gut gewesen, dass er den Schlüssel des Sportwagens noch in der Manteltasche gehabt hatte. Mit Grundmann würde er ganz bestimmt nicht darüber verhandeln, ob er berechtigt war, mit dem Porsche eines Toten durch die Gegend zu fahren.

Er überlegte, ob es zeitlich möglich war, nach der Anwendung einen Abstecher nach Bodenwerder zu machen – dort lebte der Fotograf, der Christian Vorberg ab und zu sein Studio zur Verfügung gestellt hatte. Es war sicherlich gut, mit möglichst vielen Informationen in das Treffen am Abend zu gehen. Ulbricht fragte sich, ob es sich bei dem seltsamen Anrufer, der ihn in der Hufeland Therme treffen wollte, um einen Kunden von Alexandra Voosen handelte. Möglicherweise sogar um jemanden, der eine Rechnung mit der Luxusdame offen hatte.

Rache, durchzuckte es Ulbricht, während er die Ecke Am Schückingplatz/Schulstraße erreicht hatte. Es war höchste Zeit, langsam das Kurhotel aufzusuchen. Immerhin war er in den letzten Tagen einigen Anwendungen ferngeblieben, und er hatte keine Lust auf Ärger mit seiner Krankenkasse. Während Ulbricht zurück zum Hylligen Born schlenderte, ging ihm der Fall dennoch nicht aus dem Sinn.

Es war Rache, hämmerte es in seinem Schädel.

Wer konnte Interesse daran haben, sich an einem Fotografen zu rächen? Jemand, der von ihm verbotenerweise abgelichtet und durch eine Veröffentlichung der Bilder diffamiert worden war?

Er beschloss, sich die Fotos auf Vorbergs Rechner noch einmal anzusehen, sobald er wieder in der Polizeiinspektion war. Sicherlich eine zeitaufwendige Sache, doch er musste sich einen Überblick verschaffen. Vielleicht hing der Mord an Vorberg auch mit einem Bild zusammen, das sich auf dem Speicherchip befunden hatte. Dann würde es möglicherweise genügen, die Daten auf der Karte zu sichten. Dazu brauchte er jemanden, der sich in der Gesellschaft der Region auskannte und die Gesichter auf den Bildern zuordnen konnte. Vielleicht war Maja fit, was die High Society anging.

Ulbricht blieb stehen und griff noch einmal nach dem Handy. Er drückte die Wahlwiederholung und lauschte einmal mehr dem Freizeichen. Nach dem dritten Tuten sprang wieder die Mailbox an. Ulbricht unterbrach die Verbindung und marschierte weiter. Im Foyer des Kurhotels Schillerhof beachtete ihn niemand. Nur das Mädchen an der Rezeption lächelte ihm freundlich zu. Dabei fragte er sich, ob sie ihn tatsächlich als Gast identifiziert hatte. Genauso gut hätte es sich bei ihm um einen Hoteldieb handeln können. Und wahrscheinlich war der Dieb, der sein Zimmer umgekrempelt hatte, genau auf diese Art unerkannt ins Hotel gelangt. Der Umstand, dass er hier über eine Verbündete beim Hotelpersonal verfügte, hatte die Sache noch einfacher gemacht.

Mit dem Aufzug fuhr er nach oben und suchte sein Zimmer auf. Ein seltsames Gefühl beschlich ihn, als er zum ersten Mal nach dem Einbruch in dem lichtdurchfluteten Raum mit den bodenlangen Gardinen stand und sich umblickte. Das Zimmermädchen hatte ihm frische Blumen in einer Vase hingestellt, das Bett war akkurat gemacht und frisch bezogen; auf dem kleinen runden Tisch am Fenster lag eine Zeitung von heute. Nichts deutete mehr darauf hin, dass hier ein Einbrecher gewütet hatte.

Ulbricht drückte die Tür hinter sich ins Schloss und ging ins Bad, um sich frisch zu machen. Er schielte auf die Uhr und stellte fest, dass er nur noch eine halbe Stunde Zeit hatte, bis er dem Weißkittel gegenübersitzen würde.

Höchste Zeit, sich auf die Kur zu konzentrieren und den Fall für etwas mehr als eine Stunde auszublenden. Leichter gesagt als getan.

Polizeiinspektion Hameln, 15.40 Uhr

Man hatte Alexandra Voosen noch vor Ort im Notarztwagen behandelt. Es war nur ein Streifschuss gewesen, der sie erwischt hatte, und so hatte sie Glück im Unglück gehabt. Zwar lebte sie, aber sie stand nach wie vor unter Verdacht, an dem Mord beteiligt gewesen zu sein.

Die Fahndung nach dem Fahrzeug, aus dem man auf Maja und Alexandra Voosen geschossen hatte, lief auf Hochtouren, nur leider hatte Maja nicht viele Angaben zum Fahrzeugtyp machen können. Zeugen in Hehlen hatten einen dunklen Audi beobachtet, der in hohem Tempo durch den Ort gefahren war. Es hatten sich zwei Männer in dem Wagen befunden, mehr konnte niemand sagen. Oberkriminalrat Klaus Dauber hatte sich von Maja bestätigen lassen, dass es sich bei der Limousine durchaus um einen Audi gehandelt haben könnte. Also hatte Dauber in der Region Fahrzeugkontrollen eingerichtet. Es war die Suche nach der Nadel im Heuhaufen.

Auch Alexandra Voosen hatte keine Vorstellung, wer es da auf sie abgesehen haben könnte.

„Ganz bestimmt gibt es Leute, die mich nicht mögen", räumte sie ein, als sie sich in Majas Büro gegenübersaßen. Der Blutverlust hatte sich entgegen Majas erster Befürchtungen in Grenzen gehalten, und die junge Frau war mehr oder weniger mit dem Schrecken davongekommen. Grundmann hatte sich mit einem knappen „bin mal in der Kriminaltechnik" zurückgezogen, und Maja war mit der leicht verletzten Escort-Dame allein. Das war gegen die Dienstvorschrift, die verlangte, dass bei einem Verhör zwei Beamte anwesend sein mussten. Am liebsten wäre Maja hinter Grundmann hergelaufen und hätte ihn zurückgepfiffen. Doch sie wollte keine Zeit verlieren und setzte das Verhör auch ohne die Anwesenheit von Jürgen Grundmann fort.

Alexandra Voosens Bluse war am kurzen Ärmel zerfetzt, und neben dem Verband zierte ein blauer Fleck, der vom Sturz rührte, ihr hübsches Gesicht. Maja drängte sich die Frage auf, ob Alexandra Voosen in diesem Zustand arbeitsfähig war.

„Wenn man wohlhabende Männer auf Geschäftsreisen, Messen und Empfänge begleitet, dann gibt es sicherlich Neider und gehörnte Ehefrauen. Ob es unter ihnen aber jemanden gibt, der dafür einen Mord riskieren würde?“ Sie zuckte die Schultern.

„Das war ein Attentat in allerbester Mafia-Manier“, verbesserte Maja sie.

„Möglich, Sie sind die Spezialistin auf diesem Gebiet.“ Dann wurde Alexandra Voosen blass. „Glauben Sie ernsthaft, ich hätte Kontakte zum organisierten Verbrechen?“

„Ist das denn auszuschließen?“ Maja beugte sich über ihre Schreibtischplatte und fixierte Alexandra Voosen mit ihrem Blick.

„Grundsätzlich nicht, aber ich bin mir keiner Schuld bewusst.“

„Wo waren Sie in der Nacht, als Christian Vorberg getötet wurde?“

„Ich möchte nicht darüber sprechen.“ Sie schlug die Beine übereinander und schürzte die Lippen. Strich eine Falte ihres knielangen Rockes glatt und wich Majas Blicken aus.

„Ich hoffe, Sie sind sich darüber im Klaren, dass Sie sich dann zur Tatverdächtigen machen“, erwiderte Maja kühl. Sekundenlang kehrte Schweigen ein.

„Besitzen Sie eigentlich eine Waffe?“, unterbrach Maja dann die Stille. Gedämpfter Verkehrslärm von der Zentralstraße drang durch das geöffnete Fenster ins Büro.

„Nein.“ Kopfschütteln, wieder eine fahrige Geste, und Maja erkannte, dass Alexandra Voosen log.

„Kommt man in Ihrem Beruf nicht manchmal in eine gefährliche Situation? Ich könnte mir denken, dass der eine oder andere Kunde schon mal zudringlich wird und dass Sie ihn dann im Ernstfall mit einer Waffe auf Distanz halten."

„Hören Sie", ihr Kopf ruckte hoch, und ihre katzenhaften Augen funkelten böse. „Ich glaube, Sie haben keine Ahnung von meinem Beruf. Meine Kunden sind reiche und entsprechend intelligente Männer, oft Manager in großen Unternehmen. Es würde sich sofort herumsprechen, wenn ich einen von ihnen in einer eindeutigen Situation mit einer Waffe in Schach halten würde, glauben Sie nicht?" Alexandra Voosen schüttelte den Kopf. „Nein, das wissen Sie nicht, das können Sie auch gar nicht wissen. Also werde ich es Ihnen sagen: Ich wäre erledigt. Vergessen Sie Ihre Waffentheorie!"

„Ich werde überprüfen lassen, ob Sie im Besitz eines gültigen Waffenscheins sind", kündigte Maja unbeeindruckt an. „Sollte das nicht der Fall sein, und wir finden bei einer Hausdurchsuchung eine meldepflichtige Waffe, haben Sie ein ziemliches Problem."

„Sie werden mein Haus durchsuchen?"

„Das kann ich nicht ausschließen. Sicherlich hängt das auch davon ob, ob Sie mit uns kooperieren."

„Sie drohen mir."

„Nein, ich sagte nur, was wir tun werden, wenn wir nicht im Gespräch an die nötigen Informationen kommen. Also empfehle ich Ihnen, mit uns zusammenzuarbeiten. Wenn Christian Vorberg tatsächlich ein Freund von Ihnen war, dürfte Ihnen auch daran gelegen sein, den Mord an ihm aufzuklären."

„Ich habe nicht gesagt, dass er ein Freund war." Alexandra Voosens Stimme klang schrill.

Majas Strategie ging auf. Befriedigt stellte sie fest, dass sich die Escort-Dame in die Enge getrieben fühlte. Doch noch wagte sie nicht zu hoffen, dass sie sie weich gekocht hatte. Mit einem Ruck erhob sie sich und wanderte durch das Büro. Am Fenster blieb sie stehen und blickte hinab auf die Straße. Etwas war anders, aber sie wusste nicht, was. Maja wandte sich vom Blick auf die Zentralstraße ab und lehnte sich an die Fensterbank.

„Dann verraten Sie mir, in welchem Verhältnis Sie zueinander standen."

„Wir haben zusammengearbeitet. Nicht mehr und nicht weniger."

„Erklären Sie mir die Zusammenarbeit." Maja stieß sich von der Fensterbank ab und setzte die Wanderung durch das Büro fort.

Plötzlich flog die Tür auf und ein sichtlich aufgeregter Jürgen Grundmann stürmte in den Raum. Er fuchtelte aufgeregt mit den Händen in der Luft herum. „Maja, kommst du bitte mal?"

„Ich stecke gerade mitten im Verhör", wehrte sie sich.

„Komm schon, es ist wichtig."

Maja erhob sich seufzend und bat Alexandra Voosen um Geduld. „Ich bin gleich wieder da", sagte sie, und das Callgirl nickte stumm. Auf dem Korridor angekommen, herrschte Maja Grundmann an: „Was soll diese Aktion? Erst lässt du mich mit ihr alleine und haust mitten im Verhör ab, und jetzt holst du mich auch noch da raus?"

Grundmann ging nicht auf ihre Vorwürfe ein. „Wir haben Markus Vorberg gefunden", rief er aufgebracht. „Er ist tot. Man hat ihn erschossen im Keller seines Hauses in Holzminden gefunden."

SIEBZEHN

Am Kiekenstein, Holzminden, 16.25 Uhr

„Es sollte nach Suizid aussehen", eröffnete der Notarzt ihnen, als sie im Keller des Mehrfamilienhauses Am Kiekenstein eintrafen. Es roch muffig hier unten, und Maja rümpfte die Nase. Nach der Nachricht von Grundmann hatte sie sofort ein Tatort-Team losgeschickt, das sich um die Spurensicherung gekümmert hatte. Auch ein Ballistiker hatte sich sofort auf den Weg gemacht.

Der diensthabende Notarzt, Dr. Bergert aus Holzminden, hatte die erste Leichenschau vorgenommen und im Totenschein bei „Todesursache ungeklärt" sein Kreuz gemacht.

Nun wartete man auf die Kollegen von der Gerichtsmedizin und den Staatsanwalt. Bergert, ein untersetzter Mittvierziger mit welligem schwarzem Haar und einer Brille, winkte mit einem müden Lächeln ab. „Keine Schmauchspuren an den Händen, und auch der Einschusswinkel hat ganz klar ergeben, dass sich Vorberg nicht selbst getötet hat. Jemand hat ihn erschossen und ihm nach Eintreten des Todes die Pistole in die Hand gedrückt."

„Das wird eine heiße Nummer", seufzte Maja und tauschte einen Blick mit Grundmann, der tatenlos herumstand und ein langes Gesicht machte. Er machte noch immer keinen Hehl daraus, dass er beleidigt war, weil Dauber ihn eigentlich an die Seite von Roland Alders gestellt hatte.

„Der Mord an Christian Vorberg, das missglückte Attentat auf Alexandra Voosen und jetzt das hier." Sie schüttelte den Kopf. „Es ist eine Frage der Zeit, bis sich das LKA in den Fall einmischt."

„Die drei müssen sich gekannt haben", brummte Grundmann. „Geh mal davon aus, dass zwischen den Morden ein Zusammenhang besteht."

„Toll", erwiderte Maja. „Und dann sag mir bitte, wo besteht der Zusammenhang?"

Grundmann schob die Unterlippe vor und erinnerte an einen trotzigen kleinen Jungen, der schon viel zu viel verraten hatte.

„Dazu sollten wir abwarten, was die Befragung seines gesellschaftlichen Umfeldes ergibt", antwortete Grundmann.

„Wir haben nicht alle Ewigkeit Zeit", entgegnete Maja genervt. „Wir treten auf der Stelle, und das geht mir ziemlich auf die…" Sie brach ab, als Grundmann blöde grinste.

Bodenwerder, 16.35 Uhr

Als er den Stadtkern von Bodenwerder erreichte, fühlte sich Ulbricht in die Vergangenheit versetzt. Malerische, teils windschiefe Fachwerkhäuser aus dem 17. und 18. Jahrhundert bestimmten das Straßenbild der über 700 Jahre alten Stadt. So konnte er sich die Kur gefallen lassen, dachte er gut gelaunt, als er den Porsche im Schatten einer alten Kastanie unweit des Münchhausen-Museums parkte. Den Rest des Weges legte er zu Fuß zurück. Ein Spaziergang konnte nicht schaden. Der Baron zu Münchhausen war allgegenwärtig, so schien es Ulbricht; und es wunderte ihn nicht, dass man das Geburtshaus des Lügenbarons zum Rathaus der Stadt umfunktioniert hatte. Er musste schmunzeln, als er sich fragte, ob die Menschen, die heute hier arbeiteten, auch so prächtige Lügner wären wie der gute alte Baron. Ulbricht erfreute sich an dem mittelalterlichen Stadtbild und atmete tief durch. Er wagte kaum daran zu denken, dass er sich hier nur für eine kurze Zeit aufhielt und schon bald den Heimweg ins Bergische Land antreten würde.

Jetzt, wo Maja eine gute Freundin, eine Verbündete für ihn geworden war. Sie hatte das Herz am rechten Fleck und verstand es, ihn in die Schranken zu weisen, wenn er mal wieder über das Ziel hinausschoss. Vielleicht war es genau das, was ihm all die Jahre als verbitterter Kommissar in Wuppertal gefehlt hatte.

Am Münchhausen-Brunnen turnten ein paar Kinder herum und beäugten ihn neugierig.

An der Homburgstraße reihten sich Fachwerkhäuser mit farbenfrohen Fassaden wie Perlen auf einer Schnur. Sicherheitshalber warf Ulbricht einen Blick auf den Zettel, den er von Martha Hutmacher mitbekommen hatte. Die Hausnummer stimmte, und so schritt er durch ein grünes Spalier auf den Eingang zu. Ein kleines Schild rechts neben der Haustür wies Ankömmlinge darauf hin, dass sie im Begriff waren, eine *Kreativinsel* zu betreten. So nämlich hatte der Inhaber des Fotostudios seinen Betrieb getauft. Er blickte sich um und wurde misstrauisch von einer alten Dame beobachtet, die ihren Hund an der Leine Gassi führte. Ulbricht lächelte freundlich, und die Alte zog langsam weiter und schüttelte den Kopf.

Vor dem Haus stand ein dunkler Audi mit Holzmindener Kennzeichen und den Initialen seines Besitzers. Der Inhaber des Fotostudios war also anwesend.

Ulbricht legte den Finger auf den Klingelknopf und lauschte verzückt der hellen Glocke, die im Haus erklang. Als er sich gegen die Haustüre lehnte, stellte er fest, dass sie offenbar nur angelehnt war, denn er hatte Mühe, nicht das Gleichgewicht zu verlieren und ins Haus zu fallen. Der peinliche Auftritt blieb ihm jedoch erspart, und so fand er sich im nächsten Augenblick in einem langen, taghell erleuchteten Korridor wieder. An den weißgetünchten Wänden erblickte er riesengroße Schwarzweißfotografien in gläsernen Rahmen, die von Halogenspots ins rechte Licht getaucht wurden. Ulbricht betrachtete die Aufnahmen, die kunstvoll in Szene gesetzte, spärlich bekleidete Frauenkörper zeigten.

Die großformatigen Bilder waren jedoch nicht pornographisch, sondern setzten sich sehr stilvoll mit den Schönheiten der Frauen auseinander. Obwohl Ulbricht nicht viel davon verstand, so sah er gleich, dass der Fotograf das Zusammenspiel von Licht und Schatten beherrschte. Vor dem Bild einer kurvigen Dame in halterlosen Strümpfen und einer schwarzen Spitzenkorsage blieb er stehen und hätte um ein Haar anerkennend gepfiffen.

„Guten Tag, mein Herr, was kann ich für Sie tun?"

Als er die näselnde Stimme hinter sich vernahm, riss er sich vom Anblick der leicht bekleideten Schwarzhaarigen los und wirbelte herum. Ulbricht hatte keine Schritte gehört, und so blieb ihm nur die Vermutung, dass sich sein Gegenüber lautlos genähert hatte. Das Gesicht des Mannes, den Ulbricht um die dreißig schätzte, war braun gebrannt; dazu bildeten das weiße Hemd und die helle Markenjeans einen Kontrast. Er hatte sich die Haare gegelt; oberhalb der Stirn steckte eine Sonnenbrille im Haar. Eine feine Aftershave-

Wolke umgab den Mann, den Ulbricht auf den ersten Blick als schwul einstufte.

„Herr Maar? Herr Torsten Maar?“, fragte Ulbricht freundlich.

„Ja, der bin ich.“

Sein Händedruck war weich, was Ulbricht nicht daran hinderte, dem Fotografen fest die Hand zu drücken. Maar trat neben Ulbricht und betrachtete die schwarzhaarige Rubensfrau mit verzückter Miene.

„Ist sie nicht wundervoll?“

„Allerdings.“ Ulbricht musste sich eingestehen, dass die Frau auf dem Bild Leidenschaft pur und Verführung ausstrahlte. Er fragte sich, was sie im wahren Leben tat.

„Sie ist Lehrerin, hier in Bodenwerder.“ Maar blickte Ulbricht an und wartete auf dessen Reaktion, also machte er ihm die Freude und setzte ein überraschtes Gesicht auf. Wahrscheinlich hatte er Ulbrichts Gedanken gelesen, und der Kommissar fühlte sich ein wenig ertappt.

„Lehrerin?“, wiederholte er. „Das hätte ich nun wirklich nicht gedacht.“

„Viele Damen begeistern sich für die erotische Fotografie.“

„Um ihren Männern eine Freude zu machen, nehme ich an?“

„Weniger. Eher geht es darum, ein positives Gefühl für den eigenen Körper zu bekommen. Jede Frau ist von Natur aus schön. Und ich setze sie in Szene und hebe die Schönheiten jedes Körpers hervor. Das ist nichts Anrüchiges, schon lange nicht mehr.“

Und sie trauen sich, vor dir nackt zu posieren, weil du schwul bist, antwortete Ulbricht in Gedanken. „Dann ist die erotische Fotografie Ihr Spezialgebiet?“

„Allerdings. Wie schon Max Ernst sagte: Die Nacktheit der Frau ist weiser als die Lehre des Philosophen." Er führte Ulbricht zu einem weiteren Bild. Es zeigte eine reife Frau mit üppigen Rundungen. Ihre Nacktheit wurde von einem dunklen Tuch umschmeichelt.

„Und die hier", erklärte Maar, „ist eine Polizistin."

Ulbricht hatte Mühe, seine Überraschung zu verbergen.

„Eine Kommissarin, um genau zu sein."

Torsten Maar grinste stolz.

„Kaum zu glauben, dass sie im wahren Leben Verbrecher jagt, was?"

„Absolut", stammelte Ulbricht, der nun noch genauer hinschaute und Maja jetzt erst erkannte. Das hatte er nicht von ihr gedacht. Sie war eine attraktive Frau, natürlich keine zwanzig mehr, aber dass sie erotische Fotos gemacht hatte, bedeutete für Ulbricht eine völlig neue Sicht auf Maja Klausen. Er trat näher und betrachtete die Aufnahme, die mit weichem Licht gemacht worden war. Kein Zweifel – Maja machte eine gute Figur und war trotz des fortgeschrittenen Alters eine verführerische Frau.

„Sie ist ein wunderschönes Rubens-Modell, finden Sie nicht?" Maar bekam nichts von Ulbrichts Überraschung mit.

„In der Tat, das ist sie", schmunzelte Ulbricht und fragte sich, ob Maja sich selbst auch als Rubens-Modell bezeichnen würde. Er beschloss, sie beizeiten danach zu fragen.

Torsten Maar war ernst geworden und führte seinen Besucher weiter.

„Aber Sie sehen nicht aus, als würden Sie sich gern von mir fotografieren lassen. Was kann ich für Sie tun?"

„Es geht um den Mord an Christian Vorberg." Ulbricht sah, wie sich die Miene des smarten Knipsers verdunkelte.

„Eine schreckliche Sache", bedauerte Maar. „Aber was habe ich damit zu tun?"

„Sie haben ihm ab und zu Ihr Studio vermietet."

„Er hat immer pünktlich bezahlt." Ein nervöses Kichern folgte. „Also habe ich kein Motiv für den Mord an Christian."

Maar schien Ulbricht zu vertrauen - anscheinend sah er mit seinem zerknitterten Trenchcoat und den ungekämmten, etwas zu langen Haaren tatsächlich aus wie ein übernächtigter Kripomann auf der Suche nach einem Mörder.

„Mich würde interessieren, wie Ihr Verhältnis zueinander war."

„Oh." Maar errötete. „Lassen Sie das nicht den Jan hören. Wir sind seit zwei Jahren zusammen und wollen im nächsten Jahr heiraten. So was geht ja jetzt dankenswerterweise. Er lebt augenblicklich auf der grünen Insel, in Irland, um dort mal abzuschalten. So was brauchen wir Kreativen manchmal." Ein verständnisvolles Lächeln. „Schwamm drüber, er macht gerade Urlaub vom Urlaub und ist hier bei mir. In drei Wochen mache ich den Laden hier dicht, und dann fahre ich mit Jan auf die Insel. Ich muss auch mal raus hier, wissen Sie." Dann schüttelte er den Kopf. „Ich langweile Sie. Aber, um beim Thema zu bleiben: Ich war mit Christian befreundet, wir kennen uns seit Ewigkeiten. Ein netter Kerl und sogar recht gut aussehend. Allerdings nicht schwul, ganz im Gegenteil." Nun machte er ein Zeichen. „Kommen Sie, gehen wir in mein Office, da lässt es sich entspannter plaudern."

Ulbricht hatte keine Einwände und folgte dem Fotografen in ein großes, helles Büro mit modernem Mobiliar, das sicherlich von begnadeten Designern stammte und wahrscheinlich ein Heidengeld gekostet hatte. Wären nicht die dunklen Balken unter der Decke, hätte Ulbricht glatt vergessen, dass er sich in einem von außen historisch anmutenden Fachwerkhaus befand, das sicherlich unter Denkmalschutz stand. Ulbricht sank in ein weiches Sitzmöbel, während sich Maar hinter einem gläsernen Schreibtisch verkroch und den Gast mit betroffener Miene musterte. Ulbricht entdeckte ein kleines gerahmtes Bild auf Maars Schreibtisch. Es zeigte ihn im Arm eines anderen Mannes. Auf dem Foto blickten sie sich verliebt in die Augen. Ulbricht hatte keine Vorurteile, und Torsten Maar schien recht offensiv mit seiner Homosexualität umzugehen. Maars Partner war hochgewachsen und muskulös, er hatte dichtes braunes Haar, das er kurz geschnitten trug und braune Augen.

„Das ist er, mein Jan", sagte Maar lächelnd, als er Ulbrichts Blicke bemerkt hatte.

„Nett." Mehr fiel Ulbricht nicht zu ihm ein. Wären Torsten Maar oder Jan ihm auf der Straße begegnet, hätte er wohl weder den einen noch den anderen als homosexuell erkannt. Doch er war nicht hier, um über Homo- und Heterosexualität zu philosophieren.

„Aber zurück zu Christian Vorberg: Hatte er Frauengeschichten?"

„Und wie, kein Wunder, bei seinem Aussehen. Abgesehen davon war er ein talentierter Fotograf, ich habe mich immer gefragt, warum er für diese Zeitungen arbeitet, anstatt seine Kunst auszuleben und damit Geld zu verdienen." Maar klang pikiert.

„Das, was Sie machen, ist also Kunst?"

Schulterzucken. „Das mögen einige Zeitgenossen so bezeichnen. Ich habe mich auf die erotische Fotografie eingeschossen, und der Umstand, dass ich die Damen einiger Escort-Dienste im Umland in Szene setze, ist eine lukrative Geldquelle.“ Er lehnte sich zurück und schlug die Beine übereinander.

Beim Wort Escort-Dienst wurde Ulbricht hellhörig. „Wie muss ich mir das vorstellen?“, hakte er nach.

„Nun, jeder Begleitdienst hat längst eine Präsenz im Internet, das ist heute so. Hier können sich die Herren eine Dame nach ihrem Geschmack aussuchen, können vor der Buchung besondere Vorlieben der Damen nachlesen, und sie können sich die Dame ansehen, die in Frage kommt.“

„Für diese Internetseiten machen Sie die Fotos?“

Er nickte und legte die Fingerspitzen beider Hände aneinander, um sie zum Kinn zu führen.

Denkerpose, diagnostizierte Ulbricht. *Er macht auf intellektuell.*

„Die Fotos sollen Appetit auf mehr machen, wenn ich das so salopp ausdrücken darf. Und ich weiß, was die Begleitagenturen wünschen. Deshalb kommen sie gern auf mich als erfahrenen Profi zurück.“

„Diese Damen schlafen mit ihren Freiern.“

„Lassen Sie das keinen Begleitservice hören“, erwiderte Maar empört. „Freier gibt es nicht. Die Herren sind Kunden, wohlhabende Kunden, die bereit sind, über tausend Euro für eine gemeinsame Nacht mit einer der Damen zu bezahlen. Dabei geht es in erster Linie tatsächlich ums Begleiten, um ein gemeinsames Essen oder einen Abend in der Oper. Alles andere ist aufpreispflichtig.“

Maar rieb bezeichnend Daumen und Zeigefinger aneinander.

„Diese Frauen prostituieren sich“, stellte Ulbricht fest. „Es heißt nur anders als auf dem Straßenstrich, wo alles etwas rustikaler zugeht.“

„Nennen Sie es wie Sie wollen.“ Maar zwinkerte Ulbricht zu. „Wir sind ja ganz unter uns.“

„Kennen Sie eine Alexandra Voosen?“

„Natürlich. Alexandra war mit Christian befreundet.“

„Befreundet, oder waren sie Geschäftspartner?“

„Beides, würde ich schätzen“, lachte Maar. „An manchen Tagen waren sie wie ein frisch verliebtes Paar, an anderen Tagen waren sie kühl und sehr distanziert zueinander. Ich konnte das nie so ganz einschätzen. Aber dass sie das Geschäft verbunden hat, dürfte sicher sein.“

„Was waren das für Geschäfte?“ Ulbricht spürte, dass er endlich auf der richtigen Fährte war.

„Tut mir leid, das kann ich nicht beantworten“, antwortete Maar.

„Sie sagten, dass sich ein Callgirl mit sehr wohlhabenden Männern trifft.“ Ähnliches hatte er in der Hamelner Polizeiinspektion und von Sticher auch schon gehört. Scheinbar hüteten Escort-Damen ihren Kundenkreis wie ein Staatsgeheimnis. Es sei denn, man nutzt das bei einem Date gewonnene Wissen.

„Das ist richtig. Eine Frau wie Alexandra Voosen hat Klasse, das kann ich Ihnen verraten. Und ich weiß, dass einflussreiche Männer aus dem Weserbergland in ihrer Kundenkartei stehen.“

„Nennen Sie mir Namen.“

„Das kann ich leider nicht. Obwohl ich einen guten Draht zu Alex habe, würde sie sich lieber eine Hand abhacken, als mit mir über ihre Kontakte zu plaudern, so viel steht fest.“

„Hm." Ulbricht nickte.

Er sehnte sich nach einer Zigarette und versuchte, die Sucht zu verdrängen. Immerhin hatte er sich ein Ziel gesetzt: Er wollte als Nichtraucher nach Wuppertal heimkehren. „Aber im Umkehrschluss könnte sie ihr Wissen ausgenutzt haben, um sich Vorteile zu verschaffen?"

„Erpressung?" Die Stimme von Torsten Maar klang nicht gekränkt oder erschrocken - sie klang sachlich. Maar schürzte die Lippen. „Alex ist sehr materialistisch, das steht außer Frage. Aber ob sie in der Lage wäre, ihre Kunden zu erpressen?"

„Und wenn sie es nicht tut, was ist dann mit Christian Vorberg?"

„Dafür kenne ich ihn dann doch nicht gut genug."

Ulbricht wusste, dass sein Gastgeber jetzt log. Aber er ließ Maar in dem Glauben, dass er keine Zweifel an dessen Aussage hegte.

„Angenommen, es wäre so, wie könnte eine Erpressung aussehen, die von Vorberg und Alexandra Voosen durchgeführt würde?"

„Verlangen Sie allen Ernstes, dass ich meine Freunde eines Verbrechens bezichtige?"

Ulbricht spürte, dass er seine Trümpfe ausgereizt hatte und änderte seine Taktik.

„In welchem Zusammenhang kennen sich Alexandra Voosen und Markus Vorberg?"

„In erster Linie durch seinen Bruder", kam es wie aus der Pistole geschossen. „Und es ist allgemein bekannt, dass Markus Vorberg kleinere Mengen leichter Drogen verkauft." Maar lächelte kokett. „Aber das ist den Kollegen im Fachdezernat für Drogenkriminalität sicherlich bekannt", fügte er mit einem zuckersüßen Lächeln hinzu.

Ulbricht nickte. „Und sie hat sich von ihm Drogen beschaffen lassen?"

„Nichts Wildes. Mal eine Tüte Gras, für den persönlichen Gebrauch. Nicht mehr, nicht weniger. Wie Sie das nun als Kriminalist bewerten, überlasse ich Ihnen. Aber wie gesagt – das ist nichts Neues bei Ihren Kollegen."

Wieder erwiderte Ulbricht nichts. Er hatte vorerst genug gehört und ließ sich von Torsten Maar zur Tür begleiten. Im Hinausgehen drehte er sich noch einmal zum Inhaber des Fotostudios um. „Was muss ich eigentlich tun, wenn ich eines der von Ihnen ausgestellten Werke käuflich erwerben möchte?"

Maars Miene drückte Bedauern aus. „Das tut mir leid. Aber ich fürchte, dass Sie sich dabei an eine der Damen wenden müssen, die mir Modell gestanden haben."

„Das habe ich geahnt", murmelte Ulbricht, dann stand er in der Nachmittagssonne.

ACHTZEHN

Immer wieder blickte er auf die Armbanduhr. Vor knapp fünf Stunden hatte er diesen seltsamen Ermittler angerufen. Norbert Ulbricht war sein Mann. Nachdem er in den letzten Tagen so viele Enttäuschungen hatte erleben müssen, galt es nun, das weitere Vorgehen genau zu planen. Ihm durfte kein Fehler mehr unterlaufen. Er hatte sich lange genug mit schlecht bezahlten Dilettanten herumgeärgert, die ihm eine Menge Ärger und schlaflose Nächte bereitet hatten. Nun hatte er seine Mission zur Chefsache gemacht und war sicher, dass das der einzig wahre Weg war. Deshalb hatte er die Flucht nach vorn gewagt und zu diesem seltsamen Ermittler Kontakt aufgenommen. Wahrscheinlich, so spann er seinen Faden weiter, ging er den Kollegen, die im Mordfall Christian Vorberg ermittelten, auf die Nerven.

Somit war Ulbricht sein Mann. Er würde ihn auf seine Seite holen und ihm seine Geschichte erzählen. Wenn die Rechnung aufging, dann war er ein gemachter Mann. Doch noch dauerte es ein paar Stunden. Mühsam erhob er sich von seiner Ledercouch und durchwanderte das große Wohnzimmer. Trat an das Fenster und blickte hinab in den parkähnlich angelegten Garten, der bis ans Weserufer reichte. Der Fluss glitzerte im Licht der Nachmittagssonne; ein strahlend weißer Ausflugsdampfer zog mit Wesertouristen gemächlich seine Bahn auf dem Wasser. Rechts und links war das Grundstück durch drei Meter große, blickdichte Hecken vor allzu neugierigen Blicken abgeschirmt. Niemand musste etwas von dem mitbekommen, was sich in seiner Villa und in seinem Garten abspielte. Er hasste seit diesem einen Vorfall die Öffentlichkeit, ließ sich, wenn möglich, durch einen Mitarbeiter aus der Presseabteilung vertreten, wenn es darum ging, sein Unternehmen in der Öffentlichkeit zu präsentieren. So hatte er den Kopf frei, sich um das Tagesgeschäft zu kümmern.

Und heute war die Zeit gekommen, um die Weichen endgültig in Richtung Zukunft zu stellen. Zunächst würde er Ulbricht von seinem tragischen Schicksal begeistern, dann würde er das Geschäft seines Lebens unter Dach und Fach bringen.

Mit einem breiten Grinsen riss er sich vom Blick in den Garten los und trat an das Kabinett, um sich einen Whisky zu gönnen. Er entschied sich nach kurzem Überlegen für einen nordirischen Single Malt und griff mit geübtem Blick nach der Flasche Bushmills, deren Inhalt 16 Jahre alt war. Goldgelb glitzerte der Whisky im Glas, er hielt es gegen das einfallende Licht und genoss den würzig samtenen Duft, bevor er daran nippte. Der Geruch von Zitrusfrüchten, Eichenholz und Vanille stieg in seine Nase. Er war ein Genießer, was sündhaft teuren Whisky anging, aber von den Sorten, die man im Supermarkt erstehen konnte, bekam er Sodbrennen.

Für einen Augenblick lang schloss er die Augen und gab sich dem tiefen Geschmack einer Mischung aus Marzipan und einer Brise Pfeffer hin, bevor er den Abgang aus Vanille und Kakao schmeckte. Nachdem er das Glas geleert hatte, ging es ihm ein wenig besser. Seine Nerven hatten sich beruhigt, und er war zuversichtlich, dass er den heutigen Abend mit zwei Erfolgen abschließen würde. Jetzt konnte er es kaum erwarten, Norbert Ulbricht endlich persönlich gegenüberzustehen. Sicherlich würde der sich brennend für seine Lebensgeschichte interessieren...

Holzminden, Sollingstraße, 17.05 Uhr

Mit dem Porsche war es ein Katzensprung bis nach Holzminden, und um ein Haar wäre Ulbricht kurz hinter dem Ortseingangsschild in eine Radarfalle gerast. Er musste nicht lange suchen, bis er die Tankstelle fand, zu der sein Vectra geschleppt worden war. Seitlich gab es eine Reparaturhalle. Durch das offene Rolltor sah er seinen alten Opel auf der Hebebühne stehen. Ulbricht parkte den Sportwagen am Rand des Tankstellengeländes und marschierte zielstrebig in die kleine Werkstatt. Als er seinen Wagen völlig verwaist und mit offener Motorhaube antraf, ging er hinüber zum gläsernen Kassenhäuschen der Tankstelle. Gleich drei Kühlaggregate, in denen es eisgekühlte Getränke gab, summten um die Wette.

Drei Kunden waren vor ihm, bezahlten neben den Benzinrechnungen noch Dinge, die sie im kleinen Tankstellenshop erstanden hatten – und Zigaretten. Ulbricht lenkte sich ab, indem er die bunten Auslagen betrachtete. Heutige Tankstellen waren kleine Supermärkte, in denen die Artikel, die man zu den regulären Öffnungszeiten im Discounter kaufte, zu Apothekerkonditionen zu bekommen waren. Trotzdem schien der Laden zu brummen, und als er endlich an der Reihe war, hatte Ulbricht fast vergessen, warum er hier war.

„Ulbricht, guten Tag", murmelte er. „Mir gehört der Vectra in der Werkstatt. Können Sie mir vielleicht sagen, wie es um die Reparatur steht?" Sein Gegenüber war vielleicht vierzig Jahre alt, hatte dunkles, welliges Haar und buschige Augenbrauen. „P. Kuhnert", so las er den Namen des Angestellten vom Namensschild auf der Brusttasche ab.

„Oh, Sie sind das." Das Gesicht des Tankwartes hellte sich auf. „Ich hätte ihn schon längst fertig, aber eine 400-Euro-Kraft ist heute ausgefallen, deshalb muss ich die Kasse mitmachen und komm drüben in der Werkstatt zu nichts. Aber warten Sie, ich hole Verstärkung, dann nehme ich mir einen Augenblick Zeit." Er verschwand, ohne Ulbrichts Antwort abzuwarten in einem Hinterzimmer, aus dem würziger Tabakrauch in den Kassenraum drang. Ulbricht erwischte sich dabei, den Duft genießerisch einzuatmen. Er überlegte, ob es schaden konnte, wenn er sich eine Packung Zigaretten kaufte. Das musste er den Ärzten in Bad Pyrmont ja nicht auf die Nase binden – denn er war volljährig und im Besitz seiner geistigen Kräfte. Bevor er sich zu einem Kauf durchringen konnte, erschien Kuhnert in Begleitung einer jungen Angestellten im Verkaufsraum der Tankstelle. Sie lächelte Ulbricht unsicher an und übernahm die Kasse.

„So", sagte Kuhnert und machte ein Zeichen, ihm zu folgen. Brav trottete Ulbricht ihm hinterher – ohne Zigaretten. „Unsere Studentin hat ihre Pause freundlicherweise etwas früher beendet, deshalb habe ich jetzt Luft."

„Das ist schön." Seite an Seite gingen sie zur kleinen Werkstatt. Der Geruch von Öl und Gummi bohrte sich in Ulbrichts Atemwege. Sie standen neben dem Vectra, und mit einem Blick unter die offene Motorhaube stellte Ulbricht mit Bestürzung fest, dass einige Bauteile des Motors ausgebaut waren. So musste eine teure Reparatur aussehen, da war er sicher.

„Um es kurz zu machen: Typische Opel-Krankheit: Die Nockenwelle hat den Geist aufgegeben. Ein neues Teil ist bestellt und kommt wahrscheinlich heute noch hier an. Aber ich will Ihnen nichts vormachen: Gleich ist Feierabend, und Überstunden bekomme ich nicht bezahlt."

Ulbricht konnte die Nachricht verschmerzen, verfügte er doch über einen akzeptablen Ersatzwagen. Er nickte. „Apropos bezahlen", nahm er Kuhnerts Faden auf. „Was kostet mich der Spaß?"

„Das müssen Sie meinen Chef fragen, aber mit ein paar hundert Euro sind Sie dabei, fürchte ich. Das heißt, wenn Sie so viel noch investieren möchten. Das Auto hat die besten Tage schon hinter sich." Kuhnert grinste ein wenig unbeholfen.

„Na hören Sie mal", knurrte Ulbricht und streichelte dem Vectra fast zärtlich über das staubige Dach. „Das ist ein Liebhaberfahrzeug!"

„Sieht man ihm gar nicht an", entgegnete Kuhnert mit einem Blick in das unaufgeräumte Wageninnere. Dann zuckte er die Schultern. „Aber es ist Ihre Entscheidung."

„Wir haben schon eine Menge durchgemacht, der Opel und ich."

„Ist 'ne Bullenkutsche gewesen, was?"

Nicht schon wieder, dachte Ulbricht, aber er nickte. „Ja, das war er mal."

„Hm. Ich hätte Ihnen sonst ein gutes Angebot gemacht." Kuhnert deutete mit dem Kinn auf den roten Porsche, dessen Lack in der Sonne glänzte. „Es sieht nicht aus, als wären Sie auf den Vectra angewiesen."

„Ist nur ein Leihwagen", brummte Ulbricht ein wenig verärgert. Ihn wurmte es, dass man mit alten Autos nicht gern in Werkstätten gesehen war.

„Außerdem – was wollen Sie mit dem Wagen, wenn er doch die besten Tage längst hinter sich hat?"

„Ich hatte einiges Pech in den letzten Tagen", erwiderte Kuhnert ein wenig verlegen. „Das Interesse an Ihrem Wagen ist privater Natur, wenn Sie so wollen. Ein Freund hat meinen Wagen verschrottet, und nun ist ein altes Fahrrad mein einziges Fortbewegungsmittel." Er trat an das Rolltor und blickte gedankenverloren hinaus. Ulbricht folgte ihm.

Erst jetzt sah er den verbeulten Wagen neben der Werkstatt stehen. Die komplette Front war eingedrückt, und es dauerte ein paar Augenblicke, bis er den Unfallwagen wiedererkannte. Es handelte sich um einen alten Toyota Starlet.

„Das ist Ihrer?", fragte Ulbricht und versuchte seine Überraschung zu verdrängen.

„Ja, warum?"

„Ich habe den Wagen schon mal … gesehen." Ulbricht setzte ein schiefes Grinsen auf. „Darf ich fragen, an wen Sie das Auto verliehen hatten?"

„An den Gerhard. Ein richtiger Losertyp, ständig greift er in die Scheiße. Er bringt sich mit Gelegenheitsjobs durchs Leben, und irgendwas stimmte auch mit seinem letzten Auftraggeber nicht. Die Polizei fand Computer im Kofferraum meines Autos."

Ulbricht zog es vor zu schweigen und setzte eine betroffene Miene auf.

„Computer, die aus einem Wohnungseinbruch stammen, wohlbemerkt", fügte Paul Kuhnert hinzu. „Ich weiß nicht, was Gerhard auf dem Kerbholz hat, aber mit diesen Drecksgeschichten will ich nichts zu tun haben. Schlimm genug, dass er meinen Wagen zu Kleinholz gemacht hat und schwer verletzt im Krankenhaus liegt."

„Das mit Ihrem Freund tut mir leid", murmelte Ulbricht und sehnte sich nach einer Zigarette. So wie es aussah, hatte die KTU den Toyota freigegeben. Warum hatte ihm Maja nichts davon gesagt? Er beschloss, sie anzurufen, sobald er die Reparatur seines eigenen Autos offiziell in Auftrag gegeben hatte.

Hameln, Zentralstraße, 17.35 Uhr

Ihr Handy meldete sich, als sie vor die Polizeiinspektion trat und sich schlecht gelaunt auf den Weg zu ihrem Wagen machte, der in einer Parkbucht stand. Dabei registrierte sie, dass Vorbergs Porsche hier nicht mehr parkte. Wahrscheinlich hatten die Kollegen aus der Kriminaltechnik ihn über Nacht wieder auf den sicheren Hof gefahren. Es wäre unverantwortlich, wenn ein teurer Sportwaren gleich vor der Polizeiinspektion geklaut würde.

Sie zog das Handy aus der Handtasche und warf einen Blick darauf.

Ulbricht ruft an, stand dort.

Sie drückte die rote Taste. Auf weitere Hiobsbotschaften konnte sie heute gut verzichten. Der Tag war schlimm genug gewesen. Trotz mehrfacher Versuche hatte sie Dr. Daniel Kunst nicht zu einer Anzeige wegen Erpressung gegen Alexandra Voosen bewegen können. Sein Ansehen in der Öffentlichkeit und seine vermeintlich harmonische Ehe waren ihm wichtiger gewesen als die Gerechtigkeit, und somit ein Callgirl, das seine Freier erpresste, hinter Gittern zu wissen. Er selber würde sich nie wieder mit einer Frau aus dem horizontalen Gewerbe einlassen, das hatte er sich geschworen; also hatte er für den unangenehmen

Zwischenfall seine gerechte Strafe bekommen. Die Nacht mit Alexandra Voosen hatte ihn fast siebentausend Euro gekostet – ein hoher Preis, um Ansehen und Privatleben mit der ahnungslosen Ehefrau zu retten, für einen Mediziner in seiner Position eher ein Taschengeld, wie Maja fand. Vielleicht war das auch der Grund gewesen, weshalb sie ihn nicht dazu überreden konnte, Anzeige wegen Erpressung zu erstatten. Und so hatte sie Alexandra Voosen am späten Nachmittag aus der U-Haft entlassen müssen.

Grundmann hatte die Entlassung der Escort-Lady mit einem spöttischen Grinsen und einem dummen Spruch kommentiert, nur die Rückendeckung von Kriminaloberrat Klaus Dauber hatte sie dazu bewogen, das Geschehene mit einer gesunden Portion Gelassenheit hinzunehmen. Dennoch war der Fall noch lange nicht gelöst.

Maja spürte ein Grummeln in der Magengegend: Hunger. Und wenn sie hungrig war, war sie nicht auszuhalten. Schlecht gelaunt erreichte sie den Corsa und sank hinter das Steuer. Als sie den Wagen durch den Feierabendverkehr zur Pyrmonter Straße lenkte, fragte sie sich, ob sie wirklich schon Feierabend hatte. Etwas tief in ihr sagte, dass ihr Arbeitstag jetzt erst begann.

NEUNZEHN

Ein schrecklicher Tag lag hinter ihr, und am liebsten wäre sie einfach nach Hause gefahren, hätte sich ein heißes Bad eingelassen und ein gutes Buch gelesen. In ihrem Leben war noch niemals auf sie geschossen worden, und von der Polizei war sie auch noch nie festgenommen worden. Als sie am späten Nachmittag in ihr Haus nach Hehlen zurückgekehrt war, hatte sie eine Nachricht auf dem Anrufbeantworter gehabt. Ein Kunde hatte sie kurzfristig für die folgende Nacht gebucht. Und obwohl sie sich eigentlich nicht in der Stimmung befunden hatte, einem Mann angenehme Stunden zu bereiten, so war sie Geschäftsfrau genug, um an das üppige Honorar zu denken. Und als sie den Namen des Kunden hörte, klingelte in Gedanken bereits ihre Kasse. Da ließ sich, so war sie sicher, bestimmt der eine oder andere zusätzliche Euro verdienen. Allein aus diesem Grunde hatte sie den schrecklichen Tag so gut es ging verdrängt, hatte sich geduscht und umgezogen; so, wie es der Kunde gewünscht hatte. Eine gute Stunde, nachdem sie in Hehlen angekommen war, hatte sie sich auf den Weg gemacht, um den Termin in der Villa des Kunden wahrzunehmen. Den blauen Fleck und die Wunde hatte sie so gut es ging mit Schminke überdeckt, den Schmerz verdrängte sie.

Dass er sie zu Hause empfing, verwunderte sie nicht; es war ihr lieber als ein Treffen in einer Bar oder in einem anonymen Hotelzimmer. Nun stand sie vor dem Haus, atmete tief durch und drückte den vergoldeten Klingelknopf neben der Eingangstür. Drinnen schlug ein tiefer Gong an. Hinter der getönten Scheibe näherte sich ein Schatten, es wurde geöffnet.

Sie erkannte ihn sofort wieder, sagte aber nichts. Sie stand einfach da, sagte „Hallo" und lächelte ihn entwaffnend an. An seinem Blick merkte sie, dass sie ihm gefiel und dass er keine Bedenken hatte, sie ins Haus zu lassen.

„Du siehst großartig aus." Er machte den Eingang frei und ließ sie eintreten.

Sie lächelte charmant.

„Danke. So, wie du es magst."

„Ja." Nachdem sie eingetreten war, warf er einen Blick hinaus, fast so, als wolle er sich vergewissern, dass sie nicht beobachtet worden waren. Dann drückte er die schwere Tür ins Schloss, legte einen massiven Riegel und eine Panzerkette vor.

Im nächsten Augenblick fühlte sie sich wie in einer Falle. Doch sie überspielte ihre Unsicherheit mit einem koketten Lächeln. „Angst?"

Er schüttelte den Kopf. „Nur ein erhöhtes Sicherheitsbedürfnis."

Sie ließ sich von ihm den Mantel abnehmen und bemerkte, wie er ihren dezenten Parfümduft durch die Nase einsog. Spürte seine Blicke auf ihrem Körper und fühlte sich gleich eine Spur sicherer. Zu einem figurbetonten dunklen Rock, der eine Handbreit über dem Knie endete, trug sie schwarze Pumps und halterlose Nylons; dazu eine weiße Bluse, deren obere Knöpfe sie bewusst geöffnet hatte, um ihm einen Blick in ihr Dekolleté zu erlauben.

Sie folgte ihm in ein großzügiges Wohnzimmer und nahm auf der ledernen Couch Platz. Er blieb stehen und beobachtete, wie der Saum ihres Rockes höherrutschte und den Blick auf zwei schöne Beine in dunklen Nylonstrümpfen preisgab. Sie gefiel ihm, das war die halbe Miete, dachte sie triumphierend.

An einer Wand gab es einen überdimensionalen Fernseher der neuesten Generation, in jeder Ecke des Raumes stand ein Lautsprecher, der wahrscheinlich für Hörgenuss in Kinoqualität sorgte. Die gegenüberliegende Wand wurde von einem gemauerten Kamin beherrscht, ansonsten gab es ein kleines Sideboard und einen gläsernen Tisch. In einem Regal erblickte sie eine kleine Hi-Fi-Anlage. Die Nachmittagssonne fiel durch das große Fenster in den Raum und tauchte ihn in ein warmes, angenehmes Licht. Sie blickte sich um und fühlte sich wohl bei ihm. Kein Bild einer Frau, kein Hinweis auf Familienangehörige. Anders hatte sie es nicht erwartet. Langsam senkte sich ihr Puls, und sie versuchte sich auf das bevorstehende Geschäft zu konzentrieren.

Er war an das Sideboard getreten und hatte es geöffnet. Darin befand sich eine kleine Bar.

„Was möchtest du trinken?"

„Ich nehme einen Sekt, wenn du hast."

„Natürlich." Er öffnete eine Flasche trockenen Sekt und schenkte ihr ein Glas ein.

Sich selbst schenkte er einen Schluck schottischen Whisky ein, dann kam er mit beiden Gläsern zum Tisch und reichte ihr den Sekt. Sie bemühte sich, das Zittern ihrer Hand zu verbergen, als sie nach dem Sektglas griff.

Schweigend prosteten sie sich zu.

„Ich habe leider nicht viel Zeit heute", sagte er mit einem tiefen Bedauern, während er ihr einen verschlossenen Briefumschlag reichte. „Ich möchte dich bar bezahlen. Nicht auszudenken, wenn meine Kreditkartennummer in deiner Buchhaltung auftaucht."

Sie nahm das Kuvert an sich und ließ es kommentarlos in ihrer kleinen Handtasche verschwinden. 1200 Euro, so viel verlangte sie für eine gemeinsame Nacht mit einem Kunden. Er kannte ihren Tarif, da war sie sicher. Dann konzentrierte sie sich wieder auf den Geschäftsmann.

Okay, dachte sie, *er will schnellen Sex.*

„Möchtest du reden, oder wollen wir ins Schlafzimmer gehen?"

Er dachte kurz nach, schüttete den Inhalt des Glases herunter, dann lächelte er sie an.

„Vielleicht können wir beides verbinden?"

Sie erhob sich und trat auf ihn zu, nachdem sie das halb leere Glas auf den Tisch gestellt hatte. „Natürlich geht das."

„Dann komm." Er stellte das leere Glas auf den Tisch und führte sie in das obere Stockwerk der Villa. Ein dicker Teppich auf dem langen Korridor dämpfte ihre Schritte. Rechts und links zweigten mit aufwendigen Schnitzereien verzierte Türen ab. Sie ließ sich von ihm in sein Schlafzimmer führen, das, wie das Wohnzimmer, zur Rückseite des Hauses lag.

Niemand wird deine Schreie hören, vernahm sie plötzlich eine innere Stimme.

Doch sie gab sich Mühe, die Unsicherheit zu verbergen.

Er würde ihr nichts antun; er war ein seriöser Geschäftsmann, für den viel auf dem Spiel stand.

Unaufgefordert sank sie auf die Bettkante und streifte sich die Bluse ab. Sie trug knappe schwarze Wäsche, die ihre weiblichen Formen vorteilhaft betonte. Dann erhob sie sich und ließ den Rock zu Boden gleiten. Der dünne Stoff raschelte leise, dann stand sie in einem transparenten BH, einem knappen Slip und in halterlosen Strümpfen vor ihm und hoffte, dass er ihre mit Make-up verdeckten Verletzungen nicht entdeckte.

„Um Missverständnissen vorzubeugen", warf er ein. „Ich möchte nicht mit dir schlafen."

Natürlich willst du das. Alle Männer wollen mit mir schlafen.

Sie blickte ihn lächelnd an.

„Warum hast du mich gebucht?"

„Weil du gewisse Vorteile hast."

Er erwiderte ihr Lächeln, während seine Kieferknochen unter der Anspannung mahlten.

„Was möchtest du von mir?"

„Informationen", erwiderte er leise, aber bestimmt.

Ihr Lächeln gefror, und sie spürte, wie die Unsicherheit wieder ihre eiskalten Krallen nach ihr ausstreckte. „Wovon redest du?"

„Das weißt du sehr genau. Aus zuverlässiger Quelle weiß ich, dass du mit vertraulichen Informationen handelst." Er trat näher und drückte sie auf das Bett. Sie leistete keinen Widerstand.

„Ich muss dich enttäuschen: Deine Quellen sind falsch informiert, fürchte ich." Sie wusste, dass er ihr nicht glaubte, sie sah es an seinem spöttischen Blick. Er lachte auf.

„Was hattest du mit Christian Vorberg zu schaffen?" Seine Miene glich einer steinernen Maske.

Sie zuckte unmerklich zusammen, hatte sich aber schnell wieder unter Kontrolle. „Wovon redest du? Er ist tot, so viel weiß ich."

„Er hat es übertrieben mit seinen Erpressungsversuchen."

Sie erhob sich und bückte sich nach dem Rock, doch er packte sie am Unterarm. Sein Griff bereitete ihr

Schmerzen, und sie unterdrückte ein gequältes Stöhnen und ließ den Rock wieder los.

„Und du hast mit ihm gemeinsame Sache gemacht."

Sie schüttelte energisch den Kopf.

„Du hast deine Kunden in die Falle gelockt; er hat Fotos gemacht, mit denen er die vermeintlich treuen Ehemänner erpressen konnte. Und den Verdienst habt ihr euch geteilt."

„Das ist doch Unsinn." Sie wich zurück, als er sich über sie beugte.

„Leider ist es kein Unsinn." Seine Stimme klang lauernd. „Vorberg hat übertrieben. Er hat es auch bei mir versucht." Nun lachte er. „Aber damit ist er zu weit gegangen."

„Du hast ihn getötet…", murmelte sie fassungslos. Dieser Kerl befand sich auf einem persönlichen Rachefeldzug. Und Alexandra Voosen wusste, dass er sie in seiner Gewalt hatte.

Panik stieg in ihr hoch, ihr Herz begann zu rasen, und zum ersten Mal verfluchte sie ihren ausgeprägten Geschäftssinn. Vielleicht hätte sie nach Christians Tod ein paar Monate Pause machen sollen, ins Ausland verschwinden und dort abwarten, bis Gras über die Sache gewachsen war.

Doch dafür war es jetzt zu spät. Jetzt half nur die Flucht nach vorn. „Du hast ihn erschossen, weil er dich unter Druck gesetzt hat", keuchte sie.

Er schüttelte den Kopf. „Ich bin nicht auf euer dreckiges Spiel hereingefallen, tut mir leid." Er schüttelte den Kopf und grinste diabolisch. „Ich suche nach Fotos, die er von mir gemacht hat."

Jetzt packte er sie bei den Schultern und drückte sie auf das Bett zurück. Ein wimmernder Laut kam über ihre Lippen. Kraftlos sank sie nach hinten in das weiche Laken. Er setzte schnell nach, umklammerte ihre Handgelenke und bereitete ihr Schmerzen, während er sich rücksichtslos über sie kniete.

„Und nun raus mit der Sprache, du verlogenes Dreckstück!", forderte er sie auf.

Sein Atem berührte ihr Gesicht, sie wandte den Kopf zur Seite, doch er ließ kurz ein Handgelenk los, um ihr Kinn wieder nach vorn zu drücken.

„Was willst du wissen?", stöhnte sie heiser.

„Du bist meine Quelle", zischte er. „Du musst die Aufnahmen haben."

„Ich weiß nicht, wovon du sprichst", keuchte sie und rang nach Atem.

„Du kommst gerade von den Bullen, sie haben dich verhaftet, weil sie wissen, dass du mit Vorberg unter einer Decke steckst!"

„Nein, so ist das nicht." Sie schüttelte den Kopf. „Sie haben mich laufen lassen, weil sie sich geirrt haben."

„Du bist zur Gefahr geworden, und eine Schwachstelle in meinem System kann ich mir leider nicht leisten." Er legte die rechte Hand an ihren Hals, sie rang augenblicklich nach Luft und lief rot an.

„Lass mich los … bitte!"

„Zu spät", erwiderte er. „Wenn du auspackst, sehe ich alt aus, dann kann ich einpacken. Deshalb musste auch Vorberg sterben."

„Warum?"

Er lachte und lockerte den eisernen Griff an ihren Handgelenken. „Alles werde ich dir auch nicht verraten." Dann nestelte er mit der linken Hand an ihrem Slip herum. Er suchte und fand das Bündchen und schob den hauchdünnen Stoff zur Seite. Ihre Haut war samtweich und warm. Seine Finger glitten über ihre Scham.

„Aber ich habe einen neuen Entschluss gefasst: Wir werden uns noch ein wenig vergnügen. Komm nur nicht auf dumme Gedanken!“ Sein Atem streifte ihr erhitztes Gesicht, und ihr wurde übel. Sie wollte etwas sagen, sich verbal zur Wehr setzen, brachte aber nichts außer ein heiseres Röcheln über die Lippen, ließ geschehen, was unumgänglich war, drehte den Kopf zur Seite, um ihm nicht ins Gesicht blicken zu müssen, als er sich nahm, wofür er sie bezahlt hatte.

Rücksichtslos spreizte er ihre Schenkel und presste sich an ihr Becken, sodass sie seine Erregung fühlen konnte. Dabei ließ er eine Hand an ihrer Kehle, drückte immer fester zu und deutete ihr Stöhnen offenbar ebenfalls als Erregung. Geschickt öffnete er seine Hose mit einer Hand. Brutal drang er in sie ein, fügte ihr weitere Schmerzen zu, doch sie hatte sich längst aufgegeben. Dieser Mann war wahnsinnig, und genau das war es, was ihn so unberechenbar machte. Dass sie ihm körperlich unterlegen war, daran bestand kein Zweifel. Sie leistete keinen Widerstand und ließ alles über sich ergehen.

Irgendwann spürte sie eine Hand an ihren vollen Brüsten. Es war kein zartes Streicheln – das hatte sie von einem Mann wie ihm auch gar nicht erwartet. Hart massierte er ihre Brust, nachdem er den hauchdünnen Stoff des BH zur Seite geschoben hatte, kniff hinein und ergötzte sich an ihren weiblichen Formen. Immer lauter keuchte er, und mit seiner Erregung erhöhte sich auch der Druck auf ihre Kehle. Alexandra Voosen rang nach Luft, röchelte und keuchte, doch er lockerte seinen Griff nicht. Ihr wurde schwindelig, sein Stöhnen drang wie durch Watte an ihre Ohren, und sie spürte seine Hitze in sich aufsteigen, während sie sich unter ihm wie gelähmt fühlte.

„Lass mich los“, röchelte sie, doch er drückte fester zu. Als sich sein Körper aufbäumte, verließen sie ihre letzten Kraftreserven. Schwindel umhüllte sie und trug sie davon. Sie hatte kurz vor ihrem Tod noch eine schreckliche Demütigung erfahren, doch im Moment des Todes war sie froh, endlich erlöst zu sein.

Die Schläge in ihrem Gesicht, das Rütteln und seine verzweifelten Versuche, sie wieder zum Leben zu erwecken, spürte Alexandra Voosen schon nicht mehr.

Bad Pyrmont, 18.55 Uhr

Nachdem er sich ein Ticket gelöst hatte, fand sich Ulbricht in einer Chlorwolke wieder. Stimmengewirr drang aus dem Schwimmbad an seine Ohren, Kinderlachen und gedämpfte Musik aus versteckten Lautsprechern. Unwillkürlich fragte er sich, wann er zuletzt in einem Schwimmbad gewesen war. Den einzigen Kontakt zum nassen Element hatte er in den vergangenen Jahren in der heimischen Badewanne gehabt. Eilig suchte er die Umkleidekabinen auf und zog sich um. Seine Straßenkleidung verstaute er in einem Spind, dann fragte er einen Bademeister – nannte man das noch Bademeister? – nach dem Weg zur Salzgrotte.

„Meine Berufsbezeichnung ist eigentlich *Aqua Fun Director*“, schmunzelte der muskulöse Sunnyboy, den Ulbricht mit einem „Hallo, Herr Bademeister“ angesprochen hatte. „Kommen Sie,“ ergänzte er mit einem gewinnenden Lächeln. Er führte Ulbricht an einem großen Innenbecken vorbei. Durch die Glasfront hatte man einen atemberaubenden Blick in die umliegende Natur des Weserberglandes. Saftige Wiesen und sanfte Hügel so weit das Auge reichte. „Sie sind leider etwas spät dran“, lachte der Bademeister mit der neudeutschen Berufsbezeichnung. „Bis um sieben Uhr hätten Sie an unserer kostenlosen Sole-Wassergymnastik teilnehmen können. Das ist gut für Herzprobleme und Haltungsschäden.“

Ulbricht fragte sich, woher der Mann von seinen Herzproblemen wusste. Anscheinend hatte man in seinem Beruf ein geschultes Auge. Es musste an Ulbrichts verkniffenem Gesichtsausdruck liegen, dass sein Gegenüber schnell hinzufügte: „Aber in erster Linie geht es bei uns darum, dass die Menschen hier Spaß haben.“

„Schön haben Sie es hier“, murmelte Ulbricht.

„Da müssen Sie erstmal unser Eventbecken sehen. Wir haben das Becken mit Farblicht-Animationen und Unterwassermusik ausgestattet. Da gibt es für jeden Geschmack etwas - von Bach bis Rock. Das Wasser hat 35 Grad und ist herrlich zum Ausspannen.“

Ulbricht überlegte, ob er sich nach dem Gespräch noch im Eventbecken vergnügen sollte. Nun war er ja schon mal hier - warum also nicht die Arbeit mit dem Vergnügen verbinden? Immerhin befand er sich hier zur Kur, da würde ihm niemand böse sein können, wenn er sich etwas entspannte. Maja wahrscheinlich am allerwenigsten, denn so lange er relaxte, hatte sie den Fall für sich allein.

Inzwischen hatten sie den Eingang zur Meersalzgrotte erreicht.

„So, da wären wir. Ich wünsche Ihnen viel Spaß, vielleicht sehen wir uns später noch.“

In der Grotte hielt sich nur ein einziger Mann auf. Der Fremde hatte auf einer Liege auf ihn gewartet. Er trug einen weißen Frottee-Bademantel und hatte die Beine übereinandergeschlagen. Ulbricht schätzte sein

Gegenüber auf Ende vierzig. Seine Haut war braun gebrannt, das Haar dunkel und kurz geschnitten.

„Schön, dass Sie sich Zeit genommen haben", sagte er mit einem weltmännischen Lächeln und bedeutete Ulbricht, auf der benachbarten Liege Platz zu nehmen.

Nachdem er sich niedergelassen hatte, blickte er sich in der Meersalzgrotte um. Wände, Decken und sogar der Boden schienen aus echtem Salz zu bestehen. Von der Decke hingen Salzsäulen herab, und Ulbricht fühlte sich ein wenig wie in einer bunt beleuchteten Tropfsteinhöhle. Mit dem Unterschied, dass hier der Fußboden beheizt und die Grotte selbst gut temperiert war. Er atmete tief durch und glaubte zu spüren, dass sich das Volumen seiner Lunge bereits vergrößert hatte, was aber auch in Anbetracht von derart geballter Gesundheit an diesem Ort Einbildung sein konnte. Versteckte Lampen tauchten die Grotte in weiches Licht, das sich millionenfach in den Salzkristallen spiegelte.

„Was kann ich für Sie tun, und weshalb haben Sie mich angerufen?" Ulbricht hatte keine Lust, Zeit zu verlieren.

„Weil Sie in meinen Augen ein sehr integrer Mann sind."

„Woher wollen Sie das wissen?"

„Ich habe zuverlässige Quellen." Nun reichte er Ulbricht die Hand. „Entschuldigen Sie, dass ich mich noch nicht vorgestellt habe: Mein Name ist Arndt Hartmann. Ich betreibe ein über die Region hinaus angesehenes Immobilienunternehmen und bin Geschäftsführer der Kollmann-Gruppe."

„Angenehm. Sie wissen ja, wer ich bin", knurrte Ulbricht. Er hatte keine Lust, sich von diesem Geschäftsmann einlullen zu lassen. Er sollte sagen, was zu sagen war und ihn dann in Ruhe lassen. Gleichzeitig beschloss er, Maja zu fragen, ob Hartmann in der Region so bekannt war wie er behauptete.

Arndt Hartmann ging nicht auf Ulbrichts bissige Bemerkung ein. „Ist es nicht schön hier?" Er blickte sich in der Meersalzgrotte um, als sei er zum ersten Mal hier. „Hier herrscht ein Mikroklima, das ist gut zur Entspannung, besonders bei Menschen mit stark strapazierten Nerven."

Ulbricht fühlte sich erwischt. Woher wusste Hartmann, dass er von der Polizeipräsidentin in Kur geschickt worden war, weil seine Nerven durchgedreht waren?

Indessen fuhr Hartmann mit seinem Vortrag fort: „Ein idealer Ort für Menschen, die mit Stress und in Hektik leben. Das Salz ionisiert die Luft, und die Jodkonzentration hier drinnen ist viel höher als am Meer. Also lassen Sie uns die Sache in Ruhe angehen." Hartmann ließ sich auf die Liege sinken und schloss die Augen.

„Zum Entspannen bin ich eigentlich nicht hier", erwiderte Ulbricht einigermaßen fassungslos. Er wurde beinahe erschlagen von so viel Entspannung um ihn herum. „Also, ich möchte wirklich nicht hetzen, aber könnten wir bitte zum Grund unseres Treffens kommen?"

Hartmann richtete sich auf und lächelte noch immer. „Natürlich. Wie Sie wünschen." Er wurde ernst. „Mir ist nicht verborgen geblieben, dass Sie im Umfeld von Alexandra Voosen ermitteln", eröffnete er Ulbricht.

„Ich sehe, Sie kennen die Dame."

„Sie ist wunderschön, und kaum ein Mann kann ihr widerstehen. Kein Mann, der über die entsprechenden finanziellen Mittel verfügt, sollte man sagen", fügte er dann hinzu und hob sich damit selbst in den Kreis der Reichen und Schönen im Weserbergland. „Aber leider ist sie auch eine falsche Schlange. Sie hat mich erpresst."

Ulbricht legte den Kopf schräg. „Bitte erzählen Sie mir mehr."

„Es ist schnell gesagt: Ich verbrachte eine sinnliche Nacht mit Frau Voosen. Wir waren über das Wochenende nach Berlin gereist, wo wir ein Theater besuchten, gemeinsam essen gingen und uns vergnügten." Hartmann legte eine kleine Pause ein, bevor er fortfuhr. „Nach dem Ausflug in unsere schöne Hauptstadt wurde ich erpresst. Sie legte mir nahe, einen fünfstelligen Betrag auf ihr Konto in Liechtenstein zu überweisen, ansonsten, so drohte sie mir, werde sie Fotos von unserem Tête-à-Tête an meine Frau senden. Meine Ehe wäre somit ruiniert gewesen."

„Das ist sehr bedauerlich und seltsam zugleich", brummte Ulbricht nachdenklich. „Immerhin muss Frau Voosen damit rechnen, Sie als zahlungskräftigen Kunden zu verlieren. Und wenn ich den Faden weiterspinne, komme ich zu dem Schluss, dass sich ihr Geschäftsgebaren auch in gewissen Kreisen herumspricht. Andererseits weiß ich, dass Frau Voosen über einen großen Stammkundenkreis verfügt. Die Polizei durchforscht gerade ihre Kundendatei."

„Sie hat mich nicht wirklich selbst erpresst." Hartmann richtete sich auf und fixierte Ulbricht mit einem eiskalten Blick, in dem der Kommissar Hass und Wut erkannte. „Sie hatte einen männlichen Partner, der ihr die Drecksarbeit abnahm, damit ihre Weste nach außen hin weiß blieb. Denken Sie nach – jemand muss die Fotos ja gemacht haben."

„Christian Vorberg steckt dahinter", murmelte Ulbricht und massierte sich die Schläfen. „Die beiden haben kooperiert."

„Exakt."

„Und – haben Sie damals bezahlt?"

„Natürlich nicht. Ein Hartmann ist nicht bestechlich und nicht erpressbar. Ich bin in der Geschäftswelt als Hardliner bekannt, das bedeutet auch, dass ich für begangene Fehler geradestehe. Allerdings, und nun wird die Geschichte bizarr, kam Frau Voosen mit ihrem seltsamen Angebot ein wenig zu spät."

„Wie meinen Sie das?"

„Sie sollten sich in die Polizeiakten einlesen, wenn man Ihnen Zugriff gewährt. Aber ich kann das mit Oberkriminalrat Dauber abstimmen, dann lässt er Ihnen sicherlich freie Hand." Hartmann setzte wieder sein gewinnendes Lächeln auf. Dann wurde er ernst. „Es ist eine Tragödie, über die ich bis zum heutigen Tage noch nicht hinweggekommen bin. Die Sache liegt fast zwei Jahre zurück, aber es scheint, als wäre es erst letzte Woche geschehen: Meine Frau Beatrice wurde entführt, und man forderte eine hohe Lösegeldsumme von mir."

„Das tut mir leid", entfuhr es Ulbricht betroffen. Dann besann er sich auf Hartmanns Worte. „Natürlich haben Sie nicht gezahlt – weil Sie als Hardliner bekannt sind."

„Ich hätte gern bezahlt, Beatrice bedeutete mir alles, verstehen Sie das? Sie war eine schöne Frau, etwas jünger als ich. Fast dreißig Jahre waren wir verheiratet, bis zu jenem Tag, als die Kidnapper ihr in einem Parkhaus auflauerten und sie entführten. Natürlich ist es auch entsprechenden kriminellen Kreisen bekannt, dass unser Haus wohlhabend ist. Dennoch wollte ich mich so leicht nicht in die Knie zwingen lassen. Natürlich hätte ich bezahlt, aber das sollte nicht an die Öffentlichkeit dringen, und so waren die Zeitungen damals voll mit Meldungen, aus denen hervorging, dass ich kein Lösegeld an Kidnapper zahlen werde." Er senkte den Blick. „Es war wohl die falsche Taktik, denn offenbar haben Beatrices Entführer die Meldungen in den Medien verfolgt, und der erste Versuch einer Lösegeldübergabe platzte. Zwei Tage später fand man Beatrice tot in der Weser. Es war ein schrecklicher Anblick." Als er den Kopf hob, schimmerten seine Augen feucht, und Ulbricht fühlte sich unwohl in seiner Haut. Er war es nicht gewohnt, dass Männer vor ihm weinten. Dennoch spürte er, wie nahe Hartmann der Mord an seiner Frau ging.

Ulbricht räusperte sich ein wenig verlegen. „Was hat die Sache nun mit Alexandra Voosen zu tun?", nahm er den Faden auf.

„Ich wollte Ihnen einfach sagen, dass sie eine schlimme Frau ist und dass sie in meinem Fall zu spät kam. Sie konnte mich nicht mehr erpressen, denn meine Frau war tot, und somit fehlte ihr das Druckmittel."

„Wo waren Sie eigentlich vorgestern Nacht zwischen zweiundzwanzig und zwei Uhr morgens?"

Hartmann lächelte, als hätte er mit dieser Frage gerechnet. „Erst im Golf-Club, dann habe ich den Abend bei einem Essen mit Geschäftsfreunden verbracht. Den Rest des Abends, so offen will ich sein, habe ich mit einer Kollegin von Frau Voosen verbracht, mit einer seriösen Dame aus einer professionellen Begleitagentur - wohlbemerkt. Ich kann Ihnen eine Liste mit den Kontaktdaten zukommen lassen, das dürfte Ihre Recherchearbeit erleichtern." Arndt Hartmann lächelte.

Er erhob sich und machte Anstalten, die Salzgrotte zu verlassen. An der Tür angekommen, wandte er sich noch einmal Ulbricht zu. „Vielen Dank, dass Sie mir zugehört haben." Dann war er draußen.

Ulbricht schüttelte den Kopf und fragte sich, was dieses Treffen zu bedeuten hatte.

Sie hatte es sich mit ein paar belegten Broten, einer eingelegten Gurke und einer Flasche Bier vor dem Fernseher bequem gemacht und versuchte die Ereignisse des Tages zu verdrängen, als das Telefon im Flur anschlug. Maja spielte mit dem Gedanken, es klingeln zu lassen, doch nach dem vierten Klingeln übermannte sie ihr Pflichtgefühl. Eilig spülte sie das Salamibrot mit einem Schluck Bier herunter, unterdrückte einen Rülpser und begab sich in den Flur. Die Nummer auf dem Display verhieß nichts Gutes. Am anderen Ende der Leitung war Oberkriminalrat Klaus Dauber.

„Es tut mir leid, dass ich Ihren Feierabend störe", eröffnete er das Gespräch, „aber es hat einen Leichenfund gegeben."

„Dann schicken Sie ein Tatort-Team los", empfahl Maja und machte keinen Hehl daraus, dass sie keine große Lust hatte, noch einmal loszuziehen.

„Ist schon geschehen, allerdings gibt es ein Problem mit der Leiche."

„Warum?"

„Bei der Toten handelt es sich um Alexandra Voosen."

Einen Augenblick lang glaubte Maja, ohnmächtig zu werden. Nachdem der Mordversuch an dem Callgirl in Hehlen erfolglos geblieben war, hatten es die Täter nun also doch geschafft, sie aus dem Weg zu räumen. „Mein Gott", kam es über ihre Lippen. „Wir hätten sie nicht gehen lassen dürfen."

„Sie hat darauf Wert gelegt, dass wir sie nicht unter Zeugenschutz stellen", erinnerte sie ihr Vorgesetzter.

„Und da Ihr Informant sich geweigert hat, Anzeige gegen Frau Voosen zu erstatten, mussten wir sie gehen lassen. Der Verdacht einer Erpressung genügte leider nicht, um sie zu inhaftieren. Insofern müssen wir uns keine Vorwürfe machen."

„Wo muss ich hin?"

Dauber nannte ihr die Adresse, und keine fünf Minuten später saß Maja bereits wieder in ihrem Corsa. Den Feierabend hatte sie in Gedanken abgehakt.

Rothesteinhöhle bei Holzen, 20.20 Uhr

Auf der B 1 war sie über Coppenbrügge und Salzhemmendorf bis Duingen gefahren, wo sie den Abzweig in südlicher Richtung genommen hatte. Nachdem sie den Wagen auf einem Wanderparkplatz am Waldrand von Holzen abgestellt hatte, musste sie den Rest des Weges zu Fuß zurücklegen. Vorsichtshalber hatte sie einen dünnen Pulli, eine Jeans und feste Schuhe angezogen. Sie war zuletzt vor Jahren bei einem Ausflug an der Rothesteinhöhle gewesen und hatte diesen beinahe mystischen Ort als unheimlich empfunden. Einst, so hieß es, hatte die Höhle an den Klippen des Ith Kannibalen beherbergt, doch die Zeiten waren längst vorbei, und so hatten sich die kleinen Höhlen zu einem beliebten Ziel für Höhlenforscher aller Art entwickelt. Da es bereits dämmerte, war das Tatort-Team mit geländegängigen Fahrzeugen angerückt. Man hatte leistungsstarke Scheinwerfer aufgestellt, die Maja den Weg zum Eingang der Höhle wiesen. Mit Absperrband hatte man das Gelände weiträumig abgeriegelt und ermöglichte der Spurensicherung so ein ungehindertes Arbeiten.

Dauber wanderte ruhelos vor der Rothesteinhöhle auf und ab. Er blickte auf, als Maja sich schnellen Schrittes näherte. „Schön, dass Sie kommen konnten", sagte er. „Es war mir sehr wichtig, dass Sie sich selbst einen Überblick verschaffen - schließlich ist es Ihr Fall."

Maja ging nicht darauf ein.

„Hier wurde sie gefunden?"

Dauber nickte. „Allerdings ist anzunehmen, dass sie hier nicht getötet wurde. Tatort ist also nicht gleich Fundort."

„Wer hat sie gefunden?"

„Jugendliche, die sich hier treffen wollten, um einen Joint zu rauchen."

„Hm." Maja nickte und erblickte Alders, der mit einer Gruppe Teenager beisammenstand. Die Heranwachsenden standen offensichtlich unter Schock, denn auch ein Arzt kümmerte sich um sie. Wahrscheinlich hatte die Tatsache, dass sie hier Cannabis konsumieren wollten, kein weiteres Nachspiel. Vorerst nicht. Maja entschuldigte sich bei Dauber und ging zu Roland Alders. „So stellst du dir also einen entspannten Feierabend vor", lächelte sie und blickte bezeichnend auf die Armbanduhr.

„Ich habe Lena schon angerufen. Eigentlich wollten wir heute essen gehen - es ist unser dritter Hochzeitstag. Sie wartet nicht auf mich, aber mein Kind erkennt mich bestimmt bald nicht mehr." Er nahm sie zur Seite. „Schöne Sauerei, wir laufen dem Täter hinterher und haben keine Chance, eine Spur zu finden."

„Apropos", erwiderte Maja und machte eine ausladende Geste, mit der sie das Gelände umriss. „Ich könnte mir vorstellen, dass es hier von Spuren nur so wimmelt."

„Allerdings", seufzte Alders. „Wenn ich mit den Kids fertig bin, werde ich die Spurensicherung unterstützen. Vielleicht finden wir Schuhabdrücke, mit denen wir etwas anfangen können, Schleifspuren oder so etwas in der Richtung. Ein ziemlich ungewöhnlicher Ort, aber der Täter hat um diese Zeit seine Ruhe, und das wusste er. Wahrscheinlich ist er ortskundig."

Maja nickte. „Aber wer bringt jemanden um und schleppt seine Leiche dann durch den Wald, um sie hier abzulegen? Einer ihrer Kunden? Ein Perverser?"

Alders zuckte die Schultern. „Es muss mindestens ein Mann gewesen sein, der Weg hier hoch ist sehr beschwerlich, und es erfordert ein großes Maß an Kraft, um eine Tote durch das Gelände zu tragen, um sie hier zu verstecken. Der oder die Täter wollten sichergehen, dass man die Leiche nicht so schnell findet."

„Aber tagsüber wird die Höhle von Kletterern und Touristen besucht", entgegnete Maja.

„Deshalb wollte er Alexandra Voosen ja auch verbrennen. Offensichtlich wurde der Täter gestört und trat die Flucht an. Jedenfalls fanden wir einen Fünfliter-Kanister mit Benzin neben der Toten, was darauf hindeutet, dass er sie durch das Feuer unkenntlich machen wollte."

Maja rieselte bei dem Gedanken ein Schauer den Rücken herunter. „Ich will sie sehen."

Dauber hatte keine Einwände. „Kommen Sie." Sie kletterten die moosbewachsenen Felsen, die zum Eingang der Höhle führten, hinauf. Neben der Spalte, die ins Innere des Felsens führte, wies ein Hinweisschild die Besucher darauf hin, dass es sich bei der Rothesteinhöhle um ein Fledermausquartier handelte. Der Eingang der Höhle war schmal, und Maja drückte sich seitlich durch die Felsspalte. Auch hier hatten die

Kollegen Halogenstrahler aufgestellt, die die Höhle in ein gleißendes Licht tauchten. Ein schmaler Gang führte ins Innere der Höhle, doch weit musste sie nicht gehen, bis sie den Leichnam von Alexandra Voosen erblickte. Sie war nur spärlich bekleidet, trug halterlose Strümpfe, einen schwarzen BH mit Spitze und einen Hauch von Slip. Selbst jetzt strahlte sie eine fast kindliche Unschuld aus – sicherlich ein Grund, warum ihr kaum ein Mann widerstehen konnte. Nur die Augen standen weit offen, und Maja glaubte, etwas Anklagendes in ihrem Blick erkennen zu können. Unglaublich, dass diese Frau noch vor wenigen Stunden bei ihr im Büro gesessen hatte und von ihr verhört worden war. Zeitweise hatte Maja sogar daran gedacht, dass es sich bei ihr um die Mörderin von Christian Vorberg handeln könnte. Ein Gerichtsmediziner und ein Kollege der KTU knieten neben der Toten und unterhielten sich.

„Das ist Kriminalhauptkommissarin Maja Klausen", stellte Dauber seine Mitarbeiterin vor. „Sie leitet die Ermittlungen."

Die Männer in den weißen Overalls erhoben sich; der Gerichtsmediziner trat auf sie zu. Maja hatte ihn in einem anderen Fall schon einmal gesehen, konnte sich aber nicht an seinen Namen erinnern.

„Sie ist erstickt", sagte er nüchtern und deutete auf die Würgemale am Hals der Toten. „Dazu wurde sie brutal gewürgt, was schließlich auch zum Eintreten des Todes führte. Und schon jetzt können wir mit Sicherheit sagen, dass sie unmittelbar vor ihrem Tod Geschlechtsverkehr hatte."

„Ein Sexualdelikt?" Maja mochte selbst nicht daran glauben, kannte sie doch den ganzen Umfang des Falles. Für sie war es wahrscheinlicher, dass Alexandra

Voosen noch eine Buchung gehabt hatte, bevor sie ihrem Mörder in die Arme gelaufen war.

„Das ist sehr wahrscheinlich. Wir werden einen DNA-Abgleich durchführen, dann wissen wir mit ein wenig Glück schon mehr. Kriminaloberrat Dauber sagte, dass Sie die Dame kannten?"

„Kennen ist vielleicht zu viel gesagt", erwiderte Maja mit matter Stimme. „Wurde sie vergewaltigt?"

Der Gerichtsmediziner zuckte die Schultern. „Das kann ich nicht sagen. Spuren von Gewalteinwirkung an Handgelenken, am Hals und im Schambereich sind zwar schon jetzt zu erkennen, aber alles andere muss die Obduktion in Hannover ergeben. Wir wissen nicht, ob der Täter sie, nachdem sie Geschlechtsverkehr hatte, getötet hat oder ob es ein Mord im Affekt war. Bei vielen Zeitgenossen spielt Gewaltanwendung eine Rolle beim Sex; vielleicht ist ihr Tod ein Unfall. Eine andere Möglichkeit wäre, dass der Mann, der mit ihr geschlafen hat, gar nicht ihr Mörder ist. Aber das herauszufinden, ist euer Part, Frau Kollegin. Womöglich hat sich auch jemand an der Dame gerächt. Wie ich hörte, war sie eine Prostituierte?"

„Sie hatte einen Begleitservice", antwortete Maja.

„Ist doch alles das Gleiche", schnaufte der Gerichtsmediziner und versprach ihr, sich mit der Obduktion zu beeilen. „Morgen Vormittag haben Sie den Bericht", prognostizierte er. „Und dann können Sie sich in die Vollen stürzen."

Maja hatte keinen Nerv auf den seltsamen Humor des Gerichtsmediziners und verließ die Rothesteinhöhle wieder. Hier drinnen bekam sie Platzangst.

Bad Pyrmont, Hotel Schillerhof, 20.55 Uhr

Sie klang genervt, als sie sich endlich meldete. Der Geräuschkulisse nach zu urteilen, war sie im Auto unterwegs, und er hoffte, dass sie die Freisprechanlage nutzte.

„Es gibt Neuigkeiten", fiel Ulbricht mit der Tür ins Haus. Er hatte es sich auf einem der Sessel am Fenster in seinem Hotelzimmer gemütlich gemacht und blickte hinaus. Von hier aus hatte er freien Blick auf den Brunnenplatz und das muntere Treiben. Abends, wenn die Lichter angingen, hatte der Kurort seinen ganz eigenen Charme. Die stimmungsvoll illuminierten Gebäude und der Eingang zum Kurpark erweckten den Eindruck, dass er sich am Mittelmeer befand. In der Tat war es eine laue Nacht, und er hatte das Fenster weit geöffnet.

„Norbert, ich hatte einen verdammt langen Scheißtag, also verschon mich mit deinen Neuigkeiten", gab Maja gereizt zurück.

„Klingt, als hättest du auch Neuigkeiten", entgegnete Ulbricht mit einem süffisanten Lächeln. Normalerweise war er es, der seine Anrufer, besonders zu später Stunde, anranzte.

„Hör bloß auf. Ich weiß nicht, wo mir der Kopf steht: Aber ich will dich nicht dumm sterben lassen: Alexandra Voosen ist tot. Vergewaltigt und erdrosselt, um genau zu sein."

„Wie bitte?" Ulbricht glaubte sich verhört zu haben. „Das sieht nach einem ganzen Rachefeldzug aus", brummte er. „Jemand hat es auf die beiden abgesehen."

„Auf die beiden?", schnaubte Maja am anderen Ende der Leitung. „Norbert, du bist nicht auf dem neuesten Stand: Inzwischen hat es einen dritten Todesfall gegeben."

„Wer ist der dritte?"

„Vorbergs Bruder, Markus. Ein typischer Losertyp, der sich sein Hartz IV mit kleinen Drogengeschäften aufbesserte. Wie wir wissen, hat er das Zeug selbst aus Venlo nach Deutschland gebracht und hier in der Gegend verkauft."

„Gut, dann haben wir drei. Denk nach und versuch dich zu beruhigen, Maja: Wer ist tot? Christian Vorberg, der Fotograf. Er lichtete die ehrenwerten Herren beim Seitensprung ab. Alexandra Voosen, sie war sozusagen das Corpus Delicti und diente als Lockvogel. Und wir haben Vorbergs Bruder, nach dem, was du mir erzählt hast, ein kleines Licht. Erste Frage: Wie passt ein Drogenkrimineller in das Bild?"

„Wie wir wissen, konnten sich die Vorberg-Brüder nicht sonderlich gut leiden. Aber trotzdem musste auch er sterben. Und es sollte nach Selbstmord aussehen. Die Waffe hat ihm der Täter in die Hand gedrückt, nachdem der Tod eingetreten war. Wir haben sie sichergestellt und werden sie jetzt untersuchen. Vielleicht handelt es sich um die gleiche Waffe, mit der auch Christian Vorberg erschossen wurde. Sollte sich dieser Verdacht bestätigen, dann wissen wir schon mal, dass es sich um ein und denselben Täter handelt."

„Somit wurden bis jetzt drei Täter zu drei Opfern, also können wir davon ausgehen, dass es sich um einen Rachefeldzug handelt. Bleibt die Frage: Sind jetzt alle Beteiligten tot, oder gibt es noch jemanden, der auf der Liste des Mörders steht?"

„Geschenkt, denn die Toten können wir schlecht fragen", gab Maja gereizt zurück.

Ulbricht ließ sich nicht aus der Ruhe bringen. „Wo steckst du jetzt?"

„In Holzen, das ist eine kleine Ortschaft bei Eschershausen. Warum fragst du?" Majas Stimme klang ein wenig versöhnlicher.

„Komm nach Bad Pyrmont, wir essen eine Kleinigkeit, und vielleicht fällt uns noch ein wichtiger Hinweis ein."

Maja hatte eigentlich keine große Lust mehr, nach dem langen Arbeitstag in der Gegend herumzufahren. Sie freute sich auf ein heißes Bad und auf ihre Couch. Das sagte sie Ulbricht auch, doch er ließ den Einwand nicht gelten.

„Zu Hause findest du sowieso keine Ruhe", prophezeite er ihr. „Also: Wann kannst du hier sein?"

„In einer halben Stunde."

„Gut, wir treffen uns am Haupteingang zum Hylligen Born." Bevor sie widersprechen konnte, hatte Ulbricht die rote Taste gedrückt. Mit einem zufriedenen Grinsen erhob er sich und verschwand im Bad. Es war höchste Zeit, sich frisch zu machen. Und wenn er dabei ganz nebenbei noch den Fall löste und damit eine Last von Majas Schultern nehmen konnte, waren sie beide froh.

EINUNDZWANZIG

Die Dunkelheit hatte sich wie ein samtenes Tuch über dem Weserbergland ausgebreitet, als er in die Straße abbog, in der die Villa lag. Die Lichtlanzen der Scheinwerfer eilten seinem Wagen voraus und durchschnitten die Dunkelheit. Aus dem Autoradio ertönte leise Musik, doch er hörte nicht hin; zu sehr beschäftigten ihn die Ereignisse des Tages. Es hatte alles besser geklappt als er sich erhofft hatte. Im Grunde genommen musste er jetzt nur noch abwarten, bis die Polizei auf seine falschen Fährten hereinfiel, um dann die Früchte seiner Arbeit ernten zu können.

Er hatte sein Ziel erreicht und drückte den Knopf der kleinen Fernbedienung, die in der Mittelablage zwischen den Sitzen lag. Wie von Geisterhand öffnete sich das Garagentor, und er rangierte den Wagen hinein und schaltete den Motor ab. Das Blut rauschte in seinen Ohren, als er ausstieg und die Neonröhren an der Decke mit dem Auslösen des Bewegungsmelders ansprangen. Sekundenlang verharrte er neben dem Wagen und blickte nach oben. Die Röhren knackten, und es klang ein wenig wie brechende Knochen. Er wandte sich ab, betätigte die Zentralverriegelung des Wagens und trat in die Nacht. Drückte die Fernbedienung, und hinter ihm glitt das Garagentor zu. Mit großen Schritten erklomm er die breiten Steinstufen, die zum Eingang seines Hauses führten. Als er an diesem Abend die Tür zu seiner Villa aufschloss, fühlte er sich hier nicht so eingeengt wie sonst. Er atmete tief durch, erfreute sich an der luxuriösen Einrichtung, warf einen letzten Blick nach draußen, um sich zu vergewissern, dass kein ihm unbekanntes Auto an der Straße stand, und verschwand dann im Haus. Die Luft war rein. Eilig schloss er die Tür, legte wieder Riegel und Sicherheitskette vor und schloss zweimal um. Er streifte sich die Schuhe ab, warf die leichte Jacke an den Haken und ging ins dunkle Wohnzimmer. Dunkelblau malte sich das große Fenster zum Garten als Rechteck vom tiefen Schwarz im Raum ab. Das durch das Fenster einfallende Mondlicht ließ das Mobiliar bizarr erscheinen. Er hielt den Atem an und lauschte. Hatte er ein Geräusch gehört?

Womöglich hatten ihm seine Nerven einen Streich gespielt, denn völlige Stille umfing ihn. Seine rechte Hand wischte über die Wand neben der Tür, er erwischte den Lichtschalter und betätigte ihn.

Um ein Haar hätte er einen Herzinfarkt erlitten, als er die Gestalt in seinem Sessel sitzen sah, die ihm den Rücken zuwandte. Betont langsam wandte sich der ungebetene Gast zu ihm um. Er schwenkte das halbvolle Whiskyglas und lächelte.

„Mein Gott", stammelte er völlig fassungslos. „Wie kommst du hier rein?"

„Schön, dass wir uns endlich einmal wiedersehen." Der ungebetene Gast ließ sich nicht aus der Ruhe bringen. Er deutete auf das Sofa. „Setz dich doch zu mir, dann können wir ein wenig über die guten alten Zeiten plaudern."

Bad Pyrmont, 21.55 Uhr

Es war ein lauer Sommerabend, und auf den Straßen des Kurortes herrschte noch reger Betrieb. Urlauber und Kurgäste flanierten durch die Straßen von Bad

Pyrmont. In den Restaurants und Straßencafés waren die meisten Tische belegt. Nach Einbruch der Dunkelheit hatte der Kurpark von Bad Pyrmont ein einzigartiges Ambiente, denn die Pflanzen wurden stimmungsvoll angeleuchtet. Vom Hylligen Born aus waren sie zur Brunnenstraße spaziert, hatten sich rechts gehalten und in der Kirchstraße das Restaurant der Alten Villa Schlossblick entdeckt und für gut befunden. Nachdem sie im Außenbereich einen freien Tisch gefunden hatten, genossen sie den traumhaften Ausblick auf die historische Hauptallee und schwiegen.

„Eigentlich dürfte ich gar nicht hier sein", eröffnete sie ihm nervös, als sie ein paar Minuten schweigend beieinander gesessen hatten. Ihr Dekolleté war tiefrot; bei Maja ein Zeichen innerer Anspannung.

Ulbricht drückte ihre Hand. „Du musst einfach mal abschalten."

„Leichter gesagt als getan." Sie blickte aus großen Augen auf seine Hand, die auf der ihren lag, sagte aber nichts und zog ihre Hand auch nicht fort. „Wir fahren heute Nacht Großeinsätze, um den Mörder endlich zu überführen, und wir sitzen hier in gemütlicher Runde zusammen."

„Großeinsätze?"

Sie nickte. „Wir durchsuchen die Wohnungen von Alexandra Voosen. Grundmann ist mit ein paar Leuten nach Hannover gefahren, und Alders, Lisa Stendal und ein paar Mitarbeiter der KTU nach Hehlen. Parallel läuft die Fahndung nach dem dunklen Audi, aus dem auf Alexandra Voosen geschossen wurde."

„Moment", rief Ulbricht. „Man hat aus einem fahrenden Auto auf Alexandra Voosen geschossen? Hast du mir nicht gesagt, sie wurde erdrosselt?"

„Ja schon“, nickte Maja und strich über die Tischdecke. „Aber eins nach dem anderen.“

Eine Kellnerin trat an den Tisch, zündete ein kleines Windlicht an, das die romantische Stimmung unterstrich, und brachte ihnen die Karten. Nachdem sie die Getränkebestellung aufgenommen hatte, zog sich die Bedienung diskret zurück. Maja und Ulbricht blätterten in den Karten und waren um Normalität bemüht. Doch Maja hielt es nicht länger aus. Sie war nach Bad Pyrmont gekommen, um von Ulbricht zu erfahren, was er den ganzen Tag über getrieben hatte. Schließlich hatte er sie mit Anspielungen hierher gelockt, und nun ließ er sie schmoren.

„Mensch Norbert“, platzte es schließlich aus ihr heraus. Sie ließ die Karte sinken. „Raus mit der Sprache – was hast du wieder versaut heute?“

„Geht das auch ein bisschen diskreter?“, mahnte er sie und blickte peinlich berührt zu den Nachbartischen. Doch niemand der anderen Gäste schien sich für sie zu interessieren.

„Dann erzähl mir, warum ich hier bin.“

Ulbricht legte die Karte fort. Im Zweifelsfall würde er ein Wiener Schnitzel bestellen, das gab es auf fast jeder Speisekarte.

„Was hat dein lieber Kollege Jürgen Grundmann eigentlich mit Alexandra Voosen zu schaffen?“

„Wie bitte?“

„Ich war heute im Internet-Café und habe mir online ein paar Bilder von Vorberg angesehen. Unter anderem bin ich über ein Foto gestolpert, das Grundmann an der Seite von Voosen zeigt.“

Nun musste Maja lachen. „Ach das“, sagte sie. „Er hält sich immer für etwas ganz Besonderes, weil er bei der Kripo arbeitet. Und da haben wir mal zusammengeschmissen und ihm für zwei Stunden eine Lady gebucht. Da ist nichts gelaufen, wir wollten einfach mal, dass er sich so richtig blamiert. Aber das ist schon ein paar Jahre her, und ich kann mich gar nicht daran erinnern, dass die Kollegen ausgerechnet Alexandra Voosen gebucht haben. Wahrscheinlich, weil sie aus der Gegend kam und keine Reisekosten in Rechnung stellte. Na ja, jedenfalls stand Grundmann ziemlich doof da, und wir hatten unseren Spaß." Sie winkte ab. „Und was hast du noch erlebt heute? Das war doch wohl nicht der Grund, weshalb du mich herzitiert hast, oder?"

Ulbricht hätte ihr sagen können, dass er ihre Gesellschaft mochte, doch er berichtete Maja sachlich von seinem seltsamen Treffen in der Hufeland Therme und von Arndt Hartmann.

Während er sprach, wurden ihre Augen mit jedem Satz größer.

„So", sagte er dann und faltete die Hände auf dem sauberen Tischtuch. „Und nun weißt du alles von mir."

„Warum erzählt er dir das alles?"

Die Getränke kamen, und sie wurden von der Servicekraft nach ihren Wünschen befragt. Während Ulbricht seinem Vorsatz treu blieb und ein Wiener Schnitzel bestellte, orderte Maja aus lauter Verlegenheit einen Salatteller.

„Warum er das erzählt?", nahm Ulbricht den Faden auf, als sie wieder allein waren. „Mir gegenüber hat er erwähnt, dass ich ihm als inoffizieller Schnüffler – er hat es in wärmere Worte gepackt – lieber bin als die Behörde. Außerdem hatte ich den Eindruck, dass er sich ganz klar als Opfer zeigen wollte. Der arme Mann, der seine Frau zwar mit einem Callgirl betrogen hat, der aber auch unter der Entführung und unter dem Tod seiner geliebten Ehefrau sehr leiden musste. Ein Stück weit hat er auch zwischen den Zeilen angeprangert, dass ihr die Entführer und Mörder immer noch nicht hinter Schloss und Riegel gebracht habt."

„Der hat Nerven", seufzte Maja und spielte mit einem Bierdeckel. Im Schein des Windlichtes wirkte ihr Gesicht geheimnisvoll. „Ich erinnere mich an den Fall, war damals aber noch keine Abteilungsleiterin. Hartmann ist ein zäher Hund, und er ist nicht sonderlich beliebt in der Gegend. Er ist machtversessen und steinreich. Es heißt, dass er seine Finger in so ziemlich jedem großen Geschäft hat, das hier abgeschlossen wird. Er weiß alles und profitiert von allem, was hier passiert."

Jetzt wusste Ulbricht auch, dass es für einen Mann wie Arndt Hartmann ein Kinderspiel gewesen sein musste, an seine Telefonnummer zu kommen. „Ein Mafiosi?"

Sie zuckte die Schultern und nippte von ihrem Mineralwasser. „So würde ich das nicht nennen. Aber er ist ziemlich mächtig. Und dass der Fall damals durch die Medien ging, ist klar. Man hat sich das Maul über ihn zerrissen, der große Hartmann am Boden zerstört, sein Leben plötzlich ohne Sinn und so weiter."

„Weil seine Frau entführt wurde? Ich meine, die Frau, die er mit Alexandra Voosen betrogen hat?"

„Allerdings. Der große Arndt Hartmann gab sich plötzlich zahm wie ein Lamm. Anfangs hat ihm das niemand so recht geglaubt, aber nachdem die erste Lösegeldübergabe geplatzt war, und man die Leiche seiner Frau im Fluss fand, hatte die Öffentlichkeit dann doch Mitleid mit ihm."

„Würdest du ihn als möglichen Täter betrachten?"

Wieder zuckte Maja die Schultern. „Längst ist Gras über die Sache gewachsen, und nach dem Tod von Beatrice, seiner Frau, gibt es eigentlich kein Motiv mehr für die Morde an den Vorberg-Brüdern und dem Callgirl."

„Was war mit Alexandra Voosen?"

Maja berichtete ihm, dass sie die Escort-Lady zunächst verhaftet hatte. Auch von dem Anschlag auf die Frau in Hehlen erzählte sie ihm, was wieder die Mafia-Theorie von Ulbricht bekräftigte. Wer aus einem fahrenden Auto auf sein Opfer schoss, gehörte meist einer Untergruppe des Organisierten Verbrechens an.

„Als Dr. Kunst sich aber weigerte, Anzeige wegen Erpressung zu erstatten, mussten wir Alexandra Voosen gehen lassen. Das Ergebnis ist hinlänglich bekannt", schloss Maja ihre Ausführungen.

„Steckt Kunst in der Sache drin?", setzte Ulbricht nach. „Ich meine, womöglich gibt es einen Grund, weshalb er sich nicht zu einer Anzeige gegen Alexandra Voosen durchringen konnte. Ist er vielleicht von der Gegenseite gekauft worden, um..."

„Norbert, bitte", unterbrach Maja ihn. „Wir haben es bei Dr. Kunst mit einem Chefarzt des Holzmindener Krankenhauses zu tun. Er ist ein angesehener Mann in der Gesellschaft und..."

„Ich kann das nicht mehr hören", brummte Ulbricht. „Immer geht es um mächtige und um reiche Männer, die ein gutes Ansehen genießen und – natürlich – eine blütenreine Weste haben. Mensch, werd doch mal wach! Oder glaubst du ernsthaft, dass diese Bonzen keinen Dreck am Stecken haben, weil sie einfach nur reich und mächtig sind?" Ulbricht hieb mit der Faust auf den Tisch, und das Windlicht vollführte einen Hüpfer.

Die Gäste an den Nachbartischen blickten verwundert zu ihnen herüber, doch Ulbricht beachtete sie nicht. Er atmete tief durch und versuchte sich zu beruhigen.

„Um noch mal auf Arndt Hartmann zu sprechen zu kommen", sagte er nach einer kleinen Pause. „Du hast erwähnt, er sei reich und mächtig. Womit wir wieder beim Thema wären. Aber ich schweife ab: Somit passte er in Alexandra Voosens Beuteschema. Er ist Chef einer Immobilienbude und hat wahrscheinlich Kohle satt."

„Er ist, um das vorwegzunehmen, nicht mit dem goldenen Löffel im Mund aufgewachsen. Eigentlich stammt er aus einfachen Verhältnissen, heiratete mit Beatrice die Tochter eines Immobilienunternehmers, der seinen Sitz hier in Pyrmont hatte. Heribert Kollmann verstarb früh, und seine Tochter übernahm die Geschäfte gemeinsam mit ihrem Mann, Arndt Hartmann."

„Damit war er an die Macht gekommen."

„Exakt."

Das Essen wurde an den Tisch gebracht, und sie begannen zu speisen. Ulbricht machte sich über das Schnitzel her, dem man eine üppige Portion Pommes frites an die Seite gestellt hatte. Maja stocherte ein wenig lustlos in ihrem Salat herum und schielte immer wieder auf Ulbrichts Fleisch, der ihre neidischen Blicke jedoch ignorierte.

„Wäre es möglich, dass er so machtgeil war, seine angeheiratete Familie aus dem Weg zu räumen? Damit wäre er allein an der Spitze der Firma und ein gemachter Mann", schlug Ulbricht kauend vor.

„Du meinst, er selbst hat die Entführung seiner Frau organisiert?"

„Wäre das bei einem Mann wie ihm so unwahrscheinlich?“

„Ich weiß es nicht. Der Fall liegt zwei Jahre zurück, und ich war nicht unmittelbar mit den Ermittlungen betraut. Was ich aber weiß ist, dass die Kollegen damals so ziemlich jede Möglichkeit durchgekaut haben. Erfolglos, denn die Mörder von Beatrice Hartmann sind nach wie vor auf freiem Fuß. Sie haben eine Frau auf dem Gewissen, sind aber durch den recht spektakulären Coup auch nicht reich geworden, da Hartmann nicht gezahlt hat. Insofern könnte man ihm schon unterstellen, dass er ein Stück weit Mitschuld am Tod seiner Frau trägt. Aber ob das reicht?“ Sie schüttelte den Kopf. „Wir begeben uns da auf dünnes Eis, Norbert.“

„Und er hat wahrscheinlich auch die teuersten Rechtsanwälte engagiert, die jeden noch so vagen Verdacht gegen seine Person sofort abwenden.“ Ulbricht ahnte, wie der Hase lief. „Sagst du das, weil es so ist, oder sagst du das, weil du Angst vor Hartmann und seinen Beziehungen hast?“

„Ich habe keine Angst vor seiner Macht“, antwortete Maja schnell und schüttelte den Kopf. „Aber wie wollen wir ihm das jetzt noch nachweisen, und was hätte der Mord an Alexandra Voosen für einen Sinn? Rache scheidet jedenfalls aus.“

Ulbricht musste ihr recht geben. „Wie geht es jetzt weiter?“

„Wir durchsuchen die Wohnungen von Alexandra Voosen in Hannover und hier in Hehlen. Vielleicht finden wir dort einen wichtigen Hinweis auf den Mörder.“ Sie atmete hörbar aus. „Offen gestanden bin ich ziemlich am Ende heute. Das war ein Scheißtag, wirklich.“

„Was willst du von mir? Wir sind fertig miteinander."

Sein Gast grinste. Und nur die Tatsache, dass er eine Pistole in der Hand hielt, dessen Lauf auf ihn gerichtet war, verhinderte, dass er sich auf ihn stürzte, um ihn unschädlich zu machen.

„Ich habe meine Arbeit zu deiner vollsten Zufriedenheit erledigt, das hast du sehr richtig bemerkt."

„Dann verschwinde endlich aus meinem Leben. Ich habe dir nicht umsonst ein Leben im Ausland ermöglicht und dir deinen Lebensunterhalt gesichert. Wir sind fertig, Mann!" Er hatte Mühe, ruhig zu bleiben. Das Auftauchen seines Besuchers war zu einem äußerst ungünstigen Zeitpunkt geschehen.

„Die alte Sache ist wieder aufgewirbelt worden", stellte der Mann im Sessel fest. Das Grinsen hatte sich in seinen Gesichtszügen festgemeißelt. „Und ich habe keine Lust, jetzt noch dafür in den Bau zu gehen. Deshalb habe ich es für richtig befunden, hier aufzukreuzen und für die nötige Ruhe zu sorgen."

„So machst du alles nur noch schlimmer. Weshalb musste Vorbergs Bruder sterben? Er war ein armes Würstchen."

„Ich musste davon ausgehen, dass er zu viel wusste. Leute wie Markus Vorberg sind gefährlich. Womöglich plaudern sie im Drogenrausch die alten Geschichten aus. Das musste ich verhindern."

„Du bist völlig durchgeknallt." Er tippte sich bezeichnend an die Schläfe. „Und jetzt verschwinde aus meinem Haus."

„Nicht, bevor ich habe, was ich will – Vater."

Sein Gegenüber schüttelte langsam den Kopf, und er spürte, dass er in die Enge getrieben wurde. „Und was möchtest du? Verschwinde in dein irisches Dorf, dort wird dich ganz bestimmt niemand suchen. Du kannst den Rest deines Lebens ganz in Ruhe genießen, während ich immer in Angst leben muss, dass doch noch etwas von unserem Geschäft auffliegt."

„Vielleicht hättest du mehr selber machen sollen, anstatt drittklassige Dilettanten mit solch brisanten Aufträgen zu beauftragen. Plott ist ein Idiot."

„Er war zu blöd, das Auto in einer Kurve auf der Straße zu halten und ist gegen einen Baum gefahren. Deshalb liegt er jetzt auf der Intensivstation im Krankenhaus Holzminden. Ich werde dafür sorgen, dass man noch in dieser Nacht die Maschinen, die ihn künstlich am Leben halten, einen Moment lang abschaltet. Damit ist auch er keine Gefahr mehr für mich."

„Für uns, meintest du."

„Von mir aus auch das. Also – jetzt raus mit der Sprache!"

„Ich brauche mehr Geld." Der Gast hatte gefährlich leise gesprochen.

„Das ist unmöglich. Ich habe dich fürstlich bezahlt und dir den Rest deines bis dato kläglichen Lebens gerettet. Mehr ist nicht drin."

„Dann greift Plan B."

„Und der lautet?" Er hatte Mühe, seine Unsicherheit zu verbergen und versuchte sich daran zu erinnern, wann er zum letzten Mal eine solche Angst gehabt hatte. Zitternd lehnte er sich an einen Schrank.

„Ich werde dich töten, werde deinen Notar damit beauftragen, den Erbschein öffentlich zu machen, der mich als deinen letzten lebenden Verwandten und somit als Alleinerben deines Vermögens ausweist. Also überleg es dir: Entweder du stockst meine Beteiligung großzügig auf, oder du hast nichts mehr von deinem Scheißgeld!"

„Du bist ... du bist völlig übergeschnappt!", keuchte er fassungslos. Doch als er sah, dass der Junge die Hand mit der Pistole anhob, zweifelte er an dessen Verstand. Wie gelähmt stand er da und fragte sich, wofür er den ganzen Aufwand in den letzten Tagen getrieben hatte. Auch als sich der Finger seines nächtlichen Besuchers um den Abzug krümmte, war er zu keiner Bewegung imstande.

Das leise *Plopp* des Schalldämpfers sagte ihm, dass er bereits verloren hatte ...

Bad Pyrmont, Hauptallee, 22.20 Uhr

Das Klingeln des Telefons riss sie aus den Gedanken. Maja warf einen Blick auf das Display, runzelte die Stirn, murmelte „das ist Alders" und nahm das Gespräch an. Ulbricht wollte nicht unhöflich sein und bewunderte den Blick über die Terrasse des Restaurants bis hinüber zum Wasserlauf, der sich an der prächtigen Hauptallee glucksend seinen Weg bahnte. Auf der Terrasse der Alten Villa Schlossblick waren schon einige Gäste verschwunden; die Tische hatten sich nach und nach geleert.

Majas Telefonat dauerte anderthalb Minuten.

„Und? Neuigkeiten?", fragte Ulbricht so nebensächlich wie möglich.

„Allerdings. Ich weiß nur nicht, was das zu bedeuten haben könnte. Die Kollegen haben das Haus von Alexandra Voosen auf den Kopf gestellt – das kleine in Hehlen-Hohe, meine ich. Dabei haben sie einen Porsche-Schlüssel gefunden."

Ulbricht wurde es heiß. Sollte er Maja sagen, dass er mit Vorbergs Porsche unterwegs war, weil er den Zweitschlüssel aus Versehen eingesteckt hatte und er nun einen Wagen benötigte, um seine Ermittlungen fortsetzen zu können?

Er entschied sich, abzuwarten. Wahrscheinlich würde die Sprache gleich darauf kommen, dass der Porsche vor der Polizeiinspektion in Hameln verschwunden war. Dann musste er sowieso mit offenen Karten spielen.

„Es muss der Schlüssel von Christian Vorbergs Porsche sein, den unsere KTU durchsucht hat. Morgen werden wir prüfen, ob der Schlüssel zum Fahrzeug gehört."

„Maja, das ist jetzt …", setzte Ulbricht an und fingerte an dem Windlicht herum, um sich an dem bunten Glas die Finger zu verbrennen. Er fluchte leise und zog die Hand zurück.

„Ich weiß, was du sagen willst", unterbrach Maja ihn. „Aber wir müssen alles beachten. Natürlich waren die beiden befreundet, und somit ist nicht auszuschließen, dass sie einen Schlüssel von seinem Wagen aufbewahrt hat. Aber es ist schon komisch, dass beim Toten auf Burg Polle kein Fahrzeugschlüssel gefunden werden konnte, obwohl er mit dem Wagen dorthin gekommen war."

„Ich kann das erklären", stammelte Ulbricht, wurde aber prompt noch einmal von Maja unterbrochen. Sie winkte ab.

„Das kann ich mir auch erklären", sagte sie lächelnd. „Es kann nur bedeuten, dass die beiden gemeinsam zu nächtlicher Stunde zur Burg Polle gefahren sind.

Warum, erschließt sich uns noch nicht vollständig, aber wir werden das Geheimnis noch lüften, auch wenn Vorberg und Voosen tot sind und wir sie nicht mehr fragen können. Wahrscheinlich sind sie nicht noch einmal dorthin gefahren, um die herrliche Aussicht auf den Flusslauf zu genießen. Womöglich gab es dort ein Treffen mit einem Geschäftspartner oder etwas in dieser Richtung, vielleicht auch eine Lösegeldübergabe."

„Ich will..." Ulbricht gab es auf, als er mit einer Geste zum Schweigen gebracht wurde.

„Ich will auch nicht ausschließen, dass bei der Lösegeldübergabe etwas falsch gelaufen ist. Vorberg wurde erschossen. Von wem?" Sie zog die Mundwinkel nach oben. „Von Alexandra Voosen, die das Lösegeld für sich alleine haben wollte? Tatmotiv wäre dann Habgier und ist nicht selten bei Mördern. Oder gab es den großen Unbekannten, der die beiden zur Burgruine bestellt hat, um sie dort zu erschießen? Vielleicht ist es Alexandra Voosen gelungen, zu flüchten. Sie ist vielleicht zur Straße hinunter und wurde dort von einem Anhalter mitgenommen, der sie nach Hause brachte. Unter Schock stehend, konnte sie mit keinem darüber sprechen und hat den Schlüssel des Porsche aufbewahrt. Vielleicht ist sie auch zur Burg gefahren, weil Vorberg schon etwas getrunken hatte. Immerhin stand er zum Tatzeitpunkt unter dem Einfluss von Drogen. Viele, die einen Joint rauchen, trinken dazu auch Alkohol. Ich werde das morgen im Obduktionsbericht nachlesen."

Maja hatte sich in Rage geredet, und ihre Wangen glühten wie Bratäpfel an einem kalten Winterabend.

So abwegig war das, was sie sagte, gar nicht, fand Ulbricht.

Er hatte längst beschlossen, ihr morgen zu beichten, dass er mit Vorbergs Porsche unterwegs war. Nicht mehr heute.

Das Treffen in Daubers Sitzungsraum verlief eher wortkarg. Alle brüteten vor sich hin und schlürften starken Kaffee, um sich wach zu halten. Die Mitarbeiter des Ersten Fachdezernates im Zentralen Kriminaldienst waren übernächtigt, und auch Maja war mitten in der Nacht noch einmal zur Polizeiinspektion gefahren, um sich in den Obduktionsbericht von Christian Vorberg einzulesen. Sie hatte gespürt, dass sie unmittelbar vor der Auflösung des Falles standen, und suchte nun nach jedem erdenklichen Strohhalm, der den entscheidenden Hinweis brachte. Immer und immer wieder hatte sie sich am Monitor die 360°-Aufnahmen vom Tatort in Polle angeschaut. Die mit der Sphäron-Kamera aufgenommenen Bilder waren beeindruckend, doch sie brachten Maja auch keinen weiteren Hinweis. Es deutete viel darauf hin, dass Vorbergs Mörder ihm auf der Burgruine aufgelauert hatte. Allerdings ging aus dem Bericht der Spurensicherung nicht hervor, dass sich Vorberg zum Zeitpunkt des Mordes in Begleitung von Alexandra Voosen befunden hatte. Wie war sie dann an den Fahrzeugschlüssel gekommen, den Alders' Leute in ihrem Haus gefunden hatten?

Irgendwann in den Morgenstunden war Maja, mit den Füßen auf dem Schreibtisch, im Bürostuhl sitzend eingeschlafen und erst aufgewacht, als der Regen an die Bürofenster getrommelt hatte und sie sich kaum mehr rühren konnte, nachdem sie einige Stunden schlafend in dieser unbequemen Position verbracht hatte. Gegen sieben Uhr waren die ersten Kollegen im

Büro eingetroffen, um sich nach einer kurzen Nacht wieder in die Arbeit zu stürzen.

Dichte Wolken hatten sich wie eine Glocke über das Weserbergland gesenkt. Der Tag erschien grau und trostlos. Vor dem offenen Fenster des Besprechungszimmers hielt ein Müllwagen und nahm laut rumpelnd und mit dröhnendem Dieselmotor seine Arbeit auf. Grundmann, der mit unbeteiligter Miene in seinem Kaffee gerührt hatte, sprang auf und knallte das Fenster zu, dann setzte er sich wieder.

Ulbricht erschien gemeinsam mit Oberkriminalrat Dauber im Konferenzraum und nickte Maja zu, während er sich ihr gegenüber niederließ.

„Ich will es heute kurz machen", eröffnete Dauber die Morgenrunde. „Hinter uns liegt eine sehr kurze Nacht, und wir alle sind der Lösung des Falles ein wenig näher gerückt. Im Fall der toten Alexandra Voosen haben wir ihre Kundenkontakte durchleuchtet, was nicht immer leicht war, aber wir wissen, dass sie sich zuletzt mit Arndt Hartmann getroffen hat. Wie Sie alle wissen, leitet Hartmann das größte Immobilienunternehmen in der Region und ist auch an zahlreichen anderen Firmen beteiligt, die zur Kollmann-Gruppe gehören und dem Vermögen seiner Schwiegereltern entstammen. Insofern ist es nicht ganz einfach, hier diskret vorzugehen. Dennoch sollten wir nicht zögern, ihn zu seinem Treffen mit Alexandra Voosen zu befragen. Es ist möglich, dass er der letzte ist, der sie lebend gesehen hat." Dauber legte eine Pause ein, um die Worte sacken zu lassen. Alders räusperte sich. Er kratzte sich am Kinn, wobei seine Bartstoppeln vernehmlich raschelten.

„Wir waren in der Nacht in Hehlen und haben das Fachwerkhaus der Toten untersucht. Dabei ist uns ein kleiner Zettel an der Pinnwand aufgefallen. Darauf war ein Treffen an der Lutterburg vermerkt, das gestern um 22 Uhr stattgefunden haben sollte. Da Frau Voosen zu diesem Zeitpunkt jedoch bereits nicht mehr lebte, haben wir der Lutterburg einen Besuch abgestattet. Vergeblich, denn niemand hat sich dort blicken lassen."

„Was ist die Lutterburg?", fragte Ulbricht in die Runde. Erst jetzt erinnerte er sich daran, dass er eigentlich gestern noch dorthin fahren wollte. Dann war er mit Maja essen gewesen und hatte die Zeit und das geheimnisvolle Treffen total vergessen. Er wurde eben doch alt.

„Dabei handelt es sich um mehrere historische Gebäude, die dem Verfall geweiht sind, wenn nicht schnell etwas geschieht", eröffnete Dauber ihm. „Bei dem Ensemble handelt es sich um ein Pförtnerhaus, um zwei Villen und um eine kleine Kapelle, zu der ein eigener Friedhof gehört. Das Anwesen liegt auf einer Anhöhe im Wald zwischen Bodenwerder und Pegestorf. Ein Sahnestück für einen Investor, doch aus einem mir unerfindlichen Grunde gibt es keinen Käufer, der sich des Anwesens annehmen möchte." Nun lächelte er. „Man erzählt sich Spukgeschichten über die Lutterburg, natürlich alles Unsinn." Eine wegwerfende Handbewegung. „Nachts halten sich dort oft Jugendliche auf, um Geisterbeschwörungen durchzuführen. Ich halte das für Quatsch, wahrscheinlich sind diese nächtlichen Besuche in den Ruinen der Lutterburg nur die Mutproben von vorlauten Teenagern. Wie dem auch sei: Es gab Gerüchte, dass sich in letzter Zeit sogar zwei Investoren um das Grundstück gerissen haben sollen. Einer wollte die alten Gebäude dem Erdboden gleichmachen und dort eine moderne

Ferienanlage errichten - sein Konkurrent wollte angeblich viel Geld in die Sanierung der alten Gebäude investieren und dort Wohn- und Büroräume einrichten. Das Grundstück soll mehr als drei Millionen Euro kosten - eine stolze Summe für ein paar baufällige Ruinen in bester Lage und mit Blick auf die Weser und die Deutsche Märchenstraße. Vielleicht ist der Preis auch der Grund dafür, dass beide Pläne seit einem halben Jahr auf Eis liegen und nichts geschieht." Dauber blickte in die Runde und machte eine kleine Pause, bevor er fortfuhr: „Wenn wir die Sache nun im Zusammenhang sehen, könnte ich mir vorstellen, dass Arndt Hartmann einer der beiden Investoren ist, die am Kauf der alten Lutterburg interessiert sind. Was allerdings Frau Voosen damit zu tun hat, weiß ich nicht."

„Es ist bekannt, dass sie ihre Kunden erpresst hat. Immer wieder haben wir es auch mit Damen von Begleitagenturen zu tun, die sich in der Wirtschaftsspionage betätigen. Im Bett scheinen manche Manager sehr gesprächig zu sein, wenn es ums Geschäft geht. Wahrscheinlich wollen sie den Damen damit imponieren. Die Escort-Ladys nutzen die männliche Schwäche und verkaufen ihr so erlangtes Wissen an die Konkurrenz der Kundschaft", überlegte Maja.

„Das geht aber in eine andere Richtung - hier haben wir es bislang ausschließlich mit Erpressung anhand pikanter Fotos zu tun", brummte ein sichtlich schlecht gelaunter Jürgen Grundmann.

Er nahm den Löffel aus seiner Kaffeetasse und trank in kleinen Schlucken.

„Wir sollten nichts außer Acht lassen", warf Dauber ein und nickte Maja zu. „Können Sie das überprüfen, wenn Sie sich mit Hartmann treffen?"

„Selbstverständlich." Maja machte sich Notizen. „Liegt uns schon der Obduktionsbericht von Alexandra Voosen vor?"

„Leider nicht." Dauber schüttelte den Kopf. „Ich werde gleich nach der Sitzung noch einmal in Hannover anrufen und den Vorgang priorisieren."

„Dann hätten wir noch Gerhard Plott", ergriff Lisa Stendal nun das Wort. Sie blätterte in ihren Unterlagen. „Da Plott nach wie vor nicht vernehmungsfähig ist, habe ich eine Verbindungsliste seines Handy-Providers schicken lassen. In der Tat hat Plott in den letzten Tagen vermehrt mit Arndt Hartmann telefoniert, hier können wir ansetzen. Wenn wir unser Wissen als Grundlage nehmen, könnte ich mir vorstellen, dass Hartmann Plotts Auftraggeber war."

„Hartmann hat Dreck am Stecken", brummte Ulbricht.

Niemand am Tisch hatte Einwände.

„Wir müssen ihm nur nachweisen, dass er hinter den Morden steckt, denn fraglich ist, ob es sich dabei um Auftragsmorde handelt, die er womöglich von Plott hat durchführen lassen, oder ob er sich selbst die Finger dreckig gemacht hat." Ulbricht wandte sich an den Kriminaloberrat: „Wir sollten eine Hausdurchsuchung bei Arndt Hartmann in Angriff nehmen."

Dauber zögerte kurz, dann nickte er entschlossen. „Ich werde gleich mit dem Richter telefonieren und die entsprechenden Vorbereitungen treffen."

Auf dem Korridor roch es nach Bohnerwachs. Maja hatte es eilig, in ihr Büro zu kommen, und Ulbricht folgte ihr. Grundmann war gleich nach der Besprechung im Keller des Gebäudes verschwunden, wo die Räume der KTU lagen. Er wollte prüfen, ob der

Porscheschlüssel, den Alders und sein Team im Haus von Alexandra Voosen gefunden hatten, tatsächlich zum sichergestellten Fahrzeug gehörte. Ulbricht hatte in den frühen Morgenstunden tatsächlich einen freien Parkplatz vor dem Polizeigebäude gefunden, nicht weit von der Parklücke entfernt, in der man den Sportwagen zuvor abgestellt hatte. Mit etwas Glück würde es nicht auffallen, dass Ulbricht damit unterwegs gewesen war.

„Jetzt hast du ja endlich, was du wolltest", bemerkte Maja, während sie sich an ihren Schreibtisch setzte. „Die obere Gesellschaftsschicht hat Leichen im Keller liegen."

Ulbricht nahm sich einen Besucherstuhl und setzte sich verkehrt herum darauf. Er lächelte müde. „Hast du ein Problem damit, dass einer der hohen Herren dieser Gegend drei Morde begangen haben könnte?"

„Das meine ich nicht." Maja winkte ab. „Du hast mir gezeigt, wie gute Polizeiarbeit auszusehen hat. Ich habe mich davon abhalten lassen, anzunehmen, dass jemand wie Hartmann aus niederen Beweggründen drei Menschen tötet, wahrscheinlich nur, um seine Weste rein zu halten."

„Ich habe dir nur geholfen." Ulbricht stand auf, wanderte durch das Büro und hockte sich auf die Fensterbank. „Wenn du mal in Wuppertal bist, kannst du dich revanchieren. Aber noch ist der Fall nicht gelöst, denn wenn wir alle Hinweise richtig gedeutet haben, dann müssen wir Hartmann die Taten erstmal beweisen."

„Und so lange setzen wir ihn in U-Haft", versprach Maja.

Ulbricht wollte etwas erwidern, als die Bürotür aufflog und ein untersetzter Mann Anfang dreißig den

Raum betrat. Auch er wirkte übernächtigt; dunkle Ringe lagen unter seinen Augen, die Haare standen ihm wirr vom runden Kopf ab und er war unrasiert. Das Sweatshirt sah aus, als habe er darin genächtigt – wahrscheinlich war das auch der Fall gewesen.

„Maja, gut, dass ich dich noch antreffe", rief er ein wenig atemlos und nickte Ulbricht zu. Er kannte den Kollegen aus Wuppertal nicht und musterte ihn jetzt.

„Du kannst reden", lächelte Maja. „Er ist einer von uns. Fast jedenfalls." Maja stellte den Kollegen als Schmittke von der KTU vor.

„Dann ist gut." Schmittke zog sich den letzten freien Besucherstuhl heran. „Wir haben die Spuren ausgewertet, die das Tatort-Team zusammen mit der Spusi aufgenommen hat. Wie du dir vorstellen kannst, wimmelt es an einem Ort wie der Rothesteinhöhle förmlich vor Spuren aller Art. Tagsüber halten sich dort Hobby-Höhlenforscher auf; nachts treiben sich Jugendliche da herum. Aber wir haben einen Fußabdruck aufgenommen, der besonders tief im weichen Waldboden eingesunken war, um das mal salopp auszudrücken. Schuhgröße 43, hat so ziemlich jeder zweite deutsche Mann, ist also nicht ganz leicht. Aber diese Spuren stammen entweder von einem schwergewichtigen Mann, oder…"

„Oder von einem Mann, der einen leblosen Körper mit sich herumtrug", brummte Ulbricht. „Das ist doch schon mal ein Ansatz. Sicher haben Sie das Profil analysiert?"

„Klar." Schmittke wusste nicht recht, ob er den fremden Kollegen als Vorgesetzten oder als Gleichgestellten behandeln sollte. „Ich habe heute in aller Frühe mit dem LKA in Hannover telefoniert." An Ulbricht gewandt, fuhr er fort: „Dort gibt es 40.000 Paar Schuhe, sodass wir so ziemlich jedes handelsübliche Sohlenprofil einem Hersteller und meist sogar dem Modell zuordnen können. Das funktioniert nach Profilabmessung und Anordnung."

„Geschenkt, Schmittke. Ich sagte doch, Ulbricht ist einer von uns. Er leitet in Wuppertal das KK 11 und kennt sich auch in der Spurensuche einigermaßen aus."

„Gut, dann weiter: Es handelt sich bei dem Schuh um das Modell Outlander vom Hersteller Karo Schuhe, einer deutschen Marke, wie gesagt in Größe 43. Auffällig ist, dass am rechten Schuh ein Stück Profil fehlt." Schmittke sprang auf, trat neben Maja und klappte eine dünne Mappe auf, die er mitgebracht hatte. Darin befanden sich Profilabdrücke des Herstellers sowie eine Rekonstruktion der Fußspuren, die man am Fundort der Leiche gemacht hatte.

„Zweifelsfrei", nickte Maja, die ein paarmal hin und her geblättert hatte. „Saubere Arbeit, Schmittke."

„Danke. Jetzt müsst ihr nur noch den Besitzer des Schuhs finden, dann seid ihr einen Schritt weiter – im wahrsten Sinne des Wortes."

„Moment, ich kenne das exakte Modell zwar nicht, aber die Marke Karo Schuhe sagt mir etwas. Nicht ganz billig, die Treter." Ulbricht schaute auf seine eigenen, ausgelatschten Hush Puppies und beschloss spontan, sich demnächst ein paar neue Schuhe zu kaufen.

„Was ist mit Plagiaten?", fragte Maja und versuchte sich das Muster der Schuhsohle einzuprägen.

Schmittke schüttelte den Kopf. „Auch wenn es so ziemlich allen Mist, auch Markenschuhe, als Billigkopie aus Fernost gibt, so können wir in diesem Fall davon ausgehen, dass der Schuh echt ist – und somit nicht zum Standardsortiment eines Schuhgeschäfts an der Ecke gehört."

Ulbricht sprang auf. „Auf zu Arndt Hartmann. Worauf warten wir noch?"

Wie auf ein geheimes Kommando klingelte das Telefon auf Majas Schreibtisch. Dauber rief an.

„Ihr könnt sofort aufbrechen, ich habe mit dem Richter telefoniert - einen Durchsuchungsbeschluss können wir nachreichen, sollte er Schwierigkeiten machen. Ich habe schon ein Tatort-Team losgeschickt, die warten aber auf Sie."

„Hört sich gut an, danke!" Maja erhob sich und gab Ulbricht ein Zeichen. „Worauf wartest du? Auf zu Hartmann. Ich will mir seine Schuhsammlung ansehen."

„Typisch Frau", grinste Ulbricht. „Wir suchen hier einen dreifachen Mörder, und du fährst los, um dir teure Schuhe anzugucken."

Maja stöhnte auf.

„Bin schon dabei." Ulbricht zwinkerte Schmittke zu und zog den Mantel über, bevor er an Majas Seite das Büro verließ. Endlich kam Bewegung in den Fall.

Hameln, Klütviertel, 8.20 Uhr

Die Villa stand in der teuersten Wohngegend der Stadt und war von einer mannshohen Hecke vor neugierigen Blicken geschützt. Eine breite Treppe führte zum Eingangsportal hinauf, das von massiven Steinsäulen flankiert wurde. Am Straßenrand erblickte sie schon drei weitere zivile Einsatzwagen der Polizei sowie zwei Streifenwagen. Als Maja den Wagen in einer kleinen Lücke parkte, öffneten sich die Türen der anderen

Fahrzeuge. Die Kollegen nickten Maja und Ulbricht zu und folgten ihnen in einigem Abstand. Ihr Teamleiter war Kriminalhauptkommissar Hansen; ein stämmiger Bursche mit kurz geschorenem Haar. Hansen trat auf Maja und Ulbricht zu und reichte ihnen die Hand.

„Und – wie sollen wir vorgehen?"

„Wir werden ihm ein paar Fragen stellen, während ihr das Haus durchsucht. Noch einmal der Hinweis auf die Schuhe." Maja hielt die Mappe hoch, in der sich der Print des Schuhabdruckes von der Rothesteinhöhle befand. „Und das übliche: DNA-Spuren und so weiter und so fort."

Maja lächelte Hansen müde an. Im Gegensatz zu ihr hatte er seinen Dienst um halb sieben angefangen und schien recht ausgeschlafen zu sein. „Ihr macht das schon", war Maja sich sicher.

Zu dritt begaben sie sich zum Haus. Hinter keinem der Fenster brannte trotz des trüben Tages Licht. Ein kühler Wind fegte um die Hausecken. Ulbricht zog den Kopf zwischen die Schultern und kräuselte die Nase, als ihm ein dicker Regentropfen direkt auf die Nasenspitze platschte.

„Ist das ein Scheißwetter", knurrte er.

Neben der Eingangstür war eine Gegensprechanlage samt Kamera ins Mauerwerk eingelassen. „Gleich sind wir ja im Trockenen", lächelte Maja und legte einen Finger auf den vergoldeten Klingelknopf. Drinnen schlug ein tiefer, melodischer Gong an. Im Haus herrschte Stille, und Maja klingelte noch einmal.

„Nichts", murmelte sie und blickte Ulbricht mit vielsagendem Blick an.

„Aber der Hausherr ist anwesend", erwiderte Ulbricht und zeigte mit dem Daumen auf einen neuwertigen Mercedes der S-Klasse, auf dessen Hamelner

Kennzeichen die Initialen von Arndt Hartmann prangten. „Und ich freue mich schon ihn wiederzusehen."

„Norbert, das ist nicht der richtige Zeitpunkt für dumme Sprüche." Maja bedachte ihn mit einem vorwurfsvollen Blick. Nach der kurzen Nacht im Büro lagen ihre Nerven sichtlich blank.

„Dann gib mir dein Okay, und ich trete die Tür ein", erwiderte er unbeeindruckt.

Maja antwortete nicht. Sie gab Hansen ein Zeichen. „Er öffnet nicht – wir sollten einmal ums Haus gehen und versuchen, durch die Fenster zu blicken."

„Wird gemacht." Hansen nickte, ging zu seinen Mitarbeitern und gab ihnen Instruktionen. Das Team schwärmte aus und umrundete die Villa, um einen Blick durch eines der Fenster zu erhaschen. Das alles lief ohne den geringsten Lärm ab; niemand sprach ein Wort. Es war eine fast surreale Stimmung an diesem trüben Morgen. Maja hatte ein ungutes Gefühl bei der Aktion.

„Da stimmt was nicht", unkte Ulbricht und versenkte die Hände in den Hosentaschen.

Einer der Männer, die die Rückseite der Villa inspiziert hatten, kam zu ihnen.

„Da liegt eine männliche Person auf dem Fußboden im Wohnzimmer. Ich konnte es nicht genau erkennen, glaube aber, dass der Mann tot ist. Seine Augen stehen offen, aber er rührt sich nicht. Und ich bin mir ziemlich sicher, dass es sich bei dem Mann um Arndt Hartmann handelt."

„Wir gehen rein", zischte Hansen und gab ein paar Kommandos. Dann ging alles ganz schnell. Die Spezialisten holten Werkzeugkoffer aus dem Auto und hatten die massive Haustür innerhalb kürzester Zeit geöffnet, um in Zweierteams die Villa zu durchsuchen.

Einer betrat jeweils einen Raum und ließ sich von seinem Partner mit der Dienstwaffe im Anschlag absichern. Immer wieder hörten Maja und Ulbricht, die am Hauseingang warteten, ein knappes „Sauber“, wenn die Durchsuchung eines Zimmers abgeschlossen war. In einem solchen Fall ging Hansens Team davon aus, dass sich der Täter möglicherweise noch im Haus aufhielt. Es dauerte knapp fünf Minuten, dann erschien Hansen im Türrahmen. Seine Miene war versteinert.

„Der Kollege hatte leider recht“, murmelte er. „Wir sind zu spät gekommen. Arndt Hartmann liegt tatsächlich tot im Wohnzimmer. Er wurde erschossen, mehr kann ich noch nicht sagen.“ Dann stutzte er. „Stand er nicht unter Mordverdacht?“

„Eigentlich schon“, seufzte Maja. „Aber wir waren anscheinend auf dem Holzweg. Jetzt fangen wir wohl wieder bei null an und suchen einen vierfachen Mörder.“

Hameln, Zentraler Kriminaldienst, 10.30 Uhr

Schlecht gelaunt und sichtlich frustriert kehrten Maja und Ulbricht in die Polizeiinspektion zurück. Sie hatten, so gut es ging, die Kollegen vor Ort unterstützt und hatten die Nachbarn von Arndt Hartmann befragt.

Die Nachricht vom Tod des Immobilienmoguls hatte große Betroffenheit ausgelöst, und eigentlich schien Arndt Hartmann in seinem Viertel ein angesehener Mann gewesen zu sein.

Er war mit einer Waffe des Kalibers neun Millimeter aus nächster Nähe erschossen worden, und der einzige Schuss war tödlich gewesen. Die Kriminaltechniker hatten die Patronenhülse sichergestellt und untersuchten das Geschoss noch heute.

„Der Mord an Alexandra Voosen passt so gar nicht ins Bild“, brummte Ulbricht und trat an das Fenster. Der Regen hatte ein wenig nachgelassen, aber das Asphaltband der Zentralstraße glitzerte im Licht der Autoscheinwerfer.

„Wovon redest du?“, knurrte Maja und legte die Füße auf den Schreibtisch.

„Das liegt doch auf der Hand, Maja. Die Vorberg-Brüder wurden erschossen, und man fand ihre Leichen am Tatort. Bei Alexandra Voosen, so scheint es, ist ein anderer Täter am Werk gewesen: Sie wurde vergewaltigt, erdrosselt und nach dem Eintreten des Todes an einen anderen Ort gebracht. Um Spuren zu verwischen, sollte ihr Leichnam in dieser Höhle verbrannt werden – das passt doch nicht ins Schema unseres Täters.“

„Du meinst, es war ein anderer Mörder am Werk?“

„Ich fürchte, darauf läuft es hinaus.“ Ulbricht riss sich vom Blick aus dem Fenster los und wanderte durch den Raum. „Auch wenn anfangs alles auf einen Racheakt hingedeutet hat – ich fürchte, wir müssen noch mal komplett umdenken.“

Maja machte keinen Hehl daraus, dass Ulbricht ihre Befürchtung ausgesprochen hatte. „Wir fangen also wirklich wieder bei null an“, murmelte sie.

Ulbricht schüttelte den Kopf. „Nicht ganz. Die gesammelten Fakten sollten wir noch mal analysieren. Was wir haben, das haben wir. Nur müssen wir die Geschichte noch einmal aus einem völlig anderen Blickwinkel sehen.“

„Die Kollegen der Spusi haben tatsächlich Schuhe der gesuchten Marke bei Hartmann gefunden, die auch vor Ort anhand einer fehlenden Zacke im Sohlenprofil identifiziert werden konnten. Somit steht fest, dass Hartmann sich zum entsprechenden Zeitpunkt an der Rothesteinhöhle befunden haben muss. Die Würgemale sind noch nicht identifiziert, und auch auf den DNA-Abgleich warten wir noch. Trotzdem bin ich mir sehr sicher, dass Hartmann Alexandra Voosen erst vergewaltigt und anschließend getötet hat."

„Die langen Haare in seinem Bett sprechen dafür, aber nun hängt es wirklich vom DNA-Abgleich ab. Sollte es sich bei den in Hartmanns Haus gefundenen Haaren um die von Alexandra Voosen handeln, und sollte es sich bei dem aufgefundenen Sperma um seines handeln, zieht sich die Schlinge um seinen Hals enger. Wenn wir das Ganze dann mit den Schuhen und seinem Sperma abgleichen, ist er reif."

„Reif ist er erst, wenn wir wissen, dass er es auch war, der ihr die Würgemale beigebracht hat", konterte Maja. „Und das dauert, fürchte ich. Die Spurenträger sind auf dem Weg nach Hannover, und ich will hoffen, dass das LKA uns heute noch Ergebnisse liefern kann."

„Die Wartezeit können wir uns mit der Suche nach dem anderen Mörder verkürzen", schlug Ulbricht säuerlich vor.

Sein Blick fiel auf den verwaisten Schreibtisch von Jürgen Grundmann.

„Wo steckt der Vogel überhaupt?"

Nun grinste Maja. „In Hannover. Ich habe ihn zur Rechtsmedizin geschickt, wo er die ehrenvolle Aufgabe hat, der Obduktion von Alexandra Voosen beizuwohnen."

„Dann kann er hier wenigstens nicht die Stimmung verpesten", erwiderte Ulbricht unbeeindruckt.

„Und ich hoffe, dass er den Abschlussbericht gleich mitbringt." Dauber, der in diesem Augenblick Majas Büro betreten hatte, musste Ulbrichts letzten Satz mitgehört haben. Er konnte sich ein Schmunzeln in Ulbrichts Richtung nicht verkneifen, dann wandte er sich an Maja, die eilig die Füße vom Schreibtisch nahm. „Es gibt Neuigkeiten", eröffnete er ihr. „Bei der Durchsuchung von Alexandra Voosens Penthouse-Wohnung in Hannover haben wir eine externe Festplatte gefunden. Die Kollegen von der IT waren so freundlich, die darauf gesicherten Daten zu sichten. Wie wir feststellen konnten, befinden sich auf dieser Festplatte ebenfalls Bilddateien, die offensichtlich eine Kopie der Daten von Christian Vorbergs Rechner sind."

„Noch mehr Fotos", brummte Ulbricht gelangweilt.

„Darf ich mal?" Kriminaloberrat Dauber hatte Majas Schreibtisch umrundet und beugte sich nun über ihre Tastatur. Er wählte sich ins Netzwerk ein und öffnete einen Ordner, den die Kollegen der IT-Abteilung mit einem Passwort versehen hatten. Sekunden später öffnete sich ein Fenster mit Bilddateien.

Ulbricht war neben Dauber getreten.

„Die Fotos hier zeigen Arndt Hartmann, und ich bin mir ziemlich sicher, dass die Aufnahmen mehr als brisant sind. Sie zeigen Hartmann auf einem Golfplatz bei einer Geldübergabe an einen jungen Mann. Hier, sehen Sie!" Dauber vergrößerte ein Bild und tippte auf einen schlanken Mann, den Maja auf Ende zwanzig, Anfang dreißig schätzte. „Die beiden machen Geschäfte, und ich will nicht wissen, worum es dabei ging."

„Also doch Industriespionage", entfuhr es Maja.

„Das hat nichts mit Alexandra Voosen zu tun – die beiden hier wickeln ein ganz anderes Geschäft ab." Sie drehte sich zu Ulbricht um. „Demnach hatte Grundmann doch recht: Es geht gar nicht um die Erpresserfotos eines Callgirls, denn das hier ist wohl eine Nummer größer." Sie beugte sich vor, um Einzelheiten besser erkennen zu können. „Aber wer ist das hier?"

Dauber zuckte die Schultern.

„Das sollten wir herausfinden. Und wenn wir ihn haben, dann wissen wir sicherlich mehr."

„Leichter gesagt als getan." Maja atmete hörbar aus und rieb sich die brennenden Augen. Eigentlich sehnte sie sich nach einem Bett und einer Mütze Schlaf, doch daran war nicht zu denken. Nicht, so lange noch ein mehrfacher Mörder auf freiem Fuß war.

„Wo soll dieser Golfclub denn sein? Vielleicht erfahren wir dort mehr, wenn wir das Foto des jungen Mannes zeigen." Ulbricht erinnerte sich daran, dass Hartmann während des eigenartigen Treffens in der Salzgrotte der Hufeland Therme einen Golfclub erwähnt hatte.

„Das ist der Club in Hummersen, in der Nähe von Polle, wenn ich mich nicht täusche", erwiderte der Oberkriminalrat. „Ein gemeinnütziger Verein und Mitglied im Deutschen Golfverband. Eine Besonderheit des Platzes ist, dass das fünfte Loch an die Lügder Ortschaft Hummersen in Nordrhein-Westfalen führt."

„Da hätte ich ja wieder was zu melden", grinste Ulbricht, doch Dauber war nicht zum Scherzen zumute. „Also sollten wir dem Club einen Besuch abstatten."

Maja hatte einige Bilder im Menü ausgewählt und druckte sie aus. Dann erhob sie sich, schlüpfte in die Jacke und nahm die Fotos aus dem Drucker. Ulbricht warf einen flüchtigen Blick darauf und überlegte, woher er den jungen Mann, mit dem sich Hartmann getroffen hatte, kannte.

Dauber hatte anscheinend keine Einwände gegen einen Besuch im Golfclub, und so gab Maja Ulbricht ein Zeichen.

„Komm schon", sagte sie wie selbstverständlich. „Oder willst du hier Wurzeln schlagen?"

VIERUNDZWANZIG

„Du bist total verrückt", stellte Maja fest, während sie in den Beifahrersitz gepresst wurde. Der Motor dröhnte auf, als Ulbricht das Gaspedal des Porsche bis zum Bodenblech durchtrat. Er grinste nur.

„Das ist der Wagen eines Mordopfers, mit dem du hier spazieren fährst. Und ich sitze neben dir und werde mir eine Menge Ärger mit Dauber einfangen, Norbert", schimpfte Maja, während die Landschaft an ihnen vorüberzufliegen schien.

„Wir brauchen einen schnellen Wagen, und außerdem war es ein Kindheitstraum von mir, einmal mit einem Porsche loszuziehen." Ulbrichts Hände lagen ruhig auf dem Sportlenkrad. Es war offensichtlich, dass er die rasante Fahrt nach Polle genoss. „Außerdem steht mein Opel noch in der Werkstatt in Holzminden."

„Norbert, du scheinst mich nicht zu verstehen: Der Wagen steht nicht für Dienstfahrten zur Verfügung. Die Kollegen der KTU werden ihn zur Fahndung ausschreiben, wenn sie feststellen, dass der Porsche nicht mehr vor der Polizeiinspektion steht. So etwas zieht mit allergrößter Sicherheit ein Disziplinarverfahren nach sich."

Ulbricht schüttelte den Kopf.

„Dauber weiß, dass ich damit unterwegs bin. Ich wollte es dir ja schon gestern in Pyrmont sagen, als Alders' Leute den Schlüssel in Voosens Haus gefunden haben, aber du hast mich einfach nicht zu Wort kommen lassen."

„Du bist einfach unmöglich."

„Das macht mich so einzigartig“, schmunzelte Ulbricht, als er das Tempo am Ortseingangsschild von Polle drosselte. Von hier aus war es nicht mehr weit. Er hielt sich in Richtung Lügde und entdeckte schon bald das erste Schild, das auf die Ortschaft Hummersen hinwies.

Den Rest des Weges ließ er sich von Maja erklären. Das Gelände des Golfclubs lag in der seichten Hügellandschaft des Weserberglandes eingebettet. Wer hier spielte, hatte die Natur gleich vor der Haustür und konnte sich an der frischen Luft erfreuen. Als Ulbricht den Porsche auf dem Parkplatz des Golfplatzes abstellte, drang die Sonne durch die tiefhängenden Wolken. Ulbricht atmete tief durch und blickte sich auf dem Parkplatz um. Hier standen Limousinen der Luxusklasse und einige exklusive Sportwagen.

„Und außerdem fallen wir mit dem Wagen gar nicht auf - hier ist der Porsche in bester Gesellschaft“, grinste er. Maja sparte sich eine Antwort. Auf der Terrasse des Clubrestaurants Weißenfelder Mühle herrschte noch nicht viel Betrieb – die wenigsten Gäste trauten dem zaghaften Sonnenschein, der nun durch das milchige Grau der Wolken drang. Sie erreichten das exklusiv wirkende Clubhaus und zeigten ihre Dienstausweise vor. Nachdem sie zunächst misstrauisch beäugt worden waren, wurden sie in ein Büro geführt, von dem aus man auf die Golfanlage blicken konnte.

Ein Mann Ende fünfzig bleckte eine Reihe weißer Zähne. Eilig erhob er sich, verschloss die goldenen Knöpfe seines dunkelblauen Jacketts und begrüßte die Gäste. Der Anzug saß perfekt und stammte sicherlich nicht von der Stange, in der Brusttasche steckte ein akkurat gefaltetes Tuch. Eine feine Wolke teuer riechenden Rasierwassers umgab ihn. Gregor Obermann war ein Gentleman alter Schule. Freundlich stellte er sich seinen Gästen als Präsident des Clubs vor.

„Ich bereite ein Turnier vor, sonst wäre ich gar nicht hier", erklärte er und bot seinen Gästen Platz an. „Aber Sie haben Glück, und ich werde Ihnen zur Verfügung stehen."

Maja und Ulbricht setzten sich. Die Frage nach einem Getränk lehnten beide mit einem freundlichen Lächeln ab. Durch das große Fenster in Obermanns Rücken konnten sie den pedantisch kurz geschnittenen Rasen sehen. Ein Teich teilte die Bahnen; weiter hinten reckte sich der sanfte Buckel des Köterberges in den Himmel. Der Fernmeldeturm hob sich mit seinen drei kleineren Antennentürmen markant vom Grau der Wolken ab. Mit knapp 500 Metern Höhe bildete der Köterberg eine natürliche Grenze zwischen Nordrhein-Westfalen und Niedersachsen und war an den Wochenenden ein Ausflugsziel unzähliger Motorradfahrer.

„Gefällt Ihnen die Aussicht?", brach Gregor Obermann, der die Blicke seiner Gäste bemerkt hatte, das Schweigen.

„Sehr gut sogar", nickte Maja, dann wurde sie ernst und besann sich auf den Grund ihres Besuches. „Sie kennen Arndt Hartmann?"

„Natürlich, er ist seit vielen Jahren Mitglied in unserem Club. Ein exzellenter Spieler und ein sehr beliebter Mensch in unseren Reihen. Uns verbindet eine langjährige Freundschaft."

Obermann strich sich durch das in Ehren ergraute Haar und zwinkerte den Polizisten zu.

„Was hat er denn verbrochen, unser Herr Hartmann?"

„Er ist tot." Ulbricht hatte keine Lust, um den heißen Brei herumzureden. Mit der Neuigkeit löste er bei dem Präsidenten des Golfclubs ein entsetztes Gesicht aus.

„Sie scherzen", stellte Obermann fest.

„Leider nein." Ulbricht schüttelte den Kopf. „Hartmann wurde in der letzten Nacht in seinem Haus ermordet."

„Mein Gott, das ist ja schrecklich." Gregor Obermann schüttelte fassungslos den Kopf, dann barg er das rote Gesicht sekundenlang in den fleischigen Händen.

Maja nickte. „Ja, das ist es. Und wir suchen seinen Mörder und hoffen auf Ihre Mithilfe."

„Ich werde Sie, so es in meiner Macht steht, unterstützen", versprach Obermann und nickte eifrig. „Was kann ich für Sie tun?"

Maja zog eine Mappe aus der Tasche, schlug sie auf und legte sie Gregor Obermann auf den wuchtigen Schreibtisch. „Wir haben diese Fotos gefunden, die Arndt Hartmann hier auf dem Platz offenbar bei einer Geldübergabe zeigen. Wissen Sie, wer der junge Mann auf den Bildern ist?"

Der Clubpräsident setzte eine dünne Brille auf und musterte die Bilder nachdenklich. Er schien nachdenken zu müssen. Schließlich nahm er die Brille ab, verstaute sie in seiner Tasche und nickte.

„Das Foto entstand am Rande eines Turniers. Ich kenne ihn, allerdings." Wieder ein Blick auf das Bild, dann nickte der Präsident des Golfclubs erneut.

„Dann können Sie uns auch seinen Namen verraten?" Maja schöpfte Hoffnung.

„Allerdings. Bei dem jungen Mann handelt es sich um Jan Lorenz. Eines der bestgehütetsten Geheimnisse, und ich weiß davon nur, weil ich Arndt so lange kenne – kannte. Bei Jan Lorenz handelt es sich um Arndt Hartmanns Sohn, um seinen unehelichen Sohn, wohlbemerkt. Der Junge stammt aus einer Liaison zwischen Arndt und einer Dame aus Hannover; er ist sozusagen das Resultat eines One-Night-Stands, wenn ich das so salopp ausdrücken darf. Da Hartmann jedoch mit Beatrice verheiratet war, muss ich Ihnen sicherlich nicht sagen, dass er über den außerehelichen Sohn nicht sonderlich glücklich war. Doch die Kindesmutter hat sich nicht zu einer Abtreibung bewegen lassen, und so wuchs der Junge ohne Vater auf. Studierte in Hannover und ging seinen Weg, den Hartmann finanziell unterstützte – aber immer so, dass Beatrice nichts davon mitbekam. Wahrscheinlich handelt es sich bei dem Treffen auf unserem Clubgelände auch um eines dieser ungeliebten Treffen zwischen den beiden. Ich glaube, Hartmann hat seinen Fauxpas mehr als einmal bereut. Doch er war Manns genug, um zu seinem Fehler zu stehen. Es wurde erst schwierig, als der Junge sein Erbe einklagen wollte – das muss nach der Tragödie gewesen sein, bei der Beatrice ums Leben kam."

„Moment", unterbrach Ulbricht ihn. „Wie, sagten Sie, lautete der Name des Jungen?"

„Jan", erwiderte Gregor Obermann. „Er lebt mit seinem Partner in Bodenwerder. Allerdings hat sein Vater ihm ein Haus in Irland gekauft. Wahrscheinlich war Arndt jedes Mittel recht, um seinen unehelichen Sohn so weit wie möglich aus dem Licht der Öffentlichkeit zu halten." Er lächelte nachsichtig. „Ist ja auch nicht leicht, so etwas."

Ulbricht hatte sich bereits erhoben. „Komm, Maja", sagte er.

An Gregor Obermann gewandt, bedankte er sich für die Hilfe. Er mahnte Maja zur Eile, dann saßen sie auch schon wieder im Porsche.

FÜNFUNDZWANZIG

Bodenwerder, 12.15 Uhr

Torsten Maar wirkte sichtlich verschlafen, als er die Tür seines Fachwerkhauses in der Homburgstraße öffnete. Wahrscheinlich hatten ihn die Polizisten aus dem Bett geklingelt.

„Sie schon wieder“, empfing er sie, als er Ulbricht erkannt hatte. Dann erblickte er Maja, die ihm bei einem Fotoshooting Modell gestanden hatte. Seine Miene hellte sich auf.

„Dann sind Sie sich wohl einig geworden?“, fragte er grinsend.

„Pardon – wovon reden Sie?“ Maja verstand nicht, worauf Maar hinauswollte.

„Na die Bilder – sie sind wunderschön geworden. Und dieser Mann hier hat sich dafür interessiert. Sicherlich sind Sie gemeinsam gekommen, um Abzüge zu bestellen.“

Ulbricht wandte sich zu Maja um und sah, dass sie rot im Gesicht wurde.

„So“, sagte sie. „Er wollte Abzüge?“

„Maja, das war Zufall“, stammelte Ulbricht und schüttelte den Kopf.

„Darüber reden wir später, Norbert.“ Dann wandte sie sich an den Fotografen. „Wir müssen mit Ihrem Freund sprechen.“

„Mit Jan?“ Misstrauen lag in Torsten Maars Blick. „Er schläft noch, ist erst spät nach Hause gekommen und war hundemüde.“

„Wo war er denn?“ Ulbricht fixierte sein Gegenüber mit Blicken und bemerkte, dass Maar plötzlich unsicher zu sein schien. Er wurde blass und rang mit den feingliedrigen Händen. Hatte er etwas zu verbergen?

„Müssen Sie nicht arbeiten?“, fragte Maja in die entstandene Stille hinein.

„Ich habe keine Termine heute, wenn Sie das meinen.“ Maar gab den Eingang frei. „Wir nutzen das Haus als Wohnung und als Arbeitsplatz, so können wir Geld sparen und ich habe alles unter einem Dach.“

„Als wenn es Jan Lorenz ums Geld ginge“, brummte Ulbricht und erntete für die Bemerkung einen sauren Blick von Maar. „Hat er doch einen wohlhabenden Vater, der ihn unterstützt, wo er nur kann.“

„Tut er das? Das wäre mir neu. Er behandelt Jan wie einen Bastard, anstatt ihn im Erbe zu bedenken. Jan muss hart arbeiten, um…“

„Das soll er uns lieber selbst erzählen“, unterbrach Maja ihn unwirsch. „Vielleicht könnten Sie uns jetzt zu Ihrem Lebensgefährten bringen?“

„Natürlich.“ Maar fuhr sich durch das Haar und nickte. Im Gänsemarsch erklommen sie eine knarrende Treppe, die ins obere Stockwerk des windschiefen Hauses führte. Im Schlafzimmer, einem Raum mit niedriger Decke und einem kleinen Fenster, das in den Garten des Hauses hinaus zeigte, trafen sie Torsten Maars Freund an. Er hockte im Schneidersitz und in Boxershorts auf dem französischen Bett und blickte die Besucher entsetzt an, als sie ihm ihre Dienstausweise präsentierten.

„Wir haben ein paar Fragen an Sie“, begann Maja das Gespräch.

„Darf ich mir etwas anziehen?“ Der uneheliche Sohn von Arndt Hartmann stand auf und schlüpfte in einen

Morgenmantel, der über einem stummen Butler gelegen hatte.

„Sie sind der Sohn von Arndt Hartmann", stellte Ulbricht fest.

Der junge Mann zögerte, tauschte einen schnellen Blick mit Torsten Maar und nickte schließlich.

„Ja", sagte er zögernd.

„Arndt Hartmann war mein Vater. Aber es lief nicht gut zwischen uns, ich war das Ergebnis eines Seitensprungs, und wenn seine Frau davon erfahren hätte, wäre er hochkant aus dem Haus geflogen. Dass er keine Kohle mehr gehabt hätte, muss ich Ihnen nicht erzählen, denn Beatrice war die einzige Tochter von Kollmann, dem Immobilienhai aus Bad Pyrmont. Hätte sie ihn rausgeschmissen, weil er fremdgegangen war, dann wäre er am Arsch."

„Wie meinen Sie das?", fragte Maja.

„Dass er ein kleiner Schlucker war, von Haus aus, meine ich." Lorenz lachte verächtlich. „Er war ein Arbeiter und jobbte in einem miefigen Büro. Bis zu dem Tag, als er Beatrice kennenlernte und sie schließlich heiratete. Wenn Sie mich fragen … ich habe sie immer gehasst, seit meiner Kindheit. Sie hat mir den Vater weggenommen, so hatte ich es empfunden. Er hätte zu uns nach Hannover ziehen müssen, wo wir eine richtige kleine Familie geworden wären."

„Dann kam Ihnen der Tod an Beatrice Hartmann sehr gelegen", vermutete Ulbricht.

Schulterzucken, wieder ein Blick mit Torsten Maar, der sich nun dezent zurückzog.

„Ich mach uns erstmal einen starken Kaffee", sagte er im Hinausgehen, dann hörten sie, wie er die Treppe herunterlief und in der Küche im Erdgeschoss mit Geschirr herumklimperte.

„Es war eine spektakuläre Aktion, die sich die Entführer von Beatrice Hartmann damals geleistet haben", nahm Maja schließlich den Faden wieder auf.

„Sie hatten den Arsch in der Hose, Vater in die Enge zu treiben." Jan Lorenz lachte, diesmal klang er überlegen. „Aber Vater hat sich nicht einschüchtern lassen. Von nichts und von niemandem. Dass er Beatrice dabei verloren hat…"

Noch ein Schulterzucken. „Er hat zu hoch gepokert, so einfach ist das."

„So einfach ist das", wiederholte Ulbricht nachdenklich. „Sie leben in Irland?"

„Eigentlich schon. Ich liebe das Land und die Leute. Die wildromantische Landschaft inspiriert mich immer wieder aufs Neue." Als er die überraschten Gesichter von Ulbricht und Maja sah, erklärte er: „Ich bin Maler, müssen Sie wissen, habe in Hannover Kunstgeschichte studiert und war meinem Vater sehr dankbar, dass er mir den Ausstieg nach Irland ermöglichte, auch, wenn das nicht ganz selbstlos geschehen ist."

„Wie meinen Sie das?", hakte Ulbricht nach.

„Ist doch klar: Der große Arndt Hartmann hat einen unehelichen Sohn, der zu allem Unglück auch noch schwul ist und in einer festen Beziehung zu einem Mann lebt. Stellen Sie sich die Berichte in der Presse vor, wenn dieser Skandal nach siebenundzwanzig Jahren herausgekommen wäre!"

„Sie meinen, Sie hätten dem Ansehen Ihres Vaters Schaden zugefügt?" Ulbricht sank auf einen Stuhl und legte das Kinn in die Hände.

„Absolut", nickte Jan. „Er war der Strahlemann, ein erfolgreicher und angesehener Geschäftsmann, der glücklich und kinderlos mit einer sehr schönen Frau aus gutem Hause zusammenlebte. Er trauerte beim

Verlust von Beatrice und es wäre eine Tragödie, wenn ich nun ins Licht der Öffentlichkeit rücken würde."

Ulbricht schwieg und versuchte, die Gedanken und das Gehörte in sinnvolle Bahnen zu lenken. Lorenz war das Kuckuckskind eines in der Region angesehenen Managers, das zu allem Unheil auch noch homosexuell war. Hartmann war in die Schlagzeilen geraten, als man seine Frau entführt und von ihm eine hohe Lösegeldsumme gefordert hatte. Gezahlt hatte er nie, aber man hatte den toten Körper seiner Frau nach einer vermeintlich geplatzten Lösegeldübergabe aus der Weser gefischt.

Damit war Hartmann ein gemachter Mann; das Vermögen seiner Frau war auf ihn überschrieben worden. Kinder gab es – außer Jan – keine, und somit hatte Hartmann durch den Tod seiner Frau die alleinige Macht über das Kollmann-Imperium gewonnen. Und er war schlau genug gewesen, sein einziges Kind so schnell wie möglich ins Ausland abzuschieben. Somit kam Jan nicht auf dumme Gedanken. Von Gregor Obermann aus dem Golfclub hatten sie gehört, dass Jan in der Vergangenheit bereits Ansprüche auf das Erbe gestellt hatte. Da Beatrice nicht seine Mutter gewesen war, hätte er die rechtlichen Ansprüche nicht vor Gericht geltend machen können – andererseits stand sein Vater unter Druck, denn einen Imageschaden konnte sich Arndt Hartmann nicht leisten. Also, zu diesem Schluss kam Ulbricht, lag es auf der Hand, dass Hartmann seinem Sohn eine üppige Abfindung gezahlt hatte. Was, wenn Jan mehr haben wollte und sich Arndt Hartmann weigerte? So, wie er es bei der Entführung seiner Frau getan hatte?

„Was hatten Sie eigentlich mit Alexandra Voosen zu tun?", fragte Ulbricht unvermittelt. Ihm war sein

Besuch im Pyrmonter Internet-Café eingefallen. Dabei war er über ein paar Bilder von Vorberg gestolpert. Zeit, Lorenz danach zu fragen.

„Wie kommen Sie darauf, dass ich überhaupt etwas mit ihr zu tun hatte?“ Lorenz wirkte verunsichert.

„Ich habe Fotos gesehen, aufgenommen von Christian Vorberg, die Sie mit Frau Voosen zeigen. Bitte verzeihen Sie mir, wenn ich mir gestatte, Ihnen zu unterstellen, dass Sie nicht zum Kundenkreis der Dame gehörten. Also, was hatten Sie mit ihr zu tun?“

„Ich... ich weiß nicht, was Sie meinen. Ich will einen Anwalt, mit dem ich mich beratschlagen kann.“

„Den kriegen Sie.“ Ulbricht erhob sich und gab Maja ein Zeichen, nachdem die Antworten des jungen Malers in seinem Kopf nachgehallt waren. Er erhob sich. „Bitte ziehen Sie sich etwas an“, sagte Ulbricht.

„Warum - was soll das?“ In Jans Gesicht stand das blanke Entsetzen.

„Wir verhaften Sie wegen Mordes an Ihrem Vater Arndt Hartmann und den Brüdern Christian und Markus Vorberg.“

SECHSUNDZWANZIG

Ein paar Tage waren ins Land gegangen, als sie sich abends bei Gino im „Grünen Reiter“ am Kastanienwall zum Essen trafen. Ulbricht hatte sich nach der Verhaftung von Jan Lorenz auf seine Kur konzentriert, die schon in wenigen Tagen beendet sein würde. In Wuppertal wartete der graue Alltag auf ihn, und er mochte noch gar nicht so recht daran denken. Während der Suche nach dem Mörder waren die letzten Tage wie im Flug vergangen, und gestern hatte Ulbricht seinen Vectra aus der Werkstatt geholt. Der alte Opel schnurrte wieder wie ein Uhrwerk und hielt seinem Besitzer sicherlich auch in den nächsten Jahren noch die Treue. Der einzige Wermutstropfen war, dass Ulbricht den Porsche wieder an das Fachdezernat hatte abgeben müssen.

Von beiden war eine riesengroße Anspannung abgefallen, und sie hatten während des Essens nicht ein einziges Mal über den Fall gesprochen. Doch nun, bei einem guten Glas Wein, tauschten sie sich aus.

„Wieso durftest du eigentlich mit dem Porsche in der Gegend herumfahren?“, brach Maja das Schweigen.

„Das ist eine lange Geschichte. Ich wusste vom ersten Augenblick an, dass ich Kriminaloberrat Dauber irgendwoher kenne. Ihm schien es nicht anders zu ergehen. Hilfreich war, dass er ein guter Freund unserer Polizeipräsidentin ist; die beiden kennen sich aus ihrer Jugend, glaube ich. Ein Anruf im Wuppertaler Polizeipräsidium hat genügt, um mich zu legitimieren. Deshalb hat Klaus Dauber mich so aktiv in den Fall eingebunden. Natürlich hat es der Polizeipräsidentin nicht sonderlich gefallen, dass ich in meiner Kur an einem Fall arbeite. Aber sie kennt mich gut genug, um zu wissen, dass ich keine Ruhe gefunden hätte, bevor der Mörder von Christian Vorberg nicht dingfest gemacht worden wäre."

„Dass Jan Lorenz die Morde an den Vorberg-Brüdern und an seinem Vater begangen hat, konnten wir ihm inzwischen anhand der Fingerabdrücke und der DNA-Spuren nachweisen", platzte es aus Maja heraus. „Aber du musst mir jetzt verraten, wie du darauf gekommen bist, dass Jan dahintersteckte."

Ulbricht lächelte geheimnisvoll. „Nichts leichter als das. Ich habe mich in ihn hineinversetzt. Wie würde ich zu meinem Vater stehen, wenn er nichts von mir wissen wollen würde; er aber steinreich ist und das Vermögen seiner Ehefrau zu verdanken hat?"

„Aber das war nicht der Anlass, der zu seiner Verhaftung geführt hat", vermutete Maja.

„Stimmt. Ich habe einfach nur genau zugehört. Als wir ihn mit unserem Wissen, dass er der Sohn von Arndt Hartmann ist, konfrontiert haben, sprach er gleich in der Vergangenheit von seinem Vater. Er sagte sinngemäß: ‚Er war ein kleiner Schlucker' und meinte damit, dass er seinen Reichtum und seine Position in der Gesellschaft nur seiner Frau Beatrice zu verdanken hatte. Ich fragte mich also, warum er in der Vergangenheitsform von seinem Vater sprach, obwohl er von dessen Tod noch gar nichts wissen konnte. Dann zählte ich eins und eins zusammen und habe mich dazu entschlossen, dass er unser Mörder sein musste. Der Rest war nur eine Auswertung der Indizien."

Ulbricht lehnte sich mit einem zufriedenen Lächeln auf den Lippen zurück.

„Warum aber hat er Christian Vorberg und seinen Bruder ermordet?“

„Erpressung“, erklärte Maja. „Vorberg hat ihn erpresst. Es ging um die Bilder, die auf dem Golfplatz entstanden sind. Vorberg hat ihm nahegelegt, einen hohen Betrag zu fordern, wenn Hartmann verhindern wollte, dass die Bilder von ihm und seinem Sohn in der Öffentlichkeit auftauchen. Das Ganze hatte also nichts mit Alexandra Voosen und ihren schlüpfrigen Erpresserfotos zu tun, sondern hatte eine ganz andere Größenordnung.“

„Und Arndt Hartmann hat sich nicht erpressen lassen ... er hat sich selbst auf die Suche nach seinem Erpresser gemacht, um ihm das Handwerk zu legen“, kombinierte Ulbricht.

„Dabei hat er mit seinem Sohn kooperiert. Er hat ihn damit beauftragt, Vorberg aus dem Weg zu räumen, koste es, was es wolle.“

„Moment, er hat seinen eigenen Sohn zum Mord angestiftet?“ Ulbricht konnte es nicht glauben. Nach all den Jahren Polizeiarbeit gab es immer wieder neue Erfahrungen, und er wunderte sich trotzdem darüber, zu welchen Taten Menschen imstande waren.

„Ein klassischer Auftragsmord, für den er Jan mit Geld bezahlt hat. Und Jan Lorenz hatte die Hoffnung immer noch nicht aufgegeben, dass sich Hartmann eines Tages zu seinem unehelichen Sohn bekennen und ihn in die Firma aufnehmen würde.“

„Vergeblich“, stellte Ulbricht fest.

„Und deshalb musste Hartmann sterben.“ Maja kehrte die Handflächen nach oben. „Gerhard Plott stand übrigens auch auf Hartmanns Lohnliste. Doch war er nur für die Drecksarbeit wie dem Einbruch in Vorbergs Wohnung zuständig.“

„Wie geht es Plott?“

„Er ist über den Berg und wird es schaffen. Dann wird er sich allerdings wegen Einbruch und Diebstahl verantworten müssen. Die Überprüfung seiner Konten hat ergeben, dass er von Arndt Hartmann Geld bekommen hat, um die Taten zu begehen.“

„Und wir wissen inzwischen, dass Hartmann der Mörder von Alexandra Voosen ist. Der Obduktionsbericht samt der DNA-Analysen ist heute Nachmittag eingetroffen. Er hat sie tatsächlich vergewaltigt und erdrosselt und wollte ihre Leiche dann in der Höhle entsorgen. Er hat es nicht mehr geschafft, die Leiche zu verbrennen und sie damit unkenntlich zu machen, weil er die Jugendlichen hörte, die sich lautstark im Wald der Höhle näherten. Im letzten Moment ist er unerkannt entkommen.“ Maja legte eine Pause ein. „Das Wissen nutzt uns nun nichts mehr, denn der Fall hat sich selbst überholt, indem Jan Lorenz seinen Vater tötete. Wir haben Kontakt zu Hartmanns Notar aufgenommen, der uns inzwischen bestätigt hat, dass es einen Erbschein gibt, der Jan als Alleinerben ausweist. Theoretisch wäre er also jetzt ein gemachter Mann.“

„Mord aus Habgier“, murmelte Ulbricht. „Macht Sinn. Und gibt es auch einen Zusammenhang zur Entführung von Beatrice Hartmann?“

„Du meinst, ob er mit den Entführern unter einer Decke steckte?“ Maja zuckte die Schultern. „Wir nehmen es an, denn auch hier drängt sich der Verdacht auf, dass er das Ganze organisiert hat, um Beatrice aus dem Weg zu räumen. Niemand wusste besser als Jan, dass sich Arndt Hartmann nicht in die Knie zwingen lassen würde, also nahm er billigend den Tod von Beatrice Hartmann in Kauf.“ Maja nippte von ihrem Rivaner. „Die Arbeit fängt jetzt erst an“, murmelte sie nachdenklich. „Wir werden uns den alten Fall noch einmal zur Brust nehmen und alles aufrollen. Sollte es einen Zusammenhang zu Jan geben, wird das sicherlich in das Gerichtsverfahren einfließen. Den dreifachen Mord allerdings haben wir ihm nachgewiesen, somit wird Jan wohl die nächsten Jahre hinter Gittern verbringen."

„Der arme Torsten Maar." Ulbricht war nachdenklich geworden. „Er wird sehr einsam sein in der nächsten Zeit. Ich finde es erschreckend, dass er nicht einmal wusste, was sein Freund treibt, um ihnen zu Reichtum zu verhelfen. Der Gute war völlig am Ende, als er die Geschichte erfuhr."

„Apropos Torsten Maar." Maja bückte sich unter den Tisch und zog ein großes, aber flaches Paket hervor. Mit feierlicher Miene überreichte sie es Ulbricht.

„Was ist das?", fragte er überrascht.

„Für dich", sagte Maja. „Aber tu mir einen Gefallen und packe es erst aus, wenn du zu Hause in Wuppertal bist."

„Warum? Was ist denn da drin?" Ulbricht nahm das Paket an sich. Es war nicht sonderlich schwer.

„Das Foto, das ich bei Torsten Maar habe machen lassen, hat dir doch so gut gefallen", sagte Maja mit einem Lächeln. „Ich habe es ihm abgekauft. Nun hängt es nicht mehr in seinem Atelier, wo es alle Besucher sehen können. Es gehört dir."

Ulbricht, sonst ein harter Knochen, war zutiefst berührt. Er konnte sich gar nicht daran erinnern, wann er zuletzt ein Geschenk bekommen hatte. Eigentlich, so dachte er, war diese Kommissarin Maja Klausen gar kein so übler Mensch. Und sie hatten ihren ersten Fall gemeinsam, wenn auch nicht zusammen, gelöst.

Ein Sonntagmorgen Anfang April. Ein Wetter wie im November, kühl und nass. Die Polizei meldet eine Leiche an der Münsterbrücke. Hameln ist bestürzt. Anke Papenburg, bekannt durch die Fernsehsendung DNCS – Deutschlands Next Casting Star, wird tot aus der Weser geborgen. Selbstmord. So sieht es jedenfalls die Polizei.
Nur Hubert Wesemann ist skeptisch. Der freie Journalist mit seiner Einmann-Redaktion für Funk und Presse gibt sich nicht damit zufrieden. Er recherchiert im Umfeld der Casting-Queen und zweifelt schon bald an Anke Papenburgs freiwilligem Sturz in die Fluten. Es gibt durchaus Leute, die ein Interesse daran haben könnten, die junge Frau verschwinden zu lassen.

Das letzte Lied, Günter von Lonski
288 Seiten. Gebunden.
ISBN 978-3-8271-9401-5
E-Book
978-3-8271-9600-2 (Pdf)
978-3-8271-9800-6 (Epub)

Im Emmertal, einem wunderschönen Tal des Weserberglands, soll unterhalb der Hämelschenburg eine Windkraftanlage errichtet werden. Schon die Planung weckt kriminelle Energie von Hameln bis Bad Pyrmont. Da wird der Initiator des Projekts tot in Bad Pyrmonts Dunsthöhle gefunden - der Höhle hat bereits Goethe misstraut.
Die Polizei geht von einem Selbstmord oder Unglücksfall aus. Das sieht Hubert Wesemann, der akribische Journalist mit seiner Einmann-Redaktion fürs Regional-Radio, ganz anders. Er wittert einen neuen Fall. Dann wird auch noch der Eigentümer von Grund und Boden, auf dem die Anlage errichtet werden soll, tot aus dem Graben an der Hämelschenburg gezogen.
Hubert Wesemanns zweiter Fall: spannend, unterhaltend, mit einem Schuss Humor und Ironie.

Tödlicher Wind, Günter von Lonski
296 Seiten. Gebunden.
978-3-8271-9402-2
E-Book
978-3-8271-9602-6 (Pdf)
978-3-8271-9802-0 (Epub)

Als Pfarrer Josef Fraas am Weserufer in Rinteln angespült wird, ahnt noch niemand, warum er sterben musste. Dass sein Körper nicht mehr ganz vollständig ist, gibt Kommissar Wolf Hetzer ein weiteres Rätsel auf.
Doch noch bevor Hetzer sich auf diesen Fall konzentrieren kann, verschwindet der stadtbekannte Politiker Benno Kuhlmann spurlos. Ein mysteriöser Täter spinnt seine Fäden unerkannt im Hintergrund. Und während ihn die Ermittler vom Weserbergland bis weit ins Schaumburger Land verfolgen, hat Hetzer das Gefühl, den Schatten des Mörders immer dichter zu spüren.
Ein spannendes Duell beginnt, dessen Ausgang niemand vorhersehen kann, denn die Gegner sind einander ebenbürtig ...

SchattenHaut, Nané Lénard
352 Seiten. Gebunden.
ISBN 978-3-8271-9403-9
E-Book
978-3-8271-9603-3 (Pdf)
978-3-8271-9803-7 (Epub)